# 教師と戦争

川田紀

創英社／三省堂書店

# 目次

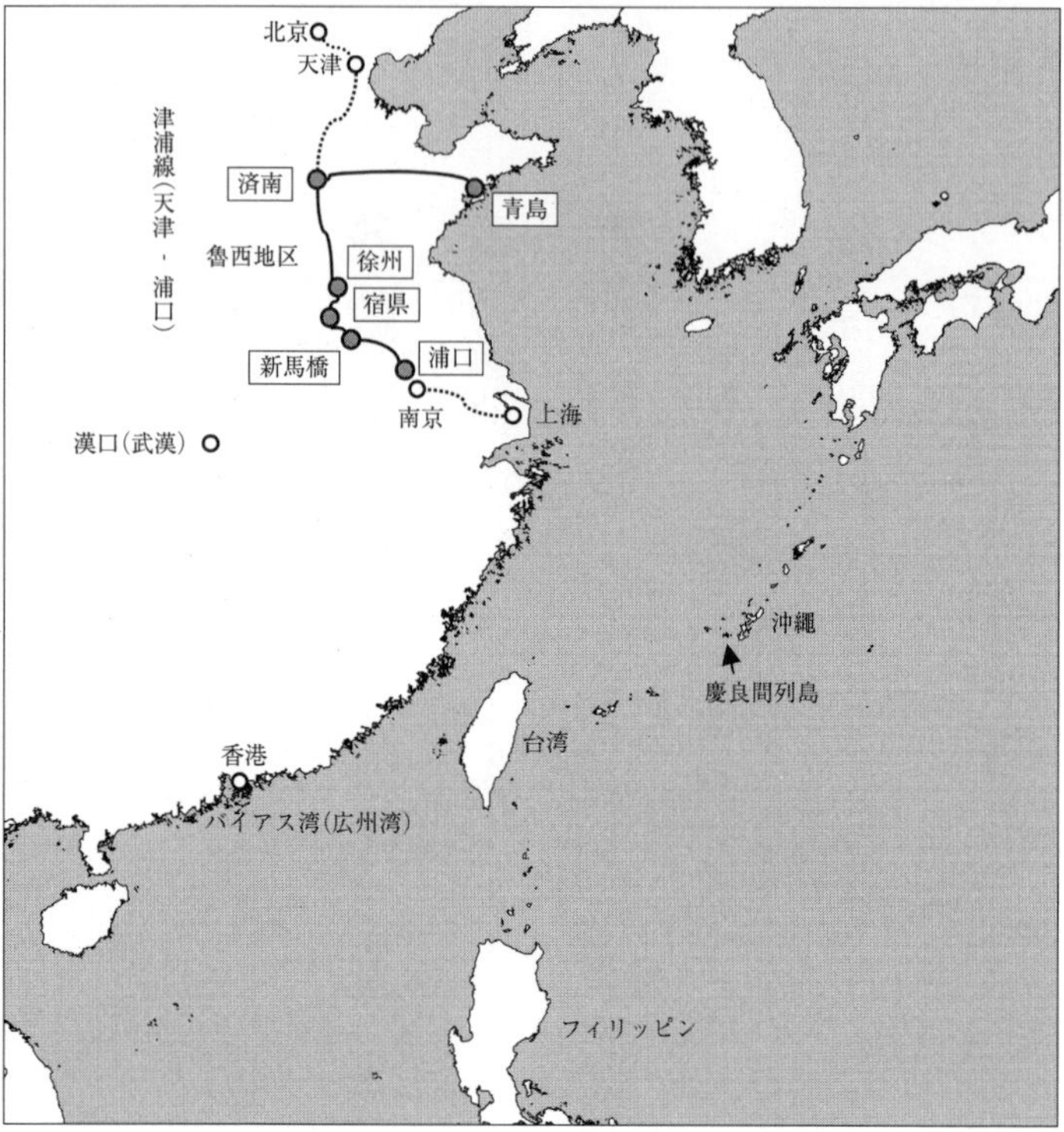
北京
天津
津浦線（天津 - 浦口）
済南
青島
魯西地区
徐州
宿県
新馬橋
浦口
南京
上海
漢口（武漢）
沖縄
慶良間列島
台湾
香港
バイアス湾（広州湾）
フィリッピン

地図１：中国〜東南アジア

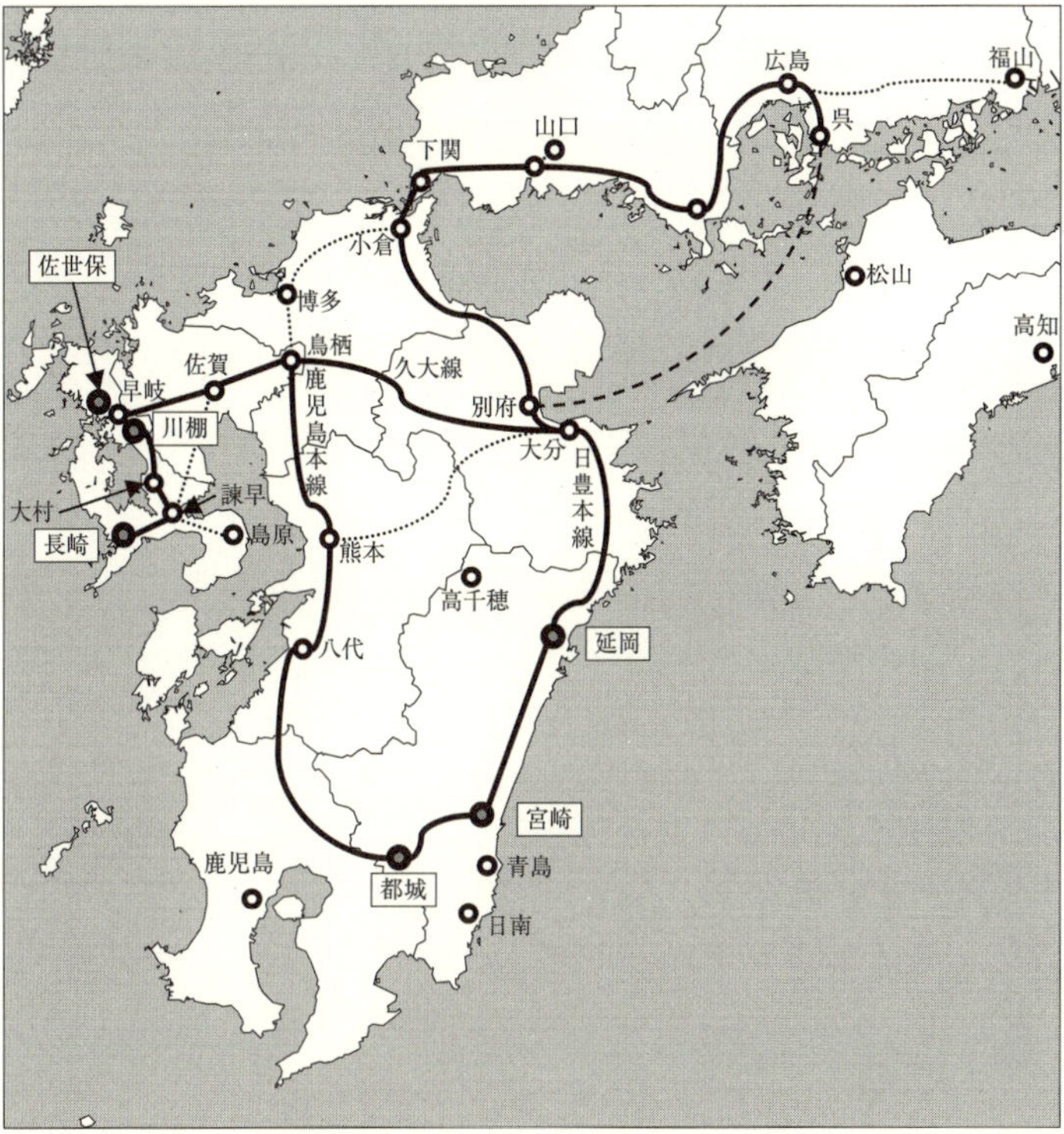

広島
福山
山口
呉
下関
小倉
松山
佐世保
博多
高知
鳥栖
佐賀
久大線
早岐
鹿児島本線
別府
川棚
大分
日豊本線
大村
諫早
長崎
島原
熊本
高千穂
延岡
八代
宮崎
青島
鹿児島
都城
日南


地図２：九州～中国地方

# 残敵掃討《ざんてきそうとう》

# 一九三八（昭和十三）年

「分隊長が集合だとよ」
＊クリークで洗濯をしていた不二夫の背に、今岡一等兵の声が投げかけられた。隊長と名のつく者が「集合」と言ったら、たいていつぎの行動である。いよいよ物騒なことを始めるのかと、不二夫は洗濯をやめて、しぶしぶ宿舎へ向かった。宿舎と言っても、住民のほとんど全部が逃げ去った村の、貧農の一軒である。集まったのは、今度新しく内地から来た補充兵ばかり、つまり兵科の補充兵の戦地派遣第一号である。昭和十三年六月、北支派遣軍占領の最南端、津浦線《しんぽせん》沿線の新馬橋という、小駅のある村であった。宿舎の裏の日蔭《ひかげ》になったところに、車座になって坐《すわ》った。訓示とか、命令伝達などという、いかめしいものではなく、まるで内緒話でもするといった雰囲気である。
「明日から三日間討伐という命令だ。古兵はこんなことには馴《な》れているから、改めて言う必要はないが、補充兵ははじめてだからよく言っておく。討伐と言えば聞こえはよいが、実は連公（連隊長）の点数稼ぎだ。なるべく敵の少ない地区を選んで、三日間歩いて来るだけだが、敵の全く居ない地区なんかありはしないから、危険が伴うことは覚悟しなけれ

ばならない。お前たちも知っている通り、この部隊は包囲されている。日本軍が占領しているのは点だけなのだ。点と線とよく言われるが、線さえ危ないことは、毎日出る鉄道巡視の者が、時折追われて逃げ帰ったり、巡視兵の通った後で、線路が破壊されたりするのを見れば、よくわかるだろう。ところで討伐だが、三日間予定通り行軍して帰ると、戦果は遺棄屍体何百、＊＊鹵獲《ろかく》品機関銃何十挺、小銃何百挺、弾薬多数、わが方の損害軽微という報告をするのだ。そんな報告書はもう作ってあるかも知れん。それを繰り返すと、連公の胸にぴかぴかするものがぶら下がるという寸法だ。連公の勲章のために、ひとつしかない命を落とすんじゃないぞ。と言っても弾丸なんか当たりゃしない。恐ろしいのは行軍だ。行軍で落ちたら、隠れている敵につかまって殺される。こんなことがこれから度々あるが、その全部をうまく切り抜けなければ、凱旋ラッパでチッタカチッタカと帰れないのだ。一度でもしくじったら、その場で靖国行きだ。あんなところへ行ったって、誰も喜びはしない、泣く者が居るばかりだ。行軍の準備は万全を期しておけ」

表向きのきれいごとは、耳にたこが出来るほど聞かされてきた。あまり度々聞かされる

＊クリーク＝中国の小運河
＊＊鹵獲＝戦勝の結果、敵の軍用品などを奪い取ること

と、はじめは信用していたことでも、そのうちにかんぐりたくなるのは人情である。世間の裏面をあまり見たことのない彼ではあったが、戦争については疑問をいだきつづけてきたところであった。青島《チンタオ》に上陸して、ここからが敵地だと言われた。それから数日間、列車に揺られて、この部隊に合流したのだった。分隊長のくだけた話の中に戦争の本質が含まれているのだと、目の覚める思いがし、その戦争観が彼の生涯のものになった。現役の下士官ならこんなことは言わない。陸軍大臣と同じようなことを、中隊長に聞こえるように言うだろう。しかしこの分隊長というより、中隊そのものが他とは大きくちがっていた。元来一箇連隊は十二箇中隊あったものが、軍縮で九箇中隊にされた。第四中隊、第八中隊、第十二中隊のいわゆる四線中隊が廃止されたのである。それが支那事変（日中戦争。以下同じ）で復活され、召集の予後備兵で編成された。何年間か世間の空気を吸ってきた彼等は、現役兵のような、世間知らずの向こう見ずではなかった。無学な者も無知な者も、それなりに戦争の欺瞞性《ぎまんせい》を、頭からではなく、肌で感じとっていた。妻子のある者が多く、決して勇敢に戦わなかった。中でも中隊長の河野八郎は、五十歳位の老大尉で、勇敢という言葉には、およそ縁のない存在であった。進軍のときはいつも最後尾だったので、漫漫中隊と呼ばれていたが、彼は平然と、「死んで少佐で帰るより、生きて大尉で帰りたい」とうそぶいていた。ある意味での豪傑であった。激戦の最中、大隊副官が「第八中隊前進」と命令を伝えて来ても、「時期尚早」と答えて動かなかった。業を煮やした大隊長が、「河野の野郎、この戦闘が終わったら、ぶった斬ってやるぞ」と叫んだが、その瞬間負傷して後送された。戦闘が終わって、兵の点呼をとった河野大尉は、「わが中隊はまことに武運に恵まれている」と得意げであった。

不二夫たちが第八中隊に編入されたとき、「緒戦以来わが中隊の損害は、わずか二十三名である。わずかと言っては、亡くなった戦友にたいして申し訳ないことであるが、これは師団で二番目の中隊のちょうど半分である。さらに緒戦以来無傷の中隊長は、やはり師団で自分が一人である。このような中隊に配属されたのは、まことに幸運と言うべきである。自重せよ」と訓示したのであった。部下も中隊長の意を体して、漫漫中隊の嘲罵に甘んじていた。不二夫はこの名誉ある中隊に編入されたことは、願ってもない幸運と喜んだ。自分はついているのだ、そしてこのこともその一つのあらわれであると思った。しかしついに避けられないものがやって来た。

えらいことになった。不二夫は溜息が出た。戦争に来たのだから、そんなことは当然ではあろうが、出来ることなら無事にすませていただきたかった。わけても行軍は苦手であった。補充兵の中でも、平素《へいそ》肉体労働をしていない、筋骨薄弱の不二夫は、甲種合格の現役や予備役とは、体力に格段の相違があった。

「これは余計なことかも知れんが、付け加えておく。この戦争はそう簡単に終わらんぞ。南京が陥落したときは、これで終わった、さあ凱旋だと喜んだが、蒋介石の野郎、漢口へ逃げこんで頑張りやがる。漢口まで行くのは大変だ」

南京陥落のとき不二夫は、内地の連隊で初年兵教育を終わろうとしていた。町中万歳万歳と、戦勝気分で提灯行列旗行列をして湧きかえり、補充兵にも祝賀の酒が出、古兵は除隊後の準備だと言って、二つ並べた寝台の上で、木銃をもって神楽の稽古をしたものだった。連隊中が、いや上層部を含めて国中が、これで戦争は終わったと思っていた。そんな気分でいた将兵にとって、蒋介石が漢口で抗戦をつづけるというニュースは、大きな衝撃であった。楽しみにしていたものを奪われて、前線も銃後も厭戦《えんせん》的になっていた。兵役に関係のない者、わけてもひと握りの戦時利得者だけが、旗を振って喜んでいたのである。

「軍部は徐州で雌雄を決するなどと、威勢のいいことを言っていたが、徐州が落ちても一向にそれらしい動きはない。当たり前だ。首都を落とされてもへこたれなかった奴が、首都でもない徐州ぐらいで、手を上げるわけはないよ。と言って漢口まで行くのは無理のようだし、一体どうなることやら。長い辛抱が肝腎のようだ。なにはともあれ、全員揃って無事に帰って来いよ」

夕食が終わって入念に行軍の準備をした。所持品をいかに少なくするかということが、最大の問題である。まず背嚢《はいのう》のような重い物は置いて、全員雑嚢ひとつにした。不二夫の工夫はそこからで、弾丸は正規の三分の一にした。こんな物は撃っても当たりはしない。彼は射撃は得意であったが、それは置いてある的に、十発中七発か八発が命中するということなので、動いている人間に当てる自信は毛頭なかった。それでも三分の一持つことにしたのは、万一の場合の護身用としてであった。食料だけは一人前に持たなければならない。しかしこれには、一食ごとに軽くなるという楽しみがある。着替えは持たないことにした。三十分もたたない間に、汗びっしょりになることはわかっている。水洗いして、乾かしながら裸で歩いてもよい。靴下だけは一足替りを入れた。これは乾かしながらはよいが、その間素足というわけにはいかない。洗面具など無くても別に困ることはない。随分軽い荷物になったが、それでも内地とは段違いの酷熱の下を行軍するのかと思うと、心細い限りであった。

第一日。留守を襲われないだけの人数を残して、連隊の大半が出動した。あの中に残してくれないかなと、不二夫は思ったが、補充兵は一人も残されなかった。広場に整列した部隊は、端から行動を起こし、細い列が城門から曠野《こうや》へ吐き出された。

太陽は昇り始めたばかりでまだ暑くはない、というより涼しいとさえ思われた。軽装なので楽であったが、それが長い時間つづくものでないことは、自身の体力から十分知らされていた。一歩一歩よく注意して、最小限度のエネルギーですませるように、見渡す限りの麦畑の中にのびた一筋の道を、黙々と歩を運んだ。地平線にとりまかれた広い広い曠野を、細く長い列が濛々たる黄塵を、無風状態なので垂直にあげて、ゆっくりと進んだ。これが戦争なのだ。

太陽が急速に熱を加えてきた。肌がじっとりと汗ばむ。不二夫はそれを、恐ろしいものが近づいて来るように感じた。汗の伝わるのがわかる。額から、背中から、流れた汗で、*襦袢《じゅばん》がべっとり冷たく感じられ始めたころ、「小休止」の声が前から伝わり、長い列が逐次止まった。不二夫はすぐさま路傍に仰向けに寝転がった。まだそれほど疲れてはいなかったが、少しでもエネルギーを貯えておくためであった。足の先と頭の高さの差を小さくするほど、疲労回復が速いと教わった。立っているより坐った方が、坐るより寝転がるのがよいのだ。こうして節約したエネルギーを、数字で表すとどんなことになるのか知らないが、無事に歩き通すことが当面唯一の目標だった。

「出発」の号令で立ち上がった。兵はまだ疲れてはいない。前から徐々に動き出した。不二夫はそれまでと同じように、ひと足ずつなるべく力を入れないで歩いた。疲労を警戒して、誰も口を利《き》く者はいない。陰気な行軍であった。汗は浴びたように全身を流れている。日本の言葉に、肌を焦がす炎熱、というのがあるが、そんな生やさしいものではない。皮膚など気のつかない間に貫いて、直接胃に攻撃をかけてくる。疲労が体の中に溜まり始めたころ、昼食大休止になった。

暑さのため、あまり空腹を感じなかったが、強引に食物を押しこんだ。カロリーだけは十分とっておかなければ歩けなくなる。食後水筒の水をひと口だけ飲んだ。水分のとりすぎも疲労の原因になる。

出発になった。かなり疲れたが、これで今日は半分を過ぎた。抜けるような青空から、真昼の太陽が、惜し気もなく熱をぶちまけてくる。一日の中で最も暑い時間帯だ。汗を拭ったタオルを絞りながら歩いた。

＊襦袢＝はだぎ

小銃弾が一発、小さいながらも鋭い不気味な音をたてて、頭上をかすめた。黙々と進んでいた長い列の一部が、にわかにくずれてざわめき始めた。不二夫は見向きもしなかった。振り向いたり立ち止まったりすれば、それだけ余計なエネルギーを消耗することになる。列外に走り出て射撃など以《もっ》ての外《ほか》である。弾丸の音が聞こえたのは、助かった証拠なのだ。音が聞こえたときは、弾丸は飛んで行った後なのだから、当たる弾丸が聞こえる道理はない。黙々と進んだ。更に一発。また一発。断続的に飛んで来る。遥か右手の低い丘陵の上を、豆粒ほどの人影が走った。はじめて見る敵であった。何人かの兵が、あわてて列から離れて発砲した。その中には古兵も居る。馬鹿な奴だ。あんな遠くの、しかも走っている的に当たるわけがない。疲れるだけのことではないかと、不二夫は思った。撃っている兵の目は吊り上がって、逆上気味であった。そんなのは平素大言壮語している者に多かった。補充兵の木岡四郎が、両脚を横に開いて撃っている。銃の反動を支えるための力で、随分疲れるだろうに、何という奴だ。木岡は補充兵ではあるが、甲種合格のくじ外れであったと、本人は言っている。しかし、口さがない連中は、頭が悪いから外されたのだろうとからかっていた。ことの真偽は別として、補充兵らしくない堂々たる体格の持ち主であった。不二夫は木岡に誘いかけて協定を結び、行軍のときは木岡に重い物を持たせ、その代わりとして、彼に来た手紙は読んでやり、返事も代筆した。不二夫は弱いことを恥とは思っていなかったが、木岡は中隊でも有名になっている彼の無学を、ひたすら隠そうと努力した。消燈前、不二夫をそっと外に呼び出して誰も居ないのを確かめてから、それでも声をひそめて、「すまんがこれを書いてくれ」と、来信に便箋封筒、それに鉛筆まで添えてそっと渡した。木岡は不二夫を世にも稀な学識家と信じ、不二夫は彼を、底なしの馬鹿力と重宝した。夢中になって発砲している兵たちを尻目に、列はペースをくずすことなく進んだ。

不二夫にとっては、弾丸より落伍の方が恐ろしかった。弾丸はよほど運が悪くなければ当たりはしないが、落伍すれば確実に殺される。

宿営地に着いたときは、体力の全部を使いきってしまっていた。到着するなりばったり倒れたが、仕事はまだあった。銃の掃除と洗濯である。銃は撃たなかったのだから、掃除などしなくてもよいようなものだが、それではすまされない。夕食後、撃った者と同じように、掃除の真似をした。敵を見ても撃たなかったのは、遠いから当たらないというだけではなく、疲れた体での掃除のことも頭に浮かんだからである。洗濯は絶対にしなければならない。汗を絞りながら歩いたのだし、着替えの用意もない。

「永井、よく頑張ったな、しかし明日が峠だ、今日のように、いやそれ以上頑張れよ」

分隊長は補充兵の一人一人をはげました。

体力に余裕のある兵は宝探しに出かけた。宝とは古銭のことである。中隊長は古銭蒐集《しゅうしゅう》が趣味で、ポケット図鑑を手離さなかった。下士官や兵に古銭を持って来させて、それを一枚一枚図鑑と照らし合わせ、よいものを持って来た兵には休暇を与えた。移動のときは、古銭を入れた大きな袋を馬にのせて、従卒にひかせた。不二夫も一度古銭探しに出かけてみたことがあったが、彼に出来るものではなかった。百姓が鈍重というのは真っ赤な嘘であって、彼等はなかなか機敏だった。不二夫の入った家は、どこも徹底的に探し尽くされた後で、破れ銭一枚見つけることは出来なかった。それにこりて二度とそんなことはしなくなった。まして今夜は疲れきっているので、絶対必要な場合以外一歩も歩かないことにした。

第二日。弱兵でも若さは有難い。ひと晩ぐっすり寝たお蔭で、疲労は大体回復したような気がする。昨日と同じように、出発したときはまだ涼しかった。昨日は体力ぎりぎりのところで、何とかやり遂げたが、今日は昨日以上だそうだし、疲れもまだいくらか残っているはずだ。さらに一層慎重に歩を進めた。

長い列の中に居るので、自分の位置が全体のどのあたりか、まるっきりわからなかった。先頭も見えないが、最後尾も見えない。まるで無限の列の中に居るような気持ちだった。疲労が昨日より速くたまってくるのは当然である。何人かに追い越された。遅れてはいけない。これが重なると最後尾となり、ついには落伍ということになる。疲労ということには十分気を配りながら歩度を速めた。少しばかりの兵を追い越して、ほっとしていると、それよりはるかに多い人数に追い越された。それを繰り返して、ふと気がつくと最後尾になっていた。

小休止をすませたころ、恐ろしい尾行者がちらちら姿を見せ始めた。上半身裸ではだしの男が数名、見え隠れしてついて来る。持っている銃は、日本の戦死者からの鹵獲品ではないだろうか。

こちらへ向けて彼等は発砲するが、そんなものは恐ろしくない。恐ろしいのは、これ以上遅れることである。列から離れた瞬間、彼等が殺到して来ることは、目に見えている。もうエネルギーなど心配してはおられない。力をこめて、列の後ろにかじりついて歩いた。離れないというだけでは不十分だ。当たらないはずの弾丸でも、万一ということがあるし、いつまた遅れるか知れない。何とか列の中へ割りこまなければとあせったが、これがなかなかの難事業だった。敵が後を尾けて来ているることを知っているのは、後尾の数十人ぐらいで、他は知らないのではないかと思われた。もう少し前へ進めば、それだけ安全なはずだと、疲れきった足に力をこめるが、少しも思うように動かず、人はなぜあんなに速く歩けるのかと、まるで魔法使いでも見る気持ちであった。一度遅れると取り返すことは、不可能なもののように思われた。

昼休みのために停止すると、敵の姿はかき消すように消えてしまった。かき消すという言葉だけがあてはまる消え方で、むかしの忍術映画を思い出させた。

昼食を終えて出発の命令が前から伝わり、皆がのろのろと立ち上がっている間に、不二夫は列をかきわけて前に進み、自分の分隊の位置まで帰った。行軍中に遅れをとり戻すことは不可能だから、この時間を利用したのである。

出発後間もなく、彼は体力の限界が近づいていることを感じた。あいにく彼には不可能を可能にする、などという日本精神の持ち合わせはなかった。可能でないから不可能なのだ。最も合理的でなければならないはずの戦争を、言葉の遊技で胡麻化そうとする者たちを、軽蔑し嫌悪した。力の限り歩くのだが、それのかなわぬときのことも考えておかねばならない。

出発のときは列の中程と思っていたが、何人かの兵が、視界の端をかすめて追い越して行った。最後尾にならないように、いまのうちに頑張っておかねばと、全力を両脚に集中したが、断続的に兵の姿が、眼尻をよこぎって進む。小休止がもう近いと思われるころ気がつくと、また最後尾になっていた。裸の敵兵におびえながら、涙の出る思いで二本の足に命を託した。

砲兵が馬や車両の装具などを締め直すために、止まっているのが目にはいった。いまにも出発しようとしている。チャンスだ。これを逃がしたら、再びつかまえる機会が、自分の力の尽き果てる前にめぐって来るかどうかわからない。チャンスは前髪で掴め、という言葉をいつか聞いたことがある。いまそこに前髪がある。不二夫は車両の横をすり抜け、馬の前に出たところでばったり倒れた。体力の限界を目前にしているところだから、ちょっと気をゆるめると不自然でなく、倒れることが出来る。迷惑そうな顔をして寄って来た砲兵は、

「補充兵の野郎、まだ明日があるというのにもう倒れやがった。仕方がない、積んでやれ」

と不二夫の体を担ぎ上げて車両に乗せ、振動で落ちないように、細引でしっかりとくく

りつけた。これで今日のところは助かった。大砲を積んだ上に乗せるのだから、一人か無理をしても二人がやっとだ。早く乗っておかなければ場所がなくなる。無理などしないで、早目に安全なところに逃げこむにかぎる。がらがらと、粗野だが軽快な音をひびかせて、馬に引かせて砲兵の車両は走った。目をすえて歯をくいしばり、銃を天秤に担いで、一歩一歩に全力をこめて歩いている古兵が後ろに流れた。事変勃発《ぼっぱつ》から一年、歴戦の古兵にさえ、それほどきつい行軍を、補充兵中の最弱兵が先刻まで堪えたのは、まずまずの出来だと、不二夫は自分に言い聞かせて安堵した。

小休止になった。ふらふらと歩いて来た木岡が、車両にくくりつけられている不二夫に、

「おらあは、しんどうて飯が食えんようになったよう」

と言って左手で道端の樹の幹に体を支え、右手は銃を担ったままの姿勢で膝を曲げたので、体を支えた左手がずるずると幹を滑って下がり、膝から折れるように倒れ、口から白い液体を吐き出したかと思うと、灼《や》けつく路面に臥《ふ》せた。二日や三日の行軍でへこたれる木岡ではない。摂氏四十度の暑さに負けたのだった。彼を講談の中の豪傑のように思っていた不二夫は、あらためてこの行軍の苛酷さに慄然とした。

「あっ、落伍兵だ」

という鋭い叫び声に、いま歩いて来た道を振り返った。はるか道の先端に、一人の日本兵が敵兵に追われて走って来る。走るだけの力があるのだったら、なぜ遅れないように歩かなかったのだろう、もし自分だったら、敵に追われたとき、あんなに走れるだろうかと、はらはらしながら見ていると、ころりと倒れた。ころりと形容するのがふさわしい倒れ方だった。はっと息をのんだ兵たちは、

「早く起きろ」

と叫んだが、もちろんその声は届いていないであろう。敵兵はぐんぐん近づく。何をしているんだ、早く起きろ。車両にくくりつけられたまま、不二夫は気をもんだ。もう起きる力も無くなったのか。

「助けに行け」という将校の怒声に、まだ余力を残している兵が、何人か駈《か》け出した。落伍兵はそのまま起きなかった。敵兵は蜘の子を散らすように逃げた。

救援に行った兵たちに担がれて帰った落伍兵は、心臓麻痺で死んでいた。心臓が止まるまで走ったのだ。随分恐ろしい思いをしたことであろう。

犠牲者を見て、行軍は一段と陰気なものになった。

車両に揺られながら路面に目を移すと、ところどころに水をこぼしたあとがある。疲れ

はてた兵が、水筒の水を捨てたのである。さらに小銃弾が長い列になって捨てられてある。身を軽くするために、弾丸まで捨てたのだ。弾丸を捨てなかった不二夫は、まだ全力を尽くしたとは言えなかったのかと、忸怩《じくじ》たるものがあった。この弾丸は、数分後には敵に拾われて、日本兵に向かって飛んで来るのだ。国民の税金や、なけなしの財布をはたいた戦時国債や国防献金を集めた軍事費が、その中に肉親が居るかも知れない日本兵を殺す役に立つ。一体何をしているのか。

　太陽が地平線に近づいたころ、宿営地に着いた。車両から下ろされた不二夫は、砲兵に礼を言って分隊へ帰った。

「永井、無事だったのか、よく頑張ったなあ」

「いいえ、少しばかり砲兵の御厄介になりました」

「それでいいんだ。分隊の名誉などと下らんことを言って、犠牲者を出してはいけない。名誉なんぞより命の方が大切だ。歩いて帰りさえすれば、連公の功績になる。今日の午後、追われて死んだ兵がいたが、もしあんなになってみろ、分隊の者はなぜ落伍する前に、皆で助けなかったのかと、中公から責められることになるが、その方が俺にはつらいのだ。何人死んでも、天皇陛下のためにも、国のためにもなりはしない。そして連公の功績にも関係はない」

　そのとき一人の古兵が息を切らして走って来た。

「ああ、やっと逃げて来た」

「逃げて来たとは、一体どうしたことなんだ」

「はずかしい話だが、行軍に落ちたんだ。ふらふら歩いていたら、急に一発の弾丸が耳もとをかすめたのだ。本当に耳もとだ、すぐ近くだったよ。はっと振り向いて見ると、木の根元に伏せた敵兵が、俺に狙いをつけていやがる。一発目を仕損じたので、つぎを引こうとしているところだった。俺は夢中でぶっ放したら、奴は倒れた」

「命中したのか」

「らしい。伏せていたのが、ばったりいったから、命中したと思う」

「やったなあ」

「ところが四、五人、いやまだ居たかな。現れたので一生懸命逃げて来た。息が切れそうだ。俺も心臓麻痺になるかと思ったよ」

「こらその兵、こっちへ来い」

　うっすらただよい始めた宵闇の中から、中隊長のどなる声が聞こえた。

「貴様逃げて来たと言ったな。それでも帝国軍人か、敵に後ろを見せた卑怯者」

びんたがとんだ。生きて大尉で帰りたい中隊長も、人前では一応のことを言うじゃないかと、不二夫は内心おかしかったが、同時にホンネとタテマエを、巧妙に使い分けるヴェテラン大尉の、処世術と軍隊の要領を教えられた。

「申し訳ありません」

これも古兵らしく、要領よく謝ったが、ふと気がつき、

「あっ、しまった。もう一人落伍者が居たのだ」と叫んだ。

「何っ、もう一人居た？　その兵は無事着いたのか」

「まだのようであります」

「馬鹿野郎、なぜそれを早く言わん」

びんたの追加がとんだ。

まだ体力を残している兵が集められて、救援に向かった。

夕食を終えたころ、救援隊が帰って来た。落伍した兵は全裸で惨殺されていたという。

灯火の無い真っ暗な部屋に横たわって、不二夫はその日の二人の戦死者について思いをめぐらした。疲れきっているので、ふつうなら横になるとすぐ眠るのだが、二人のことが

頭から離れなくて、少しの間眠れなかった。名誉の戦死にはちがいない。たぶん下士官あたりが、留守宅へ遺骨を届けに行って、「雨霞《うんか》と飛び来る弾丸をものともせず、勇敢に突進して、天皇陛下万歳と一声叫んで、壮烈な戦死を遂げられました。軍人の鑑とも言うべき、立派なご最期でした」と嘘八百を並べると、遺族は溢れる涙を押えながら、「天子様のお役に立って本望です」と心にもないことを言わねばならなくなる。こんな茶番劇が方々で行なわれ、軍国美談として宣伝され、聖戦遂行にひと役買うのである。お役になど立ってたまるかと思っているうちに、深い眠りに落ちていった。

第三日。疲れはまだ半分ほど残っている感じだったが、出発のときは涼しくて気持ちがよかった。肌にふれる空気を涼しいと感じている間は、歩くのも楽だが、その後はと思うと、心細い限りであった。最終日ではあるし、行程は前の二日に比べると、随分短くなっているということだから、それに希望を託して歩を進めた。兵は皆それぞれ疲れを残している。行程が短いのと、疲れを考慮して、歩度はうんと落とされた。そのためだけでもあるまいが、行軍はだらしなくなった。出発と同時に列は乱れ、銃は天秤棒になった。分隊長から中隊長に願って、不二夫は列の先頭につけられたので、馬に乗った連隊長がすぐ前に見える。間もなく気温は急上昇し、疲労は前の二日分に上積みされてきた。ゆっくりでもまだ無理なのは、自分が兵隊としての役に立たない人間である、という証拠だと不二夫は思った。今日で終わりだ、今日だけだと繰り返しながら、一歩ずつ踏みしめた。目を上げて連隊長を見ると、馬上ゆたかになどとは、お義理にも言えた姿ではない。疲れきったという恰好で、腰を落とし、背を曲げ、あごを出している。馬に乗ってさえ、あんなになるほどの行軍に、点数稼ぎのためだけに、数千人の兵を動員し、その中の何人かを殺した。不二夫が見たのは二人だけだが、まだ他にもあることだろう。遺族は一言の抗議も出来ない。連隊長は自分の出世のことは棚に上げて、名誉だと言うにちがいない。下士官及び兵、いや下級将校さえも、命が助かれば、この上もない幸運として、よろこばねばならない危険な苦役なのだった。

ひと足運ぶごとに安全地帯に近づいているのだ。ただそれだけを楽しみに、全力を両足に集中した。兵たちが断続的に不二夫を追い越して行く。行軍のたびに見せられる、情けない光景であった。先頭に入れられた今日こそは、最後尾にならないように頑張ろう。もうこれ以上遅れまいと力をこめて足を運ぶが、追い越して行く兵は跡をたたない。連隊本部のある町はもう近いのだろうが、どちらを見ても麦畑が拡がっているばかりで、あとどのくらいなのか、全く見当がつかない。今日で三日目なのだが、宿営地であったところだけがちょっとした町で、その他は無限に拡がる麦畑に、まるで部隊を通すために造られたような道がひと筋走っているだけだから、自分の位置がわからない。農民はどこからどのくらいの距離を歩いて、耕作に来るのであろうか。狭い島国で育った身には、広さが恐ろしいものに感じられた。体力のすべてを出し尽くして歩いているのに、周囲の景色は全く変わらない。「いまは山中、いまは浜」という歌のうたわれている日本しか知らない身には、想像を絶する広さであった。足は動いているが、実は歩いているのではなく、昔話にあるように、化け物か何かにだまされて、同じところで足だけ動かしているのではないかと、思われるほどであった。青空のど真ん中には、正視出来ない強烈な光と、内臓の機能を止めてしまいそうな熱を、放射する太陽が貼り付いていて、なかなか動いてくれない。これが少し動いてくれれば熱も弱まり、行軍も終わりに近づくのだがと見上げても、一向動いているらしくない。そんな太陽の下では、化け物も出ては来れないであろう。

苛酷な肉体労働を強いられると、頭の働きが弱まるとみえて、愚にもつかないことばかり考えた。ゆっくりした行軍なのだが、彼の足はそれよりも遅く、つぎつぎと追い越されていった。まだ大丈夫だろうと振り返ると、また最後尾になっている。一箇連隊の先頭から最後尾まで、よくも遅れたものだとあきれたが、感心している場合ではない。これ以上遅れてはいけないと、必死になって急いだ。敵兵は執念深く後を尾けて来る。やはり裸で銃を斜に構え、獲物を狙う狩人のように、部隊に食いついて離れない。

昼食大休止。部隊が止まると、敵の姿は蜃気楼《しんきろう》のように消えてしまった。不二夫はまたこの時間を利用して前に出た。

出発。全身の力を使い果たしたように思ったが、あとわずかという声に希望をつないで、ふらふらと歩いた。水筒の水も、弾丸も、残った食料も全部捨てて、所持品は銃の他は、空の水筒と雑嚢だけになった。それでも体ひとつを支えるのが、精一杯の状態であった。昼休みの後は、敵はついて来なくなっていた。基地が近くなった証拠である。

地平線上に城門が見えたときは、ああ命拾いをしたと、一同歓喜の声をあげた。城門をくぐったときは、陽はまだ高かった。

分隊の宿舎に帰り着いたときは、長い旅から、生まれ育った家に帰ったような気のゆるみと、疲労のために、不二夫は入口で倒れた。

連隊長は、これで功績がひとつ増え、不二夫の軍隊手帳には、「魯西地区掃討戦に参加」

という軍歴が記入された。

# 電信隊救援

涼しい風に不二夫は目を醒《さ》ました。明け方のほんの短い時間、風は涼しい。が、やがて熱が急速に加わり、暑い暑い昼がやってくる。今日もまたこれから灼けつくような暑さにさらされるのかと、不二夫はうんざりした気持ちで起き上がった。

一九三八年八月上旬、徐州会戦が終わって、不二夫たちは、中隊本部として新馬橋に駐屯していたのである。長い長い津浦線《しんぽせん》沿線をわずかな人数で巡視しなければならない。総員五十名。将校は中隊長の河野八郎がただ一人。五十名を十名ずつの五班に分けて交替で勤務する。一つの班は鉄道警備、十名。一つの班は鉄道の修理。これはほとんど毎日のようにやる。日本軍の鉄道警備は十名が次の駅との間を一往復する兵力しかない。そのことを敵は知っているから、十名の見回りが帰ったら、その後はもう恐ろしいものはない。ゆっくり線路を壊せばいい。壊すと言っても、具体的には目釘をはずすだけで十分である。目釘をはずしておけば、列車は機関車の重みで自然にレールがずれて脱線する。それだけで鉄道は通じなくなるのである。毎日のように壊す兵隊はわずか三人か四人で、しかも数分間で出来るのであるから、何回でも向こうは気休めくらいの気持ちでやっている。修理する方は、毎日で大変であるから、もうこれ以上は手が回らないのである。

次の班は駐屯駅の周辺を警備する。もう一つの班は炊事。五番目の班は休憩、ということになっているから、兵隊から見れば、五日に一日の割合で休日は回って来るわけである。ところがこの休日には不意の出動がある。どこかで襲撃された場合には、それを助けに行かなければならない。これは大変な仕事である。

たまたま不二夫の班が休日の日、今日はないようにと願ったが、昼近くになると、中隊長のもとに救援の要請が来る。南方で電信隊が襲撃されているから、助けに来るようにというのである。すぐに第五班の兵隊を招集して堤の上を走る。兵は支度《したく》は何も要《い》らない。毎日が戦争であるから、支度は十分出来ている。すぐに鉄道隊から回された機関車に乗って、南方へ救援に行く。機関士は鉄道兵伍長がただ一人。それに分隊長以下十人の歩兵が乗って南方に向かって進んで行く。

いい加減進んだ頃から列車はだんだんスピードが落ちてくる。運転している鉄道兵伍長が、

「もうこのへんでよくはないか?」

と言うと、分隊長が、

「もう少し行け」

と言う。またゆっくりと進む。しばらくすると、また運転士の鉄道兵伍長が、

「もういいだろう?」

「もう少し頼むよ」

また少し進む。今度は鉄道兵伍長はもうテコでも動かない。

「もう行かないよ。ここで勘弁してくれ」

と言って動かないので、

「じゃあ、仕方がない」

と言って、救援隊の十人が機関車からとび下りる。とび下りてしまった途端に、機関車はバックの全速力でもと来た線路を帰って行くのであるが、その速いこと。汽車というものはこんなに速く走れるものだと驚くほどであった。しばらく線路をコツコツ進んで行くと、立ち昇る煙はだんだん近づいて、灰まで降ってくるのが感じられる距離になった。中国人の村人たちがワイワイ泣きわめきながら、車を引いたり大きな包みを担いだりしながら避難している。

「派手にやってるな」

と言いながら、中国語の上手な兵隊が近づいて行って、何やら中国語で話してから帰って来て、

「「八路軍がたくさん居るから、それだけの人数では負けるよ。帰れ」と言っているんだ」

分隊長も、

「まさかねえ。避難民が帰れと言ったから帰るわけにもいくまいじゃないか」

「じゃあ、ま、様子を見に進もうか」

と言って、またゆっくり進んで行くと、そのうちに避難民の姿も見えなくなってしまった。

目の前に堤防が横たわっている。その堤防が何の堤防かわからないが、とにかく分隊長を先頭にゆっくり登って行って、分隊長が堤防の上から頭を出した瞬間、さっととび下がって、

「たくさん居るよ」

と言った。

次に上等兵がそうーっと首を出した。またこれも同じに、とび下りたきり行かない。

「進んだら危ないぞ」

一人ずつ覗いてはすぐにとび下りるのだが、ほんの短い時間なので、十人がひとわたり見るまで敵には気づかれなくてすんだ。最後に補充兵の不二夫が覗いて驚いた。ちょっと

見た瞬間で正確な数はわからないが、どうも二百人位は居るらしい。それがチェコスロヴァキア製の機関銃を数丁並べている。とても太刀打ち出来る勝負じゃない。

「ここは危険だ。いつ見つかるかわからないから、もう少し離れよう」

という分隊長の指図で堤防の裾をしばらく走って横に外れて、人間の背丈より高い草が生えている叢《くさむら》の中に皆車座で坐って、

「ここなら敵にも見つからないだろう。ところで一体どうしたらいいだろう?」

思案するが誰もよい考えは出ない。味方は十人の兵隊。上等兵が一丁機関銃を持っているが、国産の軽機関銃。もう一人は*擲弾筒《てきだんとう》を一筒。そして弾薬手。残りの六名が三八式の歩兵銃を持っているが、この歩兵銃は明治三十八(一九〇五)年に作られたものである。兵器としてはもうすでに古くなっている。敵の持っている重機関銃はチェコスロヴァキア製で非常に優秀である。音を聞いただけで、補充兵の不二夫でもわかるくらい、チェコスロヴァキア製と日本製の相違は明らかである。チェコスロヴァキア製はスルスルと気持ちのいい音を立てて弾が出て、まず故障というものは起こらない。日本の機関銃は音がドドドッと野暮ったい上に、すぐに弾がつっかえて出なくなる。それを索条《さくじょう》という金の棒で銃身を逆さに突いて弾を通してまた撃つのだから、つまっている弾を突っつき返すあいだに

敵の弾が飛んできて戦死者が出るというわけで、一対一でも勝負にならない上に、敵は日本の数倍の機関銃を持っている。これではとても勝つことは出来ない。

「どうしたらいいだろうか?」

分隊長は一人ずつ訊《き》いたが、誰も答えるものは居ない。

「上等兵、おまえ、どうだ?」

「うーん」

と言ったが、いい考えはない。分隊長は上等兵から補充兵の不二夫に至るまで一人ずつ、

「おまえにいい考えがあるか?」

「おまえにいい考えがあるか?」

と訊いたが、誰もいい考えはない。

「一人もいい考えはないんだな?」

と言ったら、

「そうだ」

「俺にいい考えがあるから、俺の言うことに絶対服従するか?」


*擲弾筒=手で投げたり、小銃で発射したりする近接戦闘用の小型爆弾

一同も仕方なく、

「じゃあ、分隊長の言うことに服従する」

「どんな命令でも聞くか？」

「聞くよ」

代表で上等兵が答える。

「よし、じゃ、俺の命令を告げよう。このまま帰ろうや」

一同ほっとした。

「賛成します」

「賛成です」

これで分隊長を除く九人の意見は一致した。あとは帰るだけである。

十人の者は堤防の下を、必要もないのに、小さくなってかがんで小走りに走り、鉄道線路まで出た。鉄道線路からは、十人が一塊りになってレールに沿って北へ向かった。しばらく進むと、線路の脇に物置小屋があった。鉄道隊の資材置き場である。

「ああ、ちょうどいいものがあった」

と、ここに入って休むことにした。まっすぐ帰っては時間が早すぎる。やはり戦闘をしたということで、適当な時間を使わなければならない。十人の者はその中で昼寝をした。いい加減眠ったところで、太陽は適当に傾き、光線もやや弱くなった。

「ちょうどいい。これから帰ろう」

また十人は北へ向かって線路の上を歩いた。

「討伐の分隊、帰りました」

と当番兵に言うと、当番兵は中隊長に報告し、中隊長はゆっくりと歩いて出て来た。一同整列して敬礼をし、

「行って参りました」

と簡単に報告した。中隊長はじっと分隊全員を見ていたが、

「本当にやったのか?」

「本当にやりました」

そこまでは不二夫も安心していたが、次の質問には驚かされた。

「音が聞こえなかったぞ」

と中隊長は言った。予想もしない意外な中隊長の言葉に不二夫はドキッとした。もしこの一言によってことの真相がばれたのなら、分隊長以下全員の罪はどのようなものになる

のか。命令の不履行、上官への虚偽の報告。軽くはないはずだと思って肝を冷やしていると、分隊長は即座に、

「撃たないうちに敵は逃げました」

と答えた。不二夫はほっとした。さすが分隊長、ちゃんと答えは用意しているものだな、と思った。中隊長はなお疑わしそうに一同を睨んでいたが、

「よし、解散」

と言った。敬礼をして解散して、一同がぞろぞろと宿舎へ帰りながら、分隊長は、

「中公の野郎、気づきやがった」

と言った。

「考えてもみよ。簡単な命令だけど、一つ間違えば十人の命がなくなってたところなんだぞ。一言「ごくろうさんであった」とあってもいいところだ。「うん、そうか」だけですまそうとは、ちょっと中隊長らしくない答えじゃないのか?」

「そう言えばそうだが」

と上等兵は答えた。

「われわれがここで一つ間違って、十人が全滅になったところで、新聞には小さい記事で

「玉砕十人」と書かれるか、たぶんなんにもそんなものは記事として扱わないか、であろう。靖国神社の神は、十人増えたところで減ったところで、日本の国運には大した関係はない。いや小さな関係もない。どうでもいいことなんだ。だが戦死者の家族にとっては重大な問題なんだ。それを、「うん、そうか」だけですませるとは中隊長も薄情すぎやしないか？　あれは命令不履行を知った上での言葉だ」

「なるほど、そうか」

と上等兵も感慨深そうであった。上等兵以下九人の兵は、納得するとともに安堵の表情を浮かべた。

こうして分隊長を含め全員の団結心が固まり、十人全員の生命が失われずにすんだ。そしてその家族を悲嘆のどん底から救ったのである。


付記　敗戦直後、空襲で焼けて広場になった駅前の闇市で、ヨレヨレの国民服を着た不二夫が、同じようにヨレヨレの鉄道員服を着た元分隊長とばったり出逢った。

「あ、おまえは」

と言ったきり、次が続かなかった。しばらくして、

「生きていたのか。おまえの荷物は小森が担いで歩いていたが、死んだという噂を聞いて捨ててしまったよ」

「それでいいんです。命さえ助かれば、他は皆失ってもいいんです」

と言って別れた。

敗戦直後のことで、戦友会などというものも思いつかず、お互いの連絡先も言わないで別れた。

史上最小とも思える新聞の紙面に、「本日の帰還兵」として福山連隊の将兵の名が連日小さな活字で報道されていた中に、河野元中隊長があった。

# 野戦病院

寒気がする。背中がぞくぞくして気持ちが悪い。いままで経験した風邪とははっきりちがう。悪寒というのだろう。大陸は風邪まで日本とはちがうようだ。外は灼けつくような暑さというのに、なんとも言えない不快な寒気である。暑さも日本にはない激しいもので、室内でもついさっきまでは、ふき出る汗が拭いても拭いても止まらなかったのに、急に寒くなったりして、どうも変な具合だ。そのうち治まるだろうと我慢していたが、不快は次第につのってくる。いつまで堪えられるだろうかと、心細い気持ちになると、細かくふるえ始めていることに気がついた。ふるえが少し大きくなった。

「どうしたんだ」

対面の今岡一等兵が牌《パイ》を持った手を止めて顔も上げた。不二夫は古兵の中に一人混じった補充兵ではあるし、平素から弱兵として迷惑もかけ、馬鹿にもされているので、せめて麻雀ぐらいは終わりまで附き合わねばと思ったが、どうにも我慢が出来なくなり、毛布を被って横になった。

「寒気がするんです」

「仕方がないなあ、元気を出せ」

今岡一等兵は牌を伏せると、いつものように身軽に立ち上がり、

「いま衛生兵を呼んで来るからちょっと待っていろ」

と言いながら走って出た。不二夫は彼に金を貸してある。博打《ばくち》に負けては、そっと物蔭に呼び出し、まことに言いにくいといった顔付きで、

「すまないが、また五円貸してくれ」

と小声で言ったものである。根は律儀な人間とみえて、その都度「これで都合いくらだね」と念を押した。一、二等兵の月給は五円五十銭、事変手当てが六割ついて八円八十銭であるから、兵にとって五円は決して小さい金額とは言えなかった。日本の軍隊は世界で最も軍規が厳正であると、物心ついたころから耳にたこができるほど聞かされていたので、兵の博打にははじめは驚いたが、戦場の生活を経験してみると、その気持ちもわかってきた。大陸の奥地で金を持っていても全く宝の持ちぐされでしかない。それもれっきとした兌換券《だかん》*（このときはもう不換紙幣になっていたのだが）なら、習慣で有難いと思うかも知れないが、はじめて見る軍票では、有難いと思おうといくらつとめてみても、見馴れないものではあるし、安っぽい印刷なので、子供のおもちゃぐらいにしか感じることが出来なかった。戦闘のときは遅配だが、毎月給料を受け取ると、狐の木の葉ではないかといった

＊兌換券＝同等の金貨との交換を保障した上で発行できる紙幣

気持ちになるのをどうすることも出来なかった。

今岡一等兵の言うままに貸し与えたのが、このとき二十円になっていた。弱兵の不二夫にとって、古兵は杖とも柱とも頼むべき存在、というより命を預けた人でさえあるから、役にも立たない軍票など、子供にレッテルか何かでもくれてやるほどの気持ちでしかなかった。二十円が効いたのかすぐ衛生兵を連れて来た。

そのときは毛布を何枚重ねても寒く、ふるえは次第に大きくなり、いくら力を入れても止まるどころか、ますます大きくなるばかりであったし、頭は割れるように痛かった。衛生兵は分隊長を外に呼び出して二言三言話したがすぐ入って来て、

「心配することはない、ちょっとした風土病だ。一週間もすれば治るのだが、ここには薬も無いし、いつ戦闘が始まるかわからないから、大隊の医務室へ行こう。すぐ支度しろ」

と促した。


衛生兵が鉄道兵にひと口頼むと気軽に機関車を出してくれた。汽車のハイヤーのようだと熱のある頭で不二夫は思った。いつもゲリラの襲撃から鉄道を護ってやっているから、歩兵と名のつく者なら、補充兵の病人でもすぐ頼みを聞いてくれる。

時速五キロという徒歩より遅い汽車でしばらく北上して、新馬橋と同じような小駅に降りた。五キロというのは、ゲリラの妨害による脱線の被害を最小限度にくい止めるためのものであった。悪寒とふるえのために不二夫は駅名を見る余裕もなくなっていた。背嚢は新馬橋の部隊に残し、僅《わず》かな身の回り品を入れた雑嚢を肩に掛け、片時も手離すことの出来ない銃を担って衛生兵と歩いた。

堤の下を見下ろすと、柳の蔭に一人の老婆がしゃがんで、静かな流れで洗濯している。内地にもこんなのどかな風景があったのだと、遠い記憶が呼び起こされて急に里心がついて来た。このまま内地還送になるとまことに有難いのだが、衛生兵は一週間と言った。戦地へ来てまだ間もないのだが、すっかり戦争が嫌になっていた。文字通り明日の命が知れないのだから、チャンスが来たときに掴まなければならない。

赤紙を受け取ったとき、戦場の実情は知らなかったが、それでも仕事に支障をきたさない程度の、負傷か病気でなるべく早く帰りたいと願った。先日の討伐で、戦争は天皇陛下のためではなく、部隊長の功績のためにするという現実を知らされたとき、その決心は一層堅いものになった。もちろん、国のためなら喜んで戦死するというのではない。やはり無事で早く帰りたいが、現実を知ってからは、それが臆病からではなく、正しい判断にもとづいたものであるという、自信がついたのである。

負傷は注文通りにゆくものではないから、確実性のある病気にきめた。内地へ帰れる病気は、脚気と結核と神経痛であると聞いた。このどれかにしたいのだが、脚気は小さな金槌のようなもので向脛《むこうずね》を叩くと、すぐピンとはね上がるからごまかすことはむずかしい。反対に神経痛は外部からは判りにくいので、はじめから疑われて、だますことはむずかしいそうだ。とすれば中間の結核がよいと、赤紙を受け取ったときから考えていたのである。しかし第一線の補充兵では、軍医と口を利くことはおろか、顔を見ることさえ容易ではなかった。こんな状態ではどんなにして結核と言わせるか、その手段に苦しんでいたところなので、やっとその機会が近づいたと、前途に光明を見出した気持ちになった。大隊医務室に行けば軍医の診断を受けることになるが、この機会を逃がさずにうまく利用しなければならない。そこでその具体的な方法が新しい問題として、前に立ちふさがった。

衛生兵は風土病と言ったが、病名は何だろう。むかし小学校で、台湾征伐の際、北白川宮がマラリヤで亡くなったと教わったが、自分もそのマラリヤではないだろうか。何だかそんな気がする。首と両手につける防蚊網が十人に一組の割合でしかないので、順番に使用することにしていた。十日に一度だけ蚊を防いで、あとの九日は無防備なのだから、マラリヤにかかるのは当然のことである。

北白川宮は皇族のことだから、十分な手当てを受けたにちがいないが、それでもいけなかったとは、大変な病気であるということだ。そんな悪性の病気なら喜んでばかりもいられないが、無事に帰るためには、その程度の危険はくぐり抜けねばならないだろうし、その頃より医学も進歩していることだから、それは安心することにして、これを糸口に結核と言わせるにはどうしたらよいか。うまくゆくかどうかはわからないが、得がたいチャンスだから最大限有効に利用しなければならない。衛生兵は一週間ぐらいで治ると言ったからぐずぐずしてはいられない。そんなことを考えながら歩いた。

大隊医務室の小土井衛生兵は、内地では同じ中隊の同年兵だったので、診断がすんだらすぐにやって来て、マラリヤだと知らせてくれた。やはりそうだったのだ。熱は二日位で下がってしまった。この調子では本当に一週間位で治るかもしれない。幸運というものはなかなか回って来ないものだなとちょっと落胆したが、体中の力が抜けてしまっているからあと数日は大丈夫だ、辛抱していればそのうちに幸運が回って来るかも知れない。最後まで希望を捨ててはいけないと、自らを戒めて根気よく待つことにした。

熱が下がり食欲が起こると、支給されるお粥と梅干しだけでは物足りなくなった。伸びきった前線まで十分な食料の届くはずはない。そんな状態にあるとき、大きな美味しそうな西瓜がたくさん転がっている、裏の畑が目につくのは当然のことである。大隊の医務室とは言っても、貧農の掘立小屋を接収したものに過ぎなかったし、人不足のため歩哨《ほしょう》＊も立ってはいなかったので、日が暮れたら出入りは自由である。昼間覚えておいて闇の中を出かけた。西瓜は大変美味しく、内地では経験したことのないほどのものだった。

間もなく猛烈な下痢が始まった。三十分おきに下すのだから、出すものはすぐ無くなってしまい、泡のようなものがほんの少しばかり出るだけになったが、それにはものすごい痛みが伴い、涙がこぼれた。寝台へ帰っても容易に痛みが治まらないので寝つかれない。どうにか痛みが治まったころ、また下すのだから眠るひまがない。東の空が白み始めたときは、とうとう一晩眠れなかったのかと、精神的にも打撃を受けた。太陽が暑さを加え、大地が灼け始めたころは、全身の力が抜けてしまっていた。診断に来た軍医は顔色を変えた。

「何を食ったのだ」

「何も食べません」

歩哨は居なくても、接収した貧農の掘立小屋であっても、軍の医務室にはちがいないのだから、無断外出は軍規違反になる。殊《こと》に夜間は厳しく、逃亡の意志があったと言いがかりをつけられても、申し開きは出来ないところである。しかし西瓜が原因だという確かな証拠があるわけではないから、ここは見えすいた嘘を押し通すより他はない。

「何も食わないのにこんなになるはずはない」

と言っただけでそれ以上追及しなかったのは、こんな小さな軍規違反で罪人を作ったのでは、軍にとっても兵にとっても、マイナスにこそなれ、決してプラスにはならなかったからである。この程度の違反は誰でもしていることぐらい、軍医は百も承知の上だった。それに忙しい戦場では、そんなことにまで手が回らなかった。食べたのが別の西瓜、たとえば一つ横のであったら無事であったかも知れなかったのに、運が悪かったのだ、いや運がよかったのかも知れない。敵が何か毒物を注射していたものと不二夫は信じていた。

数日の療養で下痢は止まった。いよいよ原隊復帰かと不二夫は力を落としたが、まだ衰弱の方が回復しない。この一つに希望を託して、その間にひたすらつぎの機会を待つことにした。診断はまことにお粗末極まるもので、自覚症状など尋ねてはくれない。マラリヤと下痢の患者に、こちらからは何も言い出さずに、結核の診断を出させるのは不可能のよ

＊歩哨＝警戒・監視の任につく兵士

うな気がした。下手なことを言って嫌疑をかけられたら軍法会議もので、その被害は考え方によっては、戦死より大きいと言えるかも知れない。軍ではせっかく元手をかけて訓練した兵だから使えるだけ使わなければ損だと思っている。滅多なことでは内地還送はしてくれない。

道端の涼しい木蔭に腰を掛けて日課の診断を受けていると、通りかかった若い将校がふと足を止めた。このとき大きな幸運が不二夫を訪れたのである。西瓜を第一の幸運とするならば、これは第二の幸運とも言うべきである。

「永井じゃないか、どうしたのだ」

内地の連隊で教官であった竹内中尉である。地獄で仏と、思わず顔がほころびかけた。不二夫は幸運から見放されていないことを確認した。不二夫の家が連隊の近くであったので、応召して来た竹内中尉は下宿探しを命じた。彼は一つ星の悲しさ、外出が出来なかったので父親に連絡し、隣の家が引き受けてくれることになった。隣家は町内での小金持ちなので、普通なら下宿などしないのだが、長男がその年甲種合格になり、来春入営が決まっていたので、この際将校に知人を作っておくことは有利と考えて引き受けたのである。そんな下心があったため、採算などはじめから無視してサービスしたので、竹内中尉は大変喜んで父親のところへ二度礼に来た。

竹内中尉は軍医に向かって、

「これは俺の隣の家の息子で、中学の先生だから兵隊の役には立たんよ。内地へ帰してやれ」と言った。

隣家のサービスの余徳が不二夫へ回って来た。何らかの好意的な言葉が聞かれるものと内心期待してはいたが、あまりにもそのものずばりなので、驚いて竹内中尉を見上げると、今度は不二夫に向かって、

「病気では戦場の御奉公は勤まらないから、一度内地へ帰ってゆっくり養生して、健康になってからそのときこそ、今度の分と二回分の御奉公をしろ。いいか、判ったな。痩我慢をして犬死しては、この上ない不忠になる。陛下からお預かりした大切な体なのだから、大事の上にも大事にして、最も有効に役立てるのだ。これは俺の命令だ」

「判りました」

札つきの弱兵が本気で忠義を尽くすとでも思っているのだろうか。それとも、古兵たちの目を気にした不二夫に、心にもないことを言わせないために、しっかり釘をさしたのか。軍隊というところは、こんな見えすいた芝居をしても、形だけはととのえておかなければ

ならないのか。要領の下手な不二夫にはおかしいと思われるほどであったが、その好意は涙の出るぐらい嬉しかった。これで命を救われるという希望が見えてきた。

軍医は面白くないといった表情でペンと一枚の用紙をとり、

「既往症があったら言え」と書く用意をした。

竹内中尉は、

「よく考えて全部言うんだぞ。正確なことが判らなければ、どんな名医でも治療は出来ないのだ」と言葉を添えてくれた。

これを言う機会を、不二夫は赤紙を貰った日から待ちに待っていたのだった。幼時度々肺炎にかかったことを、母親から聞かされている限り、少々不自然ではないかと不安を感じるほど細かに述べた。軍医は無表情にペンを走らせた。

「生来病弱ニシテ度々小児肺炎ニ罹《カカ》リ、十六歳ノ時肺尖炎……」

必死の思いでそれを見つめながら不二夫は続けた。この非情な一枚の書類が自分の命を握っているのだ。平素信じてもいない神仏に祈りたい気持ちになった。竹内中尉は、

「それだけか、まだ忘れていることはないか」とまるで督促するように言った。

小土井衛生兵が夕方病室へ来て、衛生兵が足りないから、明日一人で宿県の野戦病院へ

行けと言った。そして竹内中尉と軍医は、いずれ劣らぬ酒豪で親友であるとも言った。

翌日不二夫は一人で書類を持って宿県に向かった。再び時速五キロの汽車に乗って、インクの色も新しい診断書を繰り返し繰り返し読んだ。

「生来病弱ニシテ……」冒頭のこの一句は天来の福音のように感じられ、これによって命を救われるような気がした。


宿県の駅で歩哨に野戦病院を尋ねると、正面の大通りを二キロほど行った左側にあると教えてくれた。衰弱した体には気の遠くなるような距離であったが、歩かないわけにはいかない。銃が肩にくいこむように重い。二百メートルぐらい歩いたら、もう一歩も進むことが出来なくなった。もとは商店であったらしい建物の前に、倒れるように坐りこんだ。それでもまだ苦しいので恥も外聞もなく、銃を抱いて舗装した道路に寝転んだ。隊伍を組んだ数名の兵隊が、ちらと不二夫を見下して通り過ぎた。靴の裏に打った鉄鋲が石畳に鋭く響いて耳を刺すようだった。

いつまでも道端に寝転んではいられないので、少しばかり回復した力を絞り出して歩いた。しかしその力もすぐまた尽きて倒れた。最初は建物の土台に体をくっつけて、狭い日蔭の中に割りこませるために、細い体を一層細くして、建物に体を押しつけて寝転んだのだが、休憩のたびに日蔭の幅は広くなり、通りの全部に陽が当たらなくなった頃、やっと目指す野戦病院に辿りつくことが出来た。

受付で持参した病床日誌を差し出すと、曹長の肩章をつけた衛生兵は、書面にちょっと目を落としただけで、意外なほど柔らかな物腰で中へ案内した。軍隊ではじめて人間らしい扱いを受けたので、なんだかとまどった感じであった。

野戦病院は中産階級の住宅を接収したもので、煉瓦《れんが》で舗装した小さな中庭の周囲に、やはり小さな建物が整然と並んでいる。正面の一番立派な部屋が、診断室兼軍医の居室になっていた。五十に手の届きそうな胡麻塩の、軍医には珍しく長髪の田村大尉は、首を傾けて打診していたが、「よく痩せたなあ」とひと口言った。そんなに痩せたのかと不二夫は驚きもしたが、同時にそんなになっているのなら有望だと内心喜んだりもした。三、四回聴診器をあてて、

「疲れているだろうから、今日はゆっくり休め。明日もう一度よく診てやる」

と言って衛生兵を呼んだ。申し訳のような診断ではあったが、大隊医務室の経験から、

軍医の診断はこんなものと決めていたので、別に不満らしいものは感じなかったし、明日の診断にも期待しなかった。田村大尉は衛生兵に、

「この患者は俺の近くがよい、三号室が一つ空いていたな」

と尋ねるというよりは確認した。

「はい、空いております」

衛生兵に連れられて三号室というのに入った。それは診断室の左の小さな部屋で、ベッドが三つでちょうどという広さであった。不二夫はその一番奥、つまり通りに面した窓際に寝ることになった。

不二夫はむかし読んだ少年雑誌の戦争ものから、野戦病院というものに何となくロマンチックなものを想像していたが、田村大尉や受付の曹長の態度から、何かほの暖かい人間味を感じた。

「永井というのはどれだ」

うとうと眠っていた不二夫が驚いて目を覚ますと、少尉の略章をつけた患者が枕元に立って、三人の患者を平等に見回している。

「自分が永井であります」

「笠*中の先生だな」

「そうです」

「ちょっと俺の部屋へ来い」

診断室の前を通り過ぎて右側の部屋に入った。

「ここは俺一人だけだからいつでも遊びに来い。ところで俺は笠中の卒業生で大町というのだ」

理由もわからず少尉に呼ばれて、何事かと緊張していた不二夫はほっとした。

「先生が補充兵で大変だな、なぜ幹**候の志願をしなかったのだ」

「幹候の志願をしますと、学校を退職しなければなりません。徐州が陥落しましたからつぎは漢口のようですが、これがすめば戦争は終わりになるでしょう。実は南京でもう終わりと思っていたのです。除隊してからまた職捜しは大変ですし、それに兵の方が義務年限も短いですから」

「それが偽らない気持ちだね」

「内地では勇ましい話ばかり聞かされてきましたが、現実はそんなものではないことがよくわかりました。中隊長も口ぐせのように、死んで少佐で帰るより、生きて大尉で帰りたいと言っていました」

「そんな中隊長の下では楽だっただろう」

「お蔭でいつの戦闘でも被害は一番少なかったのです。しかし他の中隊からはいつも漫漫中隊と言って、馬鹿にされていました」

「漫漫中隊だって何だって運のよいのが得だよ。今度も運がよいぞ。田村大尉は、体力がつき次第内地へ帰してやると言っている。その体では長い旅は無理だからな」

田村大尉も汽車は無理と言ったが、それを強調するところが不二夫には納得出来なかった。たしかに衰弱してはいるが、たかが下痢ではないか。不二夫がおそれているのは全快して原隊復帰することなのだ。こんな所で十分養生して全快してしまっては、せっかく微笑みかけて来ている幸運の女神を、むげに追い返してしまうことになる。竹内中尉の好意で書かせた病床日誌も、補充兵一人の生命を救う力はないのか。

「そんなに衰弱してはいないつもりですが」

「そうだよ、大したことはないのだ。お前は自分で病床日誌を持って来たそうだから知っ

＊笠中＝旧制笠岡中学校
＊＊幹候＝幹部候補生

ているだろう、両側肺門浸潤なのだ。病名はともかく、どうせ帰れると決まった体だ、急ぐことはないよ」

「はじめて聞く病名ですが、それは一体どんなのですか。軍医殿に訊くわけにはいきませんし」

「それはつまり肺門部に水がたまっているということだ。早く言えば湿性肋膜炎、軍隊では胸膜炎と言うが、そんなものと思ったらよい。胸膜炎でも湿性は治り易いからね。無知な百姓兵なら、肺とつく病名を聞いただけで力を落とすところだが、インテリは大丈夫だ。もし他の病気だったらその程度の衰弱は何でもないのだよ」

　不二夫は、自分の病気は下痢だけで、肺門浸潤は竹内中尉の示唆によって、大隊の軍医が心ならずも書かされたものと信じていた。医者というものは結構なもので、後で診察した医者がそうではないと言っても、そのときはその徴候があったと言えばすむと聞いたことがある。この病名もそれだと一人で決めていた。肺の弱いことは事実だが、いまは下痢だけだ。だから衰弱の甚だしいいまのうちに帰らなければ、チャンスを逃がしてしまうと、気持ちは落ち着かなかった。本当に肺門浸潤ならこんな有難いことはないのだが、そこまで期待するのは少し虫がよすぎるようだ。

「たかが蒋介石ごときに、中学の先生を補充兵で引っ張りだして、こんなになるまで勤務させて、それでも世界無比の皇軍か」

「いいえ、下痢です。西瓜を食べたのが悪かったようです」

「何、西瓜だと、お前もそれにやられたのか」

「では同じような病気がたくさんあったのですか」

「随分あったのだ。しかし病原菌がわからないのだ」

大町少尉は部屋の外をそっと見回して、

「兵には支那人の仕業《しわざ》と言ってあるが、現在の支那の医学は、水準がそこまでいっていない。と言うことは……」

ここで一段声を落として、

「大きな声では言えないが、日本軍が臭いのだ」

「えっ、日本軍ですって」

「しっ、声が高い」

大町少尉は手で制して、また部屋の外をうかがってからつづけた。

「もちろん日本の軍部が、日本兵を殺そうとはしないさ、支那兵をやるつもりだったのが、日本兵もたくさんそれを食ったというわけだ。お前もその運の悪い一人になったのだ」

そうだったのか、運がよかったのだ。この連続の幸運は自分を内地へ帰すために作られたようでさえある。このチャンスをしっかり掴んでおかなければ、二度とまわって来ないだろう。

「もう少し元気になるまで待て、そしたら間違いなく帰れるのだ」

「壁につかまらないで便所に行けるように早くなりたいと思っています」

「そうだろう、だから汽車は無理なのだ。俺は脚気だから、つぎの便で一足先に内地に着くが、何か伝えることはないか」

「別にありません」

「いやにはっきりしているじゃないか。家は近いのだから遠慮はいらん」

「ここで逢ったと伝えて下さい。そのうち自分も帰ることになるでしょうから」

「そうだったな、お前も帰るのだ。疲れただろうから部屋に帰って休め」

夜中頃、急に風が出たかと思うと、雨が加わってきた。窓にはガラスも何も入れてないのだから、雨は寝台の上に容赦なくたたきつけてくる。衛生兵が、厚い扉を担いで来て窓に立てかけてくれた。激しい風の音に容易に寝つかれないでいると、窓に立てかけた扉がふわりと音もなく寝台の上に倒れた。大粒の雨が顔に痛い。風は度々方向を変えるので、雨が吹きこんでくるのは時々でしかないが、止むまでこのままでいるわけにはいかない。と言っていまの不二夫の力では、厚い扉を動かすなど思いもよらないことである。困ったことになったと思っていると、入口から顔を覗かせた衛生兵が、「アッ、いけない」と言って走って行ったかと思うと、間もなく細引を持って来て、扉を窓にくくりつけた。

「これで大丈夫と思うが、もしまた倒れたら言って来てくれ」と言って出た。

万全を願うのは無理だろうが、また倒れたら起こして、それから衛生兵の部屋を探しに行くのは、出来ない相談のようである。激しい風の音を聞きながら、いつまた倒れてくるかと不二夫は扉ばかり気にして夜を明かした。

つぎの日丁寧な診察を受けた。軍医からこんな丁寧な診断を受けようとは思ってもみなかった。かかりつけの町医者でも、こんなに診てはくれなかったので、その有難さはひとしおであった。でもそんなに丁寧に診たら、胸など悪くはないということになりはしないかと、また心配になった。

「必ず内地へ帰してやるから、心配しないで養生しろ。衰弱しているから、いますぐというわけにはいかない。もう少し体力が回復するまで待て」

内地へ帰すというのは最大の朗報であるはずなのに、心配するなという意味がわからない。内地へ帰すというのは気休めなのかな。疑えば汽車が無理というのも納得出来ない。どうせ貨車に決まっているのだが、それだから寝転がることも出来てかえって楽なのだ。衰弱したとはいえ、二キロの道を、度々休みながらではあるが、どうにかここまで歩いて来たのだ。もう一度といっては無理なことだが。

部屋に帰って横になると、間もなく衛生兵が検温に来た。マラリヤの熱は治まったが、まだ平熱には復していないので、肺門浸潤と言わせるには好都合だ。不二夫は頑固なまでにその病名を信じていなかった。

隣の兵が体温計を返さないので、見るともなく見ると、軍のものとは少し形がちがうようだった。

「それは少しちがうようだな」と不二夫が言うと、

「私物だ」と億劫《おっくう》そうに答えたので驚いた。戦争に体温計を持って来るとは一体どういう神経だろう。不二夫のような弱兵、しかも最初からの結核志望でも、いやそれだからこそ疑われることをおそれて、そんなものを持って来はしなかった。体温計ぐらい衛生兵が持っているが、それも居ない前線で熱を計って、誰にうったえようというのだろう。下手に騒いだりしないで、倒れてのち、やんだように見せかけねばならないのだ。気のせいか隣の兵は痩せこけて（不二夫もそうだったのだろうが）健康なときでも、自分よりは弱そうなのではないかと思われるような体だった。もちろん補充兵にちがいないだろうが、下には下のあるものだと感心させられるような兵だった。

その夜中、不二夫は枕元の騒がしい物音に目を覚ました。揺れるカンテラの光に照らし出されているのは、田村大尉と他に一人の衛生兵であった。隣の兵の容態が急変したらしい。田村大尉が「もう駄目だ」とつぶやくように言った。二人の衛生兵が遺体を、音を立てないように運び出した。不二夫に気がついた田村大尉は、

「何でもない、静かに寝ていろ」

と言って、カンテラを入口の方へ向けたかと思うと足早に出て行った。体温計を持って戦場へ来るというのは、やはり虫が知らせたのだろう。

田村大尉が不二夫のショックを心配したのはよくわかったが、彼はショックなど受けなかった。明日は我が身になるなど、彼の考えもしないことであった。亡くなった兵の親た

ちの嘆き悲しむ姿や、軍や故郷の顔役が、まるで自分の手柄でもあるように、軍国美談に仕立て上げて得得とするであろうと思うと、やり場のない怒りがこみ上げてきた。奴等を喜ばせるような美談の主には決してなってやらないぞ。

つい数日前、駅から二キロの道を歩いたことが、いまでは奇蹟のように思えるほど衰弱して、便所まで歩くことさえ困難になっていたが、頭の方は意外にはっきりしていて、寝たままで終日そんなことを考えたりした。

隣の寝台が空になったので、大町少尉から貰った羊羹《ようかん》をそっととり出した。ひと握りの米でさえ貴重な大陸の戦線で、将校はこんなものを持っているのかと、不思議でならなかった。こんな貴重なものを隣の兵の前で食べるのは悪いし、見ず知らずの者に分けてやれるような品ではなかったので、いままで出せなかったのであった。死ぬとわかっていたら、ひと口ぐらいやったのに、悪いことをした。あまりにも珍しいものなので、しばらく眺めて楽しんだり、間違いなく羊羹であると納得出来るまで待ってから、思いきって、しかし反対の端の兵に悪いから、静かに包紙を破った。

食べようと口に近づけてふと気がついた。何か動いている。羊羹が動くなんて、衰弱のために視力に異常を来したのかなと、内心喜びながら少し不安も交えてよく見ると、やはり間違いなく動いているものがある。視力が衰えるほどの病気ではないはずだ。採光が悪いので部屋の中は薄暗い。窓際へ持って行ってよく見ると、蛆《うじ》だった。驚いて、なおよく見るとたくさん居る。蛆が湧いているといっても、捨ててしまうのは惜しい。砂糖を断って何日、いや何十日になるか。そしてこの後いつこんなものにお目にかかれることか。小刀の先で丹念に一匹ずつ弾き出してから食べた。

不二夫は壁につかまって、カニの横這いのようにゆっくりと便所から帰っていた。やがて診断室、この入口にはつかまるものがないので難所なのだが、そこを通り越すとすぐ隣だ。入口の手前でいつもひと休みして、体力の回復をはかることにしている。そのとき、診断室の中から、戦場には珍しい碁石の音が聞こえてきたので中を見ると、風通しのよい入口の近くで、田村大尉と曹長が折畳みの盤で碁を打っている。部屋に帰っても寝るだけの体なので、休みがてら盤面を見ると、二年前教師になってから習い始めた不二夫の目にもはっきりわかるザル碁であった。勝負は間もなくついて田村大尉が大勝した。

「大尉殿にはとてもかないません」

お世辞のようでもあり、本心のようでもあった。

「永井、お前は先生だから碁は打てるだろう」

入口につかまっている不二夫を見て、田村大尉は声をかけた。

「まだ習い始めたばかりです」

ふつうなら、知らないと答えるところだが、先方の腕前を見て、これなら相手を命じられても大丈夫と思ったから、そう答えた。

「それはちょうどよい。俺たちもここへ来てから始めたのだ」

その言葉が嘘でないことは、いま見てよくわかった。

「碁というものは、あまり力がちがっていては面白くない。どうやらよい相手らしいが、入って一番やらないか」

碁の相手とは願ってもないことだ。こうして度々軍医のところへ出入りすることは、内地還送になるために好都合、という功利的な気持ちも動いて、診断室に入った。

不二夫はいままで誰と打つときでも黒と決まっていたし、*井目《せいもく》置くことも多かったので、手は自然に黒石にのびた。曹長とばかり打っていた田村大尉は、無意識に白石を手にしたが、それでも、「俺が白でよいのかな」とひと口言った。

田村大尉はまことに弱い。見ていた通りの腕前であった。不二夫は軍医に接触しておけば有利という気持ちはあったが、不自然でなく勝ちを譲ることは、彼の腕では無理であった。

「うーん、強いのう」と田村大尉は感嘆の声を上げた。

「全く強い。さすがの大尉殿もかないませんね」と曹長も同調した。

「もう一番どうだ」

「疲れましたので」

「そうだ、お前は無理は出来ないのだったな。ではまた明日たのむよ」

ザル碁一局でそんなに疲れるとは、不二夫は思ってもいなかった。やはり病気は重いのだろうか。

空気の乾燥した大陸の月は殊《こと》の外《ほか》美しい。その上夜は涼しくて、日中の暑さを忘れさせてしまうほど快い。灯火用の油が底をついているので、皆、真っ暗な部屋から出て、中庭で夕涼みをした。今宵は満月、中秋の名月の一月前である。こんな美しい月を見たら、阿倍仲麻呂でなくとも故郷が恋しくなってくる。大陸へ渡って日はまだ浅いが、戦場暮らしがつくづく嫌になっていた不二夫には、阿倍仲麻呂とは別の気持ちから、望郷の念やみ難

＊井目置く＝技量に差があるとき、あらかじめ石を置いて始めること

いものがあった。

建物の細部まではっきり見える昼間より、屋根だけがシルエットになった月夜の方が、より痛切に異国を感じさせるのはなぜだろうか。磨り減らされたレコードからメロディーが流れてくる。題は知らないが、「やけにふかした煙草の煙」という歌詞の一節が、この場の光景によくマッチして印象に残った。これが一枚しかないとみえて、何回も同じものを聞かされたが、このメロディーは異郷で病気になって、精神的にも打ちひしがれた兵たちの心を強く打ったようである。


つぎの日は不二夫が白で打った。生まれてはじめて白石を持った、彼にとっては記念すべき場所が、この宿県の野戦病院である。ザル碁に先手と後手のちがいはない。

「やはり駄目か」

田村大尉は感嘆した。一日一局が体力の限界である。不二夫が立ち上がると、田村大尉は黒と白を取り換えて、曹長と打ち始めた。


今宵も月見である。

「昨日が満月だったから、今日は十六夜だな」

「十六夜は中秋だけを言うのだよ」

建物の蔭から田村大尉の声が聞こえた。磨り減った同じレコードからメロディーが流れてくる。すべてが昨日の通りであった。こんな静かな生活を経験したら、戦場へ帰るということは自分のコースには、もう無くなってしまったもののように不二夫は感じた。感じは感じとして、それを実現させるためには、まだまだ長い忍耐と努力が必要である。病院生活はまだ始まったばかりなのだから、もし人間に与えられた生涯の知恵の総量が、一定のものであるとしたら、この目的のために全部をいまここで使いきってもよいとさえ思った。

田村大尉も大町少尉も、喜ばせるようなことを言ってはくれるが、ここで病気が治ってしまえば、原隊復帰に決まっている。とは言っても、薬はおろか食料さえ不自由なこの野戦病院では、これほどの衰弱はおいそれと回復しないだろう。希望をこの一点に託して、治るのが先か、帰るのが先か、命をかけたゲームになった。

「お前はどこが悪いんだ」

「胸だ」

「お前も胸か。俺も肺浸潤じゃが、食うものもないようなところじゃあ、治りゃせんよう。鞆《とも》へいんで刺身を食わにゃいけんよう」

「お前は鞆か」

「そうよう、鞆の漁師じゃ。鞆の空気を吸うて刺身を食うてみい、肺病はすぐ治らあ」

その後は漁師氏の自慢話になった。どこそこの戦闘で大奮闘したとか、この軍刀でいままでに七人斬ったとか言って、手にしていた短い軍刀をひねり回して見せたが、あいにく月光が庇《ひさし》に遮られてよく見えなかった。夕涼みにも月見にも軍刀は必要ないだろうに、彼は手離すことなく、いつも人目につくようにしていた。皆は聞いているのかいないのか、月見の庭は静まりかえって、レコードだけが飽きもせず同じメロディーを押しつけてくるのがわびしかった。

昼の日課の碁はつづけられて、四目までになった。こんなに置かせてと思ったが、それでも結構勝負になったから面白いものである。

月が欠け、時刻が遅くなると、月見の人も次第に少なくなって、自然に中止の形になり、毎日の生活に潤いがなくなった頃、大町少尉が後送されることになった。

トラックに乗る大町少尉を玄関まで見送りに出た不二夫に、

「お前の家へは必ず寄ってやる。伝言を言え」

とまた伝言を持ち出した。不二夫は、自分も後から帰ると言いたかったが、周囲の耳をはばかってそれは口にしなかった。

「御覧になったままをお伝え下さい」

トラックが出て行くと、自分だけがいつまでもとり残されるのではないかという、恐怖に似た気持ちに襲われた。

郷土選出の代議士が慰問に来るから、部屋を整頓しておくようにと衛生兵が伝えた。久し振りで平服の人間に逢い、故郷の香をなつかしむことが出来ると、衰弱した身体に鞭うって、整頓するほどもない荷物を片付けた。小銃と帯剣と鉄兜と雑嚢が全財産だった。

昼を過ぎたがまだ来ない。碁を打っているところへいきなり入って来られてはまずいというので、この日は碁も止めて静かに寝て待っていた。窓から入ってくる陽射しが少しずつ長くなり、微風が熱気を失い始めたころ、サイダーを持って衛生兵が入って来た。

「代議士は都合によって、当病院には立ち寄られないことになった。このサイダーは慰問品だ。一本を三人で飲め」

「代議士の野郎、税金を使って何をしに来やがったんだ」と叫ぶ声が聞こえた。

大変珍しいものなのだが、サイダーなんか欲しくはない。内地の香りを持って来た人間に逢いたかったのだ。偉い人というものは、兵隊などの目には見えないところを、アッという間に駈け抜けておいて、内地へ帰ったら一段高い処《ところ》から大勢に向かって忠勇無双の我が兵の奮闘を、まるで自分のことのように得得と吹聴するのだろう。せっかくのサイダーだからと一口飲んだが、まるで水でも飲むように味が無かった。

徐州の野戦病院へ後送されることになった。待ちに待った後送だが、いよいよとなると、二週間の生活は名残り惜しいものに感じられた。田村大尉は玄関まで見送りに出て、

「内地へは必ず帰れるのだから、力を落とさず気長く養生するのだよ」

と言いながら、トラックに上がりかねている不二夫の尻を押し上げた。

徐州の野戦病院は大富豪の邸宅を接収したものであった。門を入って、広い庭や狭い庭を何度も通り抜けたり曲がったりした。庭を区切る建物は、そのどれもが小さな宮殿のようであった。一人ではもう門まで引き返す道がわからなくなったと思われるころ、たくさんある小さな宮殿のような建物の一つに入れられた。石段を五、六段上がると、建物をとりまく回廊がある。中に入って中央の廊下を進み、右側の三番目の部屋に入れられた。

はじめての建物とか部屋などに入るときは、必ず入口で一度立ち止まって、一秒か二秒ぐらいの極めて短い時間に、室内の地形の大体を頭に入れておき、不意に襲撃された場合、どこへ身を隠すかを決めておくことが、そのころの身についた習慣になっていて、たとえ暗闇の中でもすぐそこへ行けるように、距離と方向をしっかり覚えておいた。これは無意識のうちに実行していたことだったが、この夜はじめて役に立った。

真夜中と思われるころ、不二夫は銃声で目を覚ました。反射的に枕元の銃と帯剣と鉄兜をとって、横になったまま寝台から転がり落ちた。立ったりしたら頭をやられるおそれがあるから、姿勢は出来るだけ低くしなければならない。昼間覚えておいた場所へ匍匐《ほふく》して進んだが、銃声が激しくなるようなので、敵の攻撃が本格的にならないうちに、建物から出ることにした。廊下もやはり匍匐して、入って来た中央入口まで来た。ここでちょっと機関銃のとぎれるのを待って、石段を転がり落ちた。そのとき叫び声が聞こえたのは、石段を降りるとき、立ち上がってやられた者のであろう。

建物の土台にくっつくようにしてなお匍匐し、銃弾の来るのとは反対側に進んで、伏せたまま帯剣をつけ、鉄兜を被った。それから撃たないつもりだが、万一の場合に備えて弾丸を装填《そうてん》した。大隊医務室から数えて二十日余り、いままでこんな目に遭わなかったのが不思議なぐらいであった。ふいに耳もとで銃声がしたので鼓膜が破れたかと思った。銃声はさらにつづいた。一度撃ち出したものは止まらないとでもいったふうに、がむしゃらに撃っている者がある。

「人の耳もとで撃つ奴があるか」こんな頭に血の上がったような撃ち方をするのは古兵ではない、補充兵にちがいないと思って、不二夫は思いきって大きな口を利いた。

「馬鹿たれ、敵が撃っているのがわからんのか、臆病者」

その声は宿県で大法螺《おおぼら》を吹いていた漁師氏である。やはり奴は臆病者だったのだ。こんなときには臆病者から順に撃ち始めるものである。ところで奴は古兵なのだろうか、それとも補充兵だろうか。口の利き方は古兵のようである。古兵に臆病者は居ないというわけでもないし、補充兵でも非常識で臆病な者には、虚勢で横柄な態度をとる者がある。どちらかなと思いながら、敵の目標になるのをおそれて、不二夫はまただるい体を引きずって移動した。銃声は次第に激しさを加えてくる。

「歩兵さん、撃ってください」

足元から心細い声が聞こえた。隣の寝台に居た通信兵の患者らしい。

「敵の姿も見えないのに撃つ奴があるか。自分の位置を知らせるだけだ」

「敵は目茶苦茶に撃っているのですから、音は聞こえないでしょう」

「銃口から火が出る」

「ではどうするんですか」

「夜が明けたら友軍が助けに来てくれるから、それまで待つんだ」

「このままじっとしてですか」

「他に方法はない」

「それまで大丈夫でしょうか」

「保証は出来ないがたぶん大丈夫だろう。今夜の敵は兵力はかなりのようだが、武器は機関銃と小銃だけのようだから、こうやって隠れていれば当たりはしない。頭を上げるなよ。擲弾筒《てきだんとう》だったら上から落ちてくるから恐ろしいが、今日のはそれがないようだ。それに支那兵は突っこんでは来ないから、その点も安心だ」

「友軍はもっと早く来られないでしょうか」

「来ない。地理のわからない夜道では逆に途中で襲撃されるおそれもあるし、かりにここまで来ることが出来たとしても、真っ暗い中では同士討ちの危険もある」

不二夫は元気であったとき、夜中に何回か鉄道隊を救援に行ったことを思い出した。

遠くで日本兵の叫び声が聞こえた。また一人犠牲者が出たようだ。

銃弾の飛び交う下で長い長い数時間が流れた。東の空が白み始めると同時に、敵は地平線の彼方に見えない姿を没した。今日も何とか命拾いをすることが出来た。

太陽が地平線からぐんぐん離れて、広い大地がじりじりと焦がされ始めた。衰弱した体を戦闘後の興奮によって辛うじて支え、だらしなく整列した。戦闘後の点呼、たとえ外見はだらしなくても、神経ははりつめていた。呼ばれて応えない者は、「英霊」という名の犠牲者になったのである。各隊から病人ばかりを集めたのだから、自分以外は皆知らない名前だった。それでも答えがなかったときは、他人事とは思えなかった。小さな銃弾がほんの少しずれたというだけで、それが自分になっていたかも知れないし、いつそんな目に遭うかも知れないのだ。点呼はつづけられた。

「及川桂伍」

「………」

「補充兵一等兵及川桂伍。居ないのか」

一瞬しいーんとなり、緊張に悲しみを交えた空気が充満した。また一人靖国行きか。

このとき顔中に包帯をした兵が進み出て、黙って自分の顎《あご》を指した。付き添っていた衛

生兵が、

「及川一等兵であります。昨夜顎を負傷しました」

「よし」

横から顎を撃ち抜かれたのだった。

不二夫は銃を杖に疲れた体を引きずって日蔭伝いに病室へ向かった。壁にもたれて何回目かの小休止をとっていると、建物の中からうめき声が洩れてきた。砲撃で壊された煉瓦の壁の間から覗いて見ると、中の光景は病人には見せてはならないものであった。衰弱した体にはあまりにも刺戟《しげき》が強すぎた。鋸で患者の大腿骨を切断している。胃の中から何かが押し上げて来るような気持ちがして、額のあたりが急に涼しくなったかと思うと脂汗がにじみ出した。壁につかまっていても、立っているのが苦しくて、しゃがみこんでしまった。

病室に帰っても、二人の負傷兵のことが念頭を去らなかった。彼等は除隊後どんな生活をするのだろうか。不二夫が子供のころ、日露戦争の廃兵が、「征露丸」を売りにやって来た。白衣の男があばら家を一軒ずつ訪れて、馴れた口調でしゃべる。母がまたかという顔で断わると、松葉杖にすがって出て行くその後ろ姿に、子供心にも哀れを感じたものである。

「あの人はなぜ足が片方無いの？」

不二夫は母に尋ねた。

「戦争で怪我をしたのだよ」

「痛かっただろうね。あの人にはお父さんやお母さんは居ないの？」

「親が居たらどんなに貧乏をしても、自分の子にあんな乞食のような真似はさせてはおかないよ」

そのとき母は涙ぐんでいたようだった。不二夫は戦争の悲惨を子供心に焼きつけられた。

一度子供の頃のことを思い出すと、終日寝ているだけの退屈さから、まるで連鎖反応のように思い出が発展していった。彼の曽祖父が老中の家来だったので、祖父は薩長が大嫌いであった。幼い孫にこんなことも言った。

「昔は武士と百姓町人は別のものだった。武士は戦争に出る代わりに、平和なときには何もしなくても先祖代々禄を頂戴することが出来た。戦死すればその功績で、子は前よりたくさんの禄を頂戴したのだし、怪我をしたのだって同じようなものだ。だから廃兵なんかになって薬を売ったりしなくても、殿様からいただいた禄で、楽に暮らすことが出来た百姓町人は税金を納める代わりに、戦争には行かなくてもよかったのだ。つまり、戦争をする者と税金を納める者とが別になっていて、それぞれの義務を果たしていたのだ。それが薩長の天下になってすっかり世の中が悪くなって、百姓町人から税金だけは昔通りきちんととっておいて、その上戦争が始まったら、赤紙一枚で兵隊に引っ張り出しやがる。戦争なら、平素月給を貰って遊んでいる将校だけが行けばよいのだ。奴等のすることは、こんなふうにみなインチキなのだ。お前は大きくなっても兵隊にだけはなるなよ。他のものなら何になってもよい、自分の一番好きな、そして一番得意と思うことをしろ。薩長の足軽にするために、貧乏の中をこうして育てたのでないことだけはよく覚えておけ」

そんなことを聞かされてしばらく経ったある日、近所の子供たちと練兵場へ蝉取りに行っての帰りのことである。営門の前の木蔭に坐って、みんなと獲物を数えたり比べあったりしていると、初年兵が一人外出から帰って来た。衛兵の前で棒でも呑んだようになって敬礼し、軍隊手帳をさし出した。子供たちは珍しい見ものとばかりに、疲れも吹き飛んで立ち上がり、衛兵の前に半円形に並んだ。衛兵は子供が見に来たので面白がって、軍隊手帳を一頁ずつ繰ったりしながら、初年兵をからかった。

「何処へ行ったのか」

「活動写真であります」

「面白かったか」

「はい、面白くありました」

「そうじゃあるまい、遊郭へ行ったんだろう」

衛兵は子供たちの方を向いてにやりと笑った。初年兵はむきになって、

「いいえ、活動写真であります」と釈明につとめた。

「嘘を言ってもわかる、やったような顔をしとるぞ」

「活動写真は大市座であります」

「その紙包みは何だ」

衛兵は矛先を変えた。

「石鹸であります」

「ケ」にアクセントのある耳馴れない発音だったので、遠くの山奥から出て来た兵隊だなと思った。遠くから出て来て、友達もなく淋しいだろうに、あんな意地悪を言って面白がったりいじめたりしてと、急に衛兵が憎らしくなって、子供たちは申し合わせたように立ち去った。

軍隊とは何といやなところだろう。あれが祖父の言う薩長の足軽なのか。学校の先生は国民の三大義務と教えたが、日本人に生まれたら、みんなあんな目に遭わされなければ、義務がすまないのだろうか。入営する青年が、「男子の本懐です」と言ってよく挨拶するが、本当にあんなのを本懐と思っているのだろうか。祖父の話の方が本当のように思われた。

さらにさかのぼって、幼稚園時代の軍国主義教育も記憶によみがえってきた。ナポレオンという偉い人は、小さいときから兵隊さんが大好きで、お母さんから貰った白いパンは食べないで、兵隊さんに頼んで軍隊用の黒パンと換えて食べていました。小さいときからよく心掛けて、兵隊になる準備をしていたのです。男の子はみんなそのようにしなければなりません、と先生は言った。

この話もいやな想い出の一つである。演習帰りの兵隊が汗と埃にまみれて、ボロのように疲れきって歩いているのを見たとき、ナポレオンという人は本当にあんなのが好きだったのかと、不思議でならなかった。名誉の人がなぜ白衣を着て、母の言葉を借りれば、物乞いのようにうろつかねばならないのか、それも不思議であった。ときには廃兵の胸に勲章がぶら下がっていることもあったが、そんなときにはなお一層みじめな気持ちになった。

馬に乗った将校の胸にも勲章がつけられていることがあったが、この方はたしかに名誉という感じがした。先生が教えるのは、この方だけかなとも思ったりした。

先刻見た二人の負傷兵と子供のときの廃兵がオーバーラップして脳裡に浮かんだ。これは他人事ではない、いつ自分があんな姿になるか知れないのだ。もし顎を射ち抜かれてものが言えなくなったら教師は勤まらない。片脚ならどうだろう。やはり駄目だろう。不景気なときにやっと教師になれて、自分の生活だけは何とか支えられるようになったと思ったのに、危ないことになったものだ。母は「親が居たらどんなに貧乏しても乞食はさせない」と言っていたから、一応最低生活だけはみてくれるだろうが、親が死んだ後は、やはり征露丸売りでもしなければならなくなるだろう。

一枚の赤紙の恐ろしさが身にしみて、毎日のように同じ思いを何回となく繰り返した。しかしいまは不幸中の幸いともいうべき病気になっている。この病気を早く治したりしないで、病院船に乗りこむまでは大切に持っていなければならない。もし万一早く治したりしたら、このつぎ、いつまたこんな運のよい病気になれるか知れたものではない。というよりそんなになる前に、行軍に落伍して殺される確率の方が大きい。いや必ずそうなるにちがいない。

野戦病院も徐州まで来ると食事がよくなった。何か月振りかでお目にかかる食事らしい食事である。一口食べてみた。実に美味しい。内地では毎日こんなものを食べていたのだった。内地の生活というものはこんなにも優雅なものであったのか。また一口、やはり美味しい。また一口…。ふとフォークを置いて考えた。あまりの美味しさに大切なことを忘れていた。いい気になって食べて、もし健康になったりしたら、せっかく歩み寄って来た幸運を追い返すことになる。こんな食事なんか、内地へ帰れば毎日食べられるのだから、それまで辛抱しよう。衛生兵が食器を集めに来た。

「こんなに残したのか」

「食欲がありません」

乗船するまでは体力を回復しないためと、結核の症状である食欲不振の実績を作っておくために、毎日必ずいくらかを残した。健康は日増しに回復しているのか、全部食べてもおそらく足りないであろうと思えるほどであった。空腹のために腹がグーッと音を立てても、「食欲がありません」を貫き通した。

数日後の夜、済南へ。欲しい食事を何日も無理に残してきたので、空腹でたまらなくなり、駅で衛生兵の目をぬすんで、支那人の子供から煎豆を買った。

人数が比較的少なかったので、貨車に乗ってもスペースは十分あった。その後の病床日誌には一体どんなことが書いてあるのだろう。後送患者何名分かのが、引率衛生兵の雑嚢の中に入っているらしく、いつも体から離さなかった。宿県に入院するとき読んだのが最初で最後になるらしく、どうやらもう見せては貰えないようだ。

大空も曠野もそれらをすっぽりと包みこんだ闇の中にも、しのび寄る秋の気配が感じられた。日中の暑さもやっと終わりになったらしい。これで楽になれるかと澄みきった空を見上げると、星座が少しずつ移動している。車内はもちろん、外にも一点の灯も見えない真っ暗い中を、汽車はのろのろと北上した。

腹具合が変になってきた。痛みが徐々に加わってくる。この前の下痢のときとははっきりちがうし、第一下痢はしない。貨車の中だからそれは有難かったが、痛みは次第に激しくなってくる。じっとして居られない。軍医はもちろん居ないし、衛生兵も別の車両に乗っているので心細かったが、もし居たとしてもどうにも出来なかったであろう。何時間か辛抱して、済南に着くのを待つより他はない。

子供から買った煎豆が悪かったのか。とすれば、隠れて食べたもので二度やられたことになるが、こんなことで二度の幸運とは、どうやらつきは本物のようだぞ。また別のケースも考えてみた。急に普通の食事をとったのが悪かったのか。毎回残したのに…。もしそうだとしたら、食欲があるからといって全部食べていたら、このまま死んだかも知れないところだった、ということにもなる。治すまいとしてしたことが命拾いになったとは、どう考えてもやはりついていたという結論になる。

ついているということははっきりしたが、痛みは依然激しい。仰向けば腹の中の重石のようなものが、ずしんと痩せた体を押し潰しそうになる。横向きになれば、その重石が下がって体がねじ曲げられるように痛む。俯《うつむ》けば息苦しい。客車なら寝転んだり出来なくて困るところだったが、貨車なので自由に体が動かせて有難かった。治ってしまってはいけないのだが、これでは苦し過ぎる。命が助かるためとはいいながら、なぜこんなにまで苦しまなければならないのか。

*暴支膺懲《ぼうしようちょう》とか、権益擁護とか、ぼんやり聞けばまことに立派な看板だが、こんな犠牲を払ってまで膺懲しなければならない相手なのか。本当に膺懲出来るのか。こんなことをしていて権益が護れるのか。戦争というものは、勝っても得にはならないと、むかし学校の

＊暴支膺懲＝日中戦争における日本のスローガン

経済学で教わったことがある。しかし一握りの人たちは戦争を利用して儲けている。

財閥などという雲の上の異民族のことは知らないが、不二夫が赤紙を貰ったとき、防弾チョッキなる非実用品を売りに来た者があった。薄い小さな鉄板がたくさん縫いこんであるのだからずっしりと重い。手にとったとたん不二夫は身震いした。こんな重いものを身につけて、弱い自分が行軍出来るはずがない。水筒の水や命を護ってくれる弾丸まで捨てて歩かねばならないのに、こんなものを着こんでいたら、そのために命を落とすことになってしまう。とんでもないものを持って来やがる。

母はおろおろ声で、「これで命が助かるものなら、お金など問題ではないと思うがね」と言った。「そうですとも、たかが二十円で命が助かれば、こんな結構なことはございませんよ」と男は下司《げす》な笑いを浮かべてもみ手をした。こんなものは行軍の邪魔になると言ったが、母にはわからないし、男は聞こえぬ振りをして、ひたすら弱い母に効能を並べたてていた。餞別《せんべつ》をたくさん貰っただろうから、この程度の買物は何でもないだろうといった顔付きで男は追従《ついしょう》笑いをした。「こんなものは要らない」と不二夫は今度ははっきり拒絶した。それまで黙って腕組みしていた父が、「兵隊のことは不二夫が一番よく知っている」と一言言ってまた黙った。

そんな嫌な奴は戦地にも居た。御用商人という奴が戦場へ稼ぎに来て、*兵站《へいたん》地の酒保《しゅほ》で何でも売っていた。キャラメルでもサイダーでも、チョコレートさえも。値段は内地の十倍である。何か月も前線で暮らした兵が、久し振りで兵站地に帰ると、財布をはたいてそんなものを買うのである。金など残しておいても、このつぎいつまた兵站地に帰れるやら、あるいはそれが最後で、そのまま帰れなかったということになるかも知れない。人の弱点をついた商法であるが、彼等御用商人はこの値段を不当ではないと主張する。運賃と危険が含まれているというのがその根拠であるが、軍が御用船や軍用列車の運賃を請求するはずがない。運賃はせいぜい宇品の港までである。いや、それさえ軍に面倒を見て貰っていることだろう。危険の方だって心配はない。敵は日本軍の武器弾薬は狙っているが、こんな品物は相手にしていないし、第一、彼等御用商人は、そんなおそれのあるところまで決して来はしない。汽車が脱線することは度々あるが、時速五キロだから機関車がレールから外れるだけで、商品の被害はまずない。つまり彼等も商品も安全なのである。

不二夫は敵兵を憎いと思ったことはなかったが、彼等御用商人は憎いと思った。敵兵だって不二夫たちと同じように、元は何かの職業を持って平和に暮らしていた。中には彼と

*兵站地の酒保＝軍隊の物資補給地点にある売店

おなじ中学教師も居るかも知れないが、蒋介石に赤紙で狩り出されて来たのだろう。不二夫のように兵隊は嫌い、戦争は大嫌いという者もたくさん居るにちがいない。不二夫は捕虜を見ると、自分が捕虜になった光景を想像して身震いした。恐怖のために人心地を失ったようになっている捕虜を、殴ったり虐殺したりなど、到底出来るものではなかった。

彼はいつもそんな役は体よく外していたので、臆病の烙印を押されてしまったが、兵隊で出世する気は毛頭なかったから、一向苦にはならなかった。星を増やしたり、こんな社会で顔を利かしたりするより、早く結核になって内地へ帰りたかった。

星の数によって村での地位がちがうので、成績を上げることに全力を傾注している農村の青年には、不二夫を含めた少数のインテリの気持ちは理解出来ないことだったから、彼等は非国民とか臆病者とか、乏しい語彙の中から探し出せる最悪の言葉で罵倒することによって、優越感を味わっていた。

御用商人が兵隊の僅かな給料を捲き上げて、山と積んだ小銭をにこにこと数えている姿を見ると、心の底から怒りがこみ上げてきた。貨車一両の品物でどのくらい儲けるのであろうか。毎月の給料以外は手にしたことのない身には、想像さえ出来ない額であった。その貨車に何両積んで来たことか、そして売り尽くしたらまた出直して来る。こうして儲けて故郷へ帰れば、戦争の功労者として町の有力者になり、支配階級の末端にも連なることになるだろう。とんでもないことだ。こんな奴を生かして帰すわけにはいかないと、数名の兵が相談して、殺《や》ってしまおうということになった。

監視していた兵が息を切らして走って帰り、奴が外出したと知らせた。殺るのは一人の方がよい。逃げるのに好都合だ。足は弱いが射撃には自信のある不二夫が、この役を引き受けた。敵兵にはまだ一度も向けたことのない銃口を、同胞に向けることにちょっと矛盾を感じた。弾丸を装填し、銃は提《さ》げたりしていると怪しまれるので、わざと担って後をつけた。

人通りのない町外れに一人で出たところを殺ることにした。仕止めたらすぐに屍体を麦畑の中に引きずりこんでおいて、銃声を聞いて駈けつけて来た者には、野豚を撃ち損じたと言うつもりだった。黒い野豚は犬のように速く走るから、一発で仕止めることはむずかしい。もし引きずりこむ余裕がなかったときは、自分が麦畑の中に隠れる。果てしない麦畑は、ゲリラが走りこんだら絶対にわからないのだから、隠れるには究竟《くっきょう》の場所だった。

しかし御用商人は用心深かった。歩いている間は主計将校にくっついて離れない。あるかないかの風さえ肌に入れたい炎天の下で、べったりくっついて歩いている。この調子では一人にはならないだろう。それでは将校から離れた瞬間、一発ぶっ放して麦畑へ走りこむことに、予定を変更したが、その機会も与えられなかった。人通りの多い町中でもやはり離れない。自分が憎まれ狙われていることを知っていたのだった。

奴等の言う危険とはこのことだったのか。聖戦とは夥《おびただ》しい戦死者、負傷者、そして病人の上に、一握りの英雄と戦争成金を作るものなのだ。補充兵では功績を立てるために犠牲にする部下も居ないし、金を儲ける手段も与えられない。たった一つ出来ることと言ったら、犠牲者にならないうちに、内地へ帰れるように努力することだった。

腹痛は激しいが、頭は意外に冴えている。単調なレールの音を聞きながら、そんなことを考えつづけていると、東の地平線の上の漆黒が少し薄くなった。

済南に着いたときは、夜はすっかり明けていた。腹痛はやや治まって歩けるようになった。痛いのはつらいが、早く治りすぎても困る。まことに虫のよい願いだが、命をかけたゲームだ。何が何でも勝ち抜かなければならない。さすがに兵站病院だけあって、駅からバスで運ばれたことにまず驚いた。人間の扱いを受けたのは久し振りである。人間としての扱いを受けたことは気持ちとしては嬉しいが、貨車の方が寝られるから病人には楽だった。今度もバスよりトラックの方が楽だったかも知れない。そんなことを思うのは、人間として取り扱われることを忘れたということだろうか。

広大な敷地、広い庭を静かに歩く白衣の看護婦、すべてが夢のように平和な風景であった。看護婦は本当に天使のように見えた。ここがあの戦場へつながっているというだけでなく、広い意味での戦場の一部、つまり敵地であるとはどうしても考えられないことだった。不二夫はもう内地へ帰ったような気持ちになった。が、油断は禁物、実現まではあと一息だ。病棟から病棟へ移動するもの、病棟から診断室へ、あるいはその逆のもの、バスでいま着いたもの、それらの患者が広い庭に錯綜《さくそう》して、まるで雑踏であった。

全戦線では一体どれだけの犠牲者を出したことか。居留民保護とか権益擁護とかもっともらしいことを言っているが、保護すべき居留民より犠牲者の方が多いのではないか。そしてまた擁護すべき権益より出費の方が多いのではないだろうか。戦争とは何の為のものなのか。戦争の責任はすべて蒋介石一人にあるような宣伝だが、果たしてそうなのか。

衛生兵が受付で手続きをしている間、不二夫はまるで珍しいものでも見るように人の群れを眺めていた。そのとき患者の一団が通りかかった。

「あっ、大町少尉殿」

「お前は誰だったかなあ」

大町少尉は立ち止まってけげんな顔をした。

「宿県に居た永井です」

「そうだ、なるほど永井だ。元気になったなあ」

「そんなに元気になりましたか」

夜通し腹痛に悩まされたのにと思った。

「見違えたよ、それなら大丈夫だ」

「何が大丈夫なのですか」

不二夫は不安になった。

「それなら必ず治る。もう心配することはない。いまだから言うが、お前はもう駄目だから、遺言を聞いて遺族に伝えてやれと軍医から言われたのだ」

それで伝言にこだわっていたのか。

「そんなに元気になったのでしょうか」

「もう大丈夫だ、安心しろ」

困ったことになったものだ。欲しい食事もわざと残して、回復させまいと努力したのに、治るときは仕方のないものだ。手を尽くしても悪くなる病人もあるのに、悪くしようとしても快くなったり、病気とは何とままならぬものだろうか。

「俺はこれから天津に行くのだ。天津はいわば乗船待合所のようなもので、そこから一足先に帰るよ。内地でまた逢おう」

大町少尉はそう言い捨てて、門の前でバスに乗りこんでいる患者の列へ向かって、びっこを引きながら走った。

兵隊は無知蒙昧《むちもうまい》な消耗品として、徹底して「由《よ》らしむべし知らしむべからず」の教育を受けてきた。営内では新聞は禁止、戦地にはもちろんそんなものはない。命令という名の得体の知れないものによって、戦争がなければ一生見る機会を与えられないだろう大陸の奥地を、尊敬も信頼もしていない上官に命を預けて、目的も行先も知らされずに歩き回った。不安と恐怖が憶測を生み、根も葉もない流言が、絶えず口から耳へと驚くべき速さで伝えられていった。

この病院で青島行と天津行とに選り分けられ、青島へ行った者はまっすぐ内地へ送られるが、天津へ行った者はそこで治るまで治療を受けるというのである。不二夫は門で逢った大町少尉の、天津から帰ると言った言葉を信じようとした。たとえ少尉でも将校の情報だから、兵の噂より確実性があると思った。しかし噂を否定してしまうほどの自信はなく、内心青島行を願うようになっていた。

群衆と形容してもよいたくさんの患者を、軍医は物凄いスピードで処理した。前に坐った不二夫の体に二三回聴診器をあてただけで、すぐに横の看護婦に指示して何か書かせた。その病床日誌は随分厚くなっていたが、その日はどんなことが書き加えられたのであろうか。大隊医務室で書かれた第一頁を、その後の軍医は読んでくれているのであろうか。

あんな簡単な診断で病状がわかるのだろうか。それで治癒退院などにされたらとんだ災難だ。人間の運命が何と無造作に決められてゆくことかと、不二夫は不安を感じた。青島か天津かは診断ではなく、偶然によって決められるのではないかという気がした。

衛生兵が体温計を見に回って来た。隣の患者のを記入している間にそっととり出して見ると、ちょうど七度。急いで振って水銀を下げた。

「七度四分でした」

衛生兵は、少しも疑わずに記入した。あるいは疑いはもってはいても、面倒だったのかも知れない。健康が徐々に回復していることは自分でもわかるほどであった。治ってゆくものを止めるのは不可能であろうが、乗船まででよいのだから、何とか持ちこたえたい。そのためには、一つでも多くのデータを作っておかねばならない。結核の症状は午後微熱、食欲不振、軽咳、喀痰《かくたん》ということになっている。午後微熱と食欲不振はいままで念入りにやってきたが、これからはこの方もわざとらしくなくやってみせなければならない。問題は痰である。宿県までは顕微鏡などという高級なものは無かったから安心だったし、徐州では有ったらしいが、そこまで手が回らなかったようだ。しかしここらあたりからその準備もしておかねばなるまい。看護婦も居ることだし、器械も十分揃っているようだ。腹痛で喜んだが、大町少尉が元気になったと言ったのが気になる。

数日同じような診断を繰り返して、あっさりと青島行きを命ぜられた。

大陸の秋は早い。青島では清々しい秋晴れを心ゆくまで味わうことが出来た。紺碧《こんぺき》の海、赤い屋根の並んだ街、町の後ろの緑の丘、そして抜けるように碧い空。秋の青島は殊《こと》の外《ほか》美しい。病院にあてられた海岸通りの太平路小学校の屋上から、不二夫は飽きることもなく四方の景色を眺めた。海も丘も空も目に映るものはみな美しい。千載一遇と言ってよい幸運な病気にかかり、同じように運よく竹内中尉に逢った。田村大尉の診断を受けたことも幸運の一つに数えてよいだろう。そうしたことの積み重ねによって、やっと海の見える所まで辿り着くことが出来た。あとはすぐ前の海岸から船に乗るだけだ。最後の一息というところでチャンスを逃がすことのないように全力を傾注しなければならない。ここで失敗したら、二度とこんな機会には巡り逢えないだろう。

殺伐な戦争は別世界のことのような気がし、内地還送はもう決まっているような静かな気持ちに、ふとなったりした。済南までの腹痛はすっかり治り、健康は日増しに回復している。屋上への階段も楽に上り下り出来るようになった。困ったことになったものだ。もう少し待ってくれなくては、乗船間際になって、もう快くなったからストップということだって、ないという保証はない。

ここまで来た患者はみんな内地還送に決まっているのだが、船が間に合わないので待っているのだ、という楽観的な噂も流れていた。例によって兵隊の噂だが、冷静に判断しても、不二夫にはその噂が真実のような気がした。それでも、待っている間に快くなるということだって、ないとはかぎらない。

この病院は小学校だから治療の設備は何もない。広い講堂に満員のザコ寝で、まるで難民の群だった。各教室も同様で、病気を治療するという状態ではない。治療なら済南の方がよほどよかった。ここは全く大町少尉の言う「患者待合室」でしかなかった。でも万一ということもある。ひと月の間苦しみ堪えて、待ちつづけていたものが、ふいになるのではないかと気が気ではなかった。

内地還送とは何と手間ひまかかるものだろう。そうは言っても、これで命が助かるものなら、どんな手間でもいといはせぬ。一生の知恵を全部使い果たしてもよいという決心は、いまでも変わりはない。

海岸では大勢の兵が盛んに上陸演習をしている。それを種々の国籍の通行人が立ち止まったりして眺めている。こんな衆人環視の中で演習をしたりして、まるで敵に手の内を見せるようなものではないかと不二夫は思った。

突然人垣が崩れ騒がしくなったと思ったら、見物人の中で乱闘が始まった。五、六人の水兵が一人の支那人を苦もなく取り押え、あっという間にトラックに乗せて連れ去った。スパイだったという噂がすぐにひろまった。あんなところにスパイの五人や十人居るのは当たり前のことだろう。日本とちがって広い支那だ、人目のない海岸はいくらでもあるだろうに、何を好んでこんな大都会で。

軍のすることは何でも間が抜けているとも思ったり、また繁華な通りで群衆の中から、あの一人がスパイだと、どうしてわかったのだろう。もしそうでなかった場合（その確率は小さくないと思えるのだが）、証明は極めてむずかしいし、素直に誤りを認める軍でもあるまい。そのような犠牲者が今度の事変にも決して少なくはなかったであろう。

日本軍がバイアス湾に敵前上陸したというニュースが伝えられたのを合図のように、演習していた部隊は姿を消した。その中には不二夫の部隊も居るということであった。後続部隊とはいえ大きな作戦だから危険率は高い。彼の脳裡には死地に赴く竹内中尉だけが浮かんで、中隊長や分隊長、その他大勢の戦友の俤《おもかげ》はなかった。


明日出航する患者輸送船に乗る者の名前が発表された。不二夫は自分の名前が呼ばれたとき、それが当然のことのような気もし、また同時に思いがけない朗報をもたらされたような気もした。患者輸送船は病院船とはちがうから、設備は十分でないそうだが、そんなことは問題ではない。

乗船準備のため私物はまとめ、病人に不用の官給品は返納することになった。銃を返納したとき、自分を護ってくれた愛着のある銃なのだが、一発も撃っていない新品だと思うとちょっと変な気がした。もし御用商人を撃っていたらとこのとき思ったが、それはそれでまたよいではないかと自分に言い聞かせた。

「背嚢はどうしたのか」

「失くしました」

演習では薬莢《やっきょう》一個でもやかましいのに、ここでは背嚢ばかりか入れ組み品の全部を失くしても何も言わない。当たり前と言えば言えるが、これも奇異に感じた。


その朝は食事もそこそこに整列して船に向かったが、歩きながらも、衛生兵が走って来て不二夫だけが誤診であったと、呼び返しはしないかと、杞憂《きゆう》だ杞憂だと自分に言い聞かせながらも、不安を払いのけることは出来なかった。船が目の前に見えるところまで来た。あと一歩だ。列は何の支障もなく定められたコースを進んだ。患者は皆、無表情な顔をして歩いているが、心中は自分と同じではないのだろうか。

無事に船に乗りこんだ。船室に入れられたが、それでも落ち着かない。甲板に出た。歩くことはもちろん、タラップを走って上がることも出来る。うまく間に合ったと、神とかいうものに感謝した。海から見る青島は最も美しい。いくら美しくてもそこは敵地なのだ。早くこの美しい土地から離れてしまいたい。

たくさんの患者の中から、不二夫一人を特に注意する酔狂な軍医も居ないだろうが、ぐずぐずしていると衛生兵が駈けつけて来て、誤診だったと言いそうな気がしてならない。その後の病床日誌にはどんなことが書いてあるのか。まさか快くなったとは書いてないだろう。だから乗船させたのだ。早く船を出さないか。何度も時計を見てはいらいらした。水夫がゆっくりともづなを解き始めた。じれったい奴だ、早くしろ、早くしろ。エンジンがかかった。白い泡が船底から勢いよく湧き上がってくる。桟橋に居る人が船から離れて見送る姿勢になった。衛生兵が駈けつけて来ても、もう間に合わないだろう。

船が少し動いた。揺れたのかも知れない。船と桟橋の間に蒼い細長い海が見えた。もう大丈夫だ。いま駈けつけて来ても、船を着けはしないだろう。狭かった海が徐々に広くなる。桟橋が少し遠のいた。人影が見る見る小さくなる。「やっと助かったぞ。帝国陸海軍糞喰らえ」と思いきり腹の中で叫んだ。声には出さなくても、何となく不安になって、そっとあたりを見回したが、広い甲板には秋の陽光が惜し気もなく降りそそいでいるだけで、人一人見えはしなかった。

平和になったらもう一度訪ねて来たいこの美しい町が、遥か水尾の先に次第に小さくなっていった。

# 学徒動員

## 一九四四（昭和十九）年

油蝉の鳴きすました声が絶え間なく両耳に押し寄せてくる。一匹のようでもあり数匹のようでもある。近くのようでもあれば丘の上の木立のようでもあった。この庭に集合したときから鳴きつづけているのだが、いつまで鳴くのか。この下らない訓示が終わるまでは止めないつもりなのかと思うほどであって、これでもかこれでもかとつづけている。うるさいようでもあるが、その鳴きすました声にはある種の静寂が強調されていて、もし蝉の声が止んだら、訓示の方が一層うるさいものになるだろうという気がした。戦争が始まってから、この種の演説がむやみに多くなった。戦争とは演説をすることだとでも思っているのだろうか。一切の虚礼虚飾を廃して実績第一にしなければならないのに、形式だけの演説やお説教が大流行となった。お説教ならまだよいが、自分の宣伝としか思えない長口舌をどこへ行っても聞かされるので、時間の無駄が多くなり、戦争とは何もしないで力んでばかりいることと定義したくなるほどであった。こうしてしっかり宣伝しておいて、なにがしか戦勝の功績にあずかろうとでも思っているのか。それならまず戦勝のための努力をしなければならないはずなのに、戦争は人に勝っていただいて、自分は恩賞にあずかる努力だけをしているようである。

汗が流れつづけているが、拭くために手を上げることの出来ないこの場の雰囲気であった。目につかないようにそっと首を振ると、雫がはらはらとこぼれ、真白く乾いた地面が待ちうけていたようにそれを吸いこんで、すぐまたもとのように渇きをうったえた。汗は顔から頭から、そして肩から背中から、全身を洗うように流れて、スフ*の国民服が冷たく背中にはりついた。雲一つない紺碧《こんぺき》の空には、白い小さい太陽が真上からおびただしいエネルギーを、余って困っているからぶちまけてやるといったように放射してくる。朝夕の太陽は大きくて赤いのに熱くはないが、昼の太陽は小さくて白いのになぜ熱いのだろうか。子供のころ、そんな疑問をいだいたのを思い出した。長時間暑苦しい汽車に揺られて北に来たのだから、気温も多少はちがうだろうと期待したのだが、緑の衣を荒々しく切り拓かれた大地は、造成にたいする怒りをこめて、太陽から放射された熱を思いきり弾き返している。生皮を剝ぎとられた丘の上には、軍隊特有の丈夫なだけが取り柄の殺風景な寄宿舎が、日の丸を背景の自信を示すように、どっかりと腰を据えている。

壇上には川棚《かわたな》海軍工廠《こうしょう》庶務主任中馬海軍特務大尉のいつ果てるとも知れない熱弁がつ

＊スフ＝人工木綿

づいている。

「学業の半ばで遠路はるばる来ていただいて、たとえ戦争のためとはいえ、一介の職工となって働いていただくことは、まことにしのびないものがあります。しかしこれも長い間とは申しません。あとひと息です。これは決して当座の気休めではありません、たしかな根拠のあることです。奴等は金と物量だけを頼みとしている自由主義者ですから、戦争が嫌になったら自由に帰って行きます。天皇陛下のために……」

ここで生徒は、半歩前に出していた左足をひきつけて、靴音をかちっとさせ不動の姿勢になった。

「戦っている皇軍とは根本的にちがうのですから、もう長くはありません。来春の卒業式までかかることは絶対にありません」

生徒の目がここで生き生きとかがやいたが、それは一瞬の間でしかなかった。

軽石のようにかさかさにかわいている軍人の頭には、個性的な言葉や表現は意味がよくわからないだけでなく、何となく危険な感じがするが、決まりきった言葉を並べていると安心出来るのであり、そうしているうちに自然に自分の話に感激するようにもなる。彼等の社会にだけ通用し、彼等にだけ理解出来る言葉で暮らすことによって、地方人と彼等が呼んでいる人々を、ことさら一段下げて見る習性を身につけた人たちは、次代を担う青少年を、その特殊社会に近づけ、やがてはひき入れるための準備教育と、彼等の特権階級ぶりを誇示するためと、そして長年の身についた習慣のために、その熱弁は内容空疎《くうそ》というよりも意味のわからない長口舌となって、暑さをひとしお感じさせるだけのものでしかなかった。教師たちは旅の疲れも加わってうんざりしたが、生徒は間接ではあるが戦争に参加出来るという喜びで緊張していた。宮崎県から来た神都商業学校、日南商業学校、高千穂商業学校の生徒がそれぞれ百五十名、計四百五十名が定規をあてたように整列し、壇上の人に注目して微動もしない。

戦前までは貧しい漁村にすぎなかったこの川棚に急造の海軍工廠が建てられ、ここで魚型水雷が作られることになった。激変する時局にたいしては、柔軟な頭脳を持った少年の方が敏感で順応性に富んでいる。と同時にそれは視野が狭いという欠点にもつながるのであるが、生徒は学徒動員を当然のこととして受け取り、十八時間の汽車旅行もまるで隣へでも行くような気持ちで出て来たのだった。が教師はそうではない。教育などという次元の高いものはもうなくなってしまい、生徒の体を守るという、保護としては最低限度の仕事に専念しなければならなくなったが、その仕事には経験も自信もないまま、不可能を可能にせよという、語呂合わせのような軍の一方的な命令によって、動かされて来たのである。

ここへ来た五年生は、六月に延岡にある民間の機関銃弾を作る工場に動員されたのだが、僅《わず》か二か月で四年生と交替して、延岡から長崎県の川棚へ行くことになったのである。二か月経てば仕事にも馴れて、どうにか一人前に働けるようになり、これからというところを引き揚げて、職種の全くちがう魚雷工場というのだから、無計画の見本みたいなものである。馴れた五年生はそのままにして、新たに動員した四年生を川棚へと、三校長は陳情したが、当局は校長など係長ほどにも思ってはいない。その声は完璧な防音装置を施した厚い壁に吸いこまれたように消えて、当局の命令だけが磐石の重みをもって伝達されたのだった。

神都商業は一旦宮崎に帰って、数日の休養の後に出発した。都城《みやこのじょう》、八代《やつしろ》を経て鳥栖《とす》へ、そこで乗り換えて早岐《はいき》へ、また乗り換えて川棚へ着いたのは東の空で太陽が次第に熱さを加え始めたころであった。生徒専用の第二寄宿舎に着くと、旅装を解く間もなく玄関前広場で、荷物は足元に置いたまま一場の訓示を賜わることになったのである。こんな御大層な訓示で士気を鼓舞、と言えば聞こえはよいが煽動《せんどう》しておいて、二、三か月でまた他へやるのではないかとちょっと不安な気持ちにもなった。

訓示が終わったのは正午過ぎだったので、荷物はそのままにして取りあえず昼食にした。食後生徒は廊下に整列して今度は舎監が訓示をした。吹けば飛ぶようなこの中年男は、もと女学校の教師であったというだけあって、庶務主任より訓示の要領はよかった。教師を辞めて舎監になり、海軍嘱託《しょくたく》という身分を与えられたそうであるが、いかに軍部万能の世とはいえ、民間人と呼ばれて、下級将校から一段下の扱いを受けている姿を見ると、つまらないことをした奴だという気がした。

部屋割りをした。みな同じ十八畳なので、一室に十人ずつ入れた。生徒は延岡で経験しているので、荷物の整理などは手際がよかった。職員室として一部屋とった。教師は、校長が八月末退職と決まっているので、この度は来なくて、代理として二階堂教頭、配属将校成瀬大佐、五年生の学級主任が土橋彬、永井不二夫、曽田誠の三教諭、そして教練教師儀間中尉の六人が来ているが、教頭と配属将校は明晩帰るから後は四人になる。四人に十八畳では広過ぎるが、同じ広さの部屋ばかりなのでやむを得ない。

「長い訓示がありましたが、戦局のことや工場での注意ばかりで、すべて海軍側からのものだけでしたので、生徒としての注意もひと通りはしておかなければなりません」

と教頭が落ち着かない恰好で腰を上げた。延岡ですでに経験しているのだから必要ないと皆が言ったが、まるで聞こえないもののように、急いで出て行った。小心者がまたちょこまかしだした。延岡のときは校長が居たから、教頭はその下で走り使いをしていればよかったのだが、今度は代理とはいいながら事実上の責任者である。これからはさぞうるさいことだろう。学歴と年功で昇進することに、平素は別段疑問を持ってはいなかったが、こんなことが起こると改めて考えさせられる。急変する世の中に制度がついてゆけず、いつまでも泰平時代の惰性で、能力のない者が順をまって地位につくから、何か起こるとただあれよあれよと騒ぐばかりになる。学徒動員ということが前例がない上に、五年生は川棚、四年生は延岡、三年生は学校で授業と、学校としては時局のしわ寄せを一手に引き受けたようになっているとき、朝礼の時間を何分にするかということさえ、自分では決められない小心者が上に居てくれては、これから先のことが思いやられた。非常時になったら非常時になったように制度を改めてくれなければ、この時局をのりきることは出来ないのではないか。不二夫が中学生のとき学究一筋の先生が居た。順が来て教頭にと言われたら、そんなものになりたくないと言って退職してしまった。退職までしなくても順を譲るぐらい出来ないものだろうか。

「夜行列車の疲れだけでなく、緊張のための精神的な疲労も見えています。いま一度にたくさん言っても、注意力が散漫になっているから聞きはしません。夕食をすませて風呂にも入れてからにしたらよいと思うのですがね。延岡の経験もあることですから、言うことはあまりないはずですが」

土橋がつぶやくように言った。

「私もそう思います」

成瀬大佐も同感だった。


夜の点呼が終わると土橋は日山と神原の二人の生徒を呼んで、舎内当番として寄宿舎での事務や連絡にあたるよう命じた。日山は胸が弱く、神原は足が悪かった。工場の仕事には堪えられない体であったが、動員をもって授業に替えるというのであるから、不参加なら卒業出来ないことになる。

寄宿舎を含めて工廠内では、現金を一切持たせないという決まりだそうだが、そんな生活も面白いと思った。買物は物資部から伝票でする。物資部の陳列を見て、伝票に記入して教師に提出する。教師はそれを個人の元帳に記入して、押印の上舎監に渡す。寄宿舎の事務員が物資部へ行って、伝票と引き換えに品物を受け取って来る。つぎの給料のとき経理部は、物資部から回ってきた伝票によって一人ずつ差し引き、給料支給額を一括して小切手で教師にわたす。教師はその日のうちに駅前の銀行に預金するから、通帳の残高と生徒の現在高の合計とは、利子を別にして、いつも一致していなければならない。生徒は寄宿舎と工場での食事、物資部で売っている品物以外一切求められないことになっている。

「社会主義だな」

土橋が言った。土橋は不二夫にわからないことを時々言う。社会主義は悪いものだと軍人は常日頃言っているが、海軍工廠で社会主義が行なわれているなど、聞こえたらおそろしいことになるのではないかと不二夫は不安になった。

教頭と配属将校は、学校に帰って出来るだけ詳しく皆に報告しなければならないから、生徒の部屋を見て来ると言って出た。実直一方の儀間中尉はいつものように成瀬大佐に従った。

職員室に残ったのが三人になると、曽田があたりをはばかるようにして口を開いた。

「昼間の庶務主任の話では、いままで月産六十発であったのを、百発にしたいということじゃが、こんな大きな工場でほんとうにそれだけしか出来んのじゃろうか。軍のことじゃから法螺《ほら》は吹いても小さく言うことはない。延岡のような民間工場では、資材がなくて仕事が出来ないことがたびたびあったが、ここではそんなことはないじゃろうに」

それは不二夫も不審に思っていたことであった。

「本当の話だろう。軍というやつは言うことだけはむやみに大きいが、することはまるっきりだからのう」

土橋はあたりに注意を払うでもなく、平然と言いきった。

「今度の戦争は消耗戦ということじゃが、こんなことで間に合うのじゃろうか。ここばかりではない、他にも工廠や民間工場はたくさんあるのじゃろうけれど」

曽田は重ねて心配そうに訊いた。

「魚雷といえば大砲のたまと同じような消耗品だから、こんなことではもちろん間に合わん。他にも工場はたくさんあるだろうが、日本中の青少年を全部職工にして、どれだけ出来るというのか。魚雷だけではない、最も大切な資材の鉄と石油の生産量を比較してみたら、戦争の大体のことはわかる」

「鉄と石油だけで戦争が決まるとは思われんがのう」

「鉄と石油だけというわけではないが、最も重要な資材にこれだけの開きがあると、日本精神などという、いかさまなものでは追いつけない。精神は日本だけにあるものではない、アメリカにだってアメリカ精神はあるだろうからな」

曽田の顔は次第に深刻になってきた。不二夫も心細くなってきたから、曽田のようになっているかも知れないと内心はずかしくなった。

「そんなことが、えらい人にはわからんのじゃろうか」

「頭が熱くなると専門家でも素人以下になるものだ。もともとあまり立派でない頭ではなおのこと。こんな国に生まれてきて運が悪かったよ、お互いに」

「いまからではどうにもならんもんじゃろうか」

「もう間に合わん、一度敗《ま》けて、それからやり直しだ」

敗けるなんて軽々しく言うが、一度敗けたらもう二度と立ち上がれなくなるのではないだろうか。

「敗けたら皆殺しになるというが、本当じゃろうか」

「一億の人間を皆殺しにしてしまうなんて、そんなことが物理的に不可能なことぐらい、子供にだってわかる。一億人分の屍体をどう始末するんだ。軍部が国民を戦争にかりたてるためのかけ声だよ」

それはその通りだ。七百余年むかし、国民のひと握りでしかなかった平家の公達が、山奥深く逃げこんで生きのびた例もある。その子孫だという部落がこの九州にもいくつかあって、その一つか二つを不二夫も見たことがある。土橋はつづけた。

「敗けると言ってもまだ二年や三年はかかるだろう。世界無比の日本精神で頑張っているんだからな。ここへ来ている生徒は来年三月だから、これを卒業させてからゆっくり身の振り方を考えても十分間に合うよ」

えらいことになった。ここの生徒を卒業させてからと土橋は言うが、まだあとには四年生が延岡に行っているし、学校には三年生も居る。神都商業は廃校と決まって、その後へ県立の高等工業が出来たので、二年生以下は募集を停止し、高等工業の一年生がすでに授業を始めている。同じ校舎でも専門学校は全く関係のない存在であるし、商業学校はなくなっても、県立学校の教師という身分は残るから、どこか他の学校へ転勤させられ、そしてどこかの工場へ動員に行くことになるだろう。不二夫はやっとそこまで身の振り方を考えた。

教頭たち三人が帰って来たので寝ることにした。長い一日がこれで終わったのであるが、床に入った不二夫は容易に寝つかれなかった。それは戦争が始まってしばらく経ったとき、アメリカ通と称する知名人の話を思い出したからである。

その話というのは、アメリカ人はヤンキー気質だから、調子にのると勢いづいて始末が悪いが、はじめに一発、がんとくらわしておくと、意気阻喪して、全くやる気をなくしてしまう。いまごろはすっかり厭戦《えんせん》的になっています。もうすぐ手を上げますよ、しばらくの辛抱です。山本五十六が緒戦で大打撃を与えたのは、ヤンキー気質の弱点を見事についたまことに巧妙な作戦ですと言った。不二夫はまだアメリカ人を見たことはないし、ヤンキー気質というものも知らなかったから、その話を信じて、いまかいまかと待っていたが、いつの間にか雲行きが怪しくなり、そのあげくが先刻の土橋の話である。学校を離れたら開放された気分になったのか彼は思いきったことを言った。現実はアメリカ兵ではなくこちらが意気阻喪してしまっている。東亜の小国がドイツとともに、世界を制覇するのだと糠喜びしたのは束の間だった。うまい話には落とし穴がある。一億皆殺しには現実性がないが、教師より他には能のない自分は、敗戦後は一体なにをして生きていったらよいのか。軍医をだまして大切に持って帰った命なのだが、これならあのとき靖国神社へ行った方がよかったのかも知れない。こんなことを考えているうちに、いつか深い眠りに落ちていた。

いよいよ初出勤である。昨日と同じ太陽が丘をはるかに見下ろす高さにまで昇っている。舎前に集合した四百五十名は、舎内当番だけを残して、舎監の指揮の下にあふれるほどのエネルギーを内に秘めて、立ちこめるほこりの中を整然と出発した。明日からは教師の引率になる。今夜帰る教頭と配属将校も工場の様子を是非見ておかなければと、教師たちと一緒に列の後についた。先頭の舎監だけが事務的な態度で汗を拭きながら、歩き馴れた道を今日も行くといった恰好で、不気味なほどの沈黙を保って進む生徒たちを、振り返ろうともせず細い体を運ばせていた。

緊張して歩く炎天下の一キロ半は遠かった。新しく拓かれた工場地帯は、方々の地表が無残に削りとられて、むき出しにされた黄色い地肌が一層暑さを感じさせた。この道を毎日通勤するのかと、生徒より教師がうんざりした。工廠の門をくぐると前庭に整列したまま待機させられ、各校の代表者が事務室へ呼ばれた。間もなく出て来た土橋は工場への割当てを伝達した。一組は精密、二組は鍛造《たんぞう》、三組は鋳造《いぞう》*に配属である。日南と高千穂の行き先は聞かなかった。各工場には前からの生徒が居るから、その中へ今度来た生徒が入ると、一工場で数校の生徒が働くことになり、その工場には数人の教師が、それぞれ自分の

*鋳造＝海軍では「いぞう」と読んだ。一般的には「ちゅうぞう」。

学校の生徒を監督することになる。一つの学校の生徒がいくつかの工場に散らばっているのを、監督しなければならないという非能率なことになった。生徒の立場に立つと、並んで働いているのは、見も知らぬ他校の生徒で、自分の学校の生徒は別の工場で仕事をしていて、顔を合わせるのは寄宿舎に帰ったときだけになる。どちらも困るから一校一工場にして欲しいと願ったが、仕事に馴れた生徒を手離したくないという、工場側の強い希望があって容れられなかった。せっかく時間をかけて仕事を教え、やっと一人前に働けるようになったところを他の工場へやって、新しい生徒にまたはじめから手をとって教えるのでは、能率が上がらないというし、生徒の身になってみても、名誉ある学徒動員として一生懸命に、少なくとも本務の勉強よりも熱心に学んで、どうにか一人前の仕事が出来るようになり、これからというところで、それまでに習ったことはもう要らなくなった、今度は別のことを新しく覚えろでは、士気を阻喪させることになるという。もっともなことである。今回新しく来た宮崎県四百五十名も各工場が、この際とれるだけとっておかねばという意気ごみで要求して、このように分割されたのである。最初に長期の見通しを立てずに、取り敢えず何名かを動員し、それを工場毎の分取り競争にまかせ、足りないからつぎは何名と、同じように分散させた。その結果が現状であるから、最初の無計画がすべてを決定したというわけである。こんなことで国運を賭した大戦争が出来るのだろうか。それとも戦争とはこんなものなので、不意討ちを受けたアメリカも同じようなことをさせられているのか。敵側のことは何も知らされていないので、どのように判断してよいかわからないが、やはり不安だ。

教師は生徒とともにあるというのが理想の形だが、一つの学校が数か所に分散しているから、教師は一つの工場にばかり居るわけにはいかない。あちこちと動いていると教師に連絡する場合、その学校の行っている工場を全部知っていなければ出来ないことになる。たくさん来ている学校の全部を知っておくことは不可能に近いことだから、教師は教員控室に待機していること。生徒の仕事振りを見るのは巡視の程度にして、教員控室に電話をすればすぐ連絡出来るように、どこへ行ったかわからないということでは困るとの注意であった。

来るときの約束で、教師は少尉待遇ということであったから、工場での食事は高等官食堂でとることに決められたのは当然であるが、平素高等官といえば、文部省の督学官などという恐ろしい存在を連想する習慣がついているので、そんないかめしいところで食事をしたのでは、さぞかし消化に悪いことだろうと、おずおず入ってみると、先輩の教師がたくさん居るし、海軍側も若い少中尉ばかりなので、これならとほっとした。副食は魚なので驚いて目を見張っていると、先輩の教師が夜は肉だと言った。また驚いていると、寄宿舎では生徒と同じだから、夕食もここでとって帰った方がよいと教えてくれた。


寄宿舎での夜の点呼の時間になった。儀間中尉が、

「点呼は私が全部やります。先生方はここで休んでいて下さい」

と言って職員室を出た。点呼は教師よりはたたきあげの中尉の方がよいだろう。教頭と配属将校は先刻帰った。三人になると曽田が昨日と同じ心配を繰り返した。

「物量で敗けると言うが、生産の仕方も悪いんじゃのう」

「軍人という奴は威張っているばかりで、ちっとも偉い奴ではないということがよくわかっただろう」

土橋は昨日と同じ調子で答えた。

「本当だ、こんな大戦争をするんじゃから、もう少しは腰を据えてとりかかったのかと思うとった」

不二夫もその通りだと思った。彼の言いたいことを曽田が代わって言ってくれたので、

黙って聞くことにした。

「腰なんか据えてはおらん。生徒の運動会より無計画だ。勝つためにはどんなにしなければならないかということが、まるっきりわかっとらんのだよ」

「戦争に敗けるのはもちろん困るが、その前にこんなやり方を見て、生徒が軍を馬鹿にするようになるかと心配なんじゃよ」

「その可能性は大いにある。このごろの生徒はなかなかしっかりしとるからのう」

不二夫も決して軍人を崇拝も尊敬もしてはいなかった。いままで彼の見た軍人は地方の連隊の下級将校ばかりだったせいもあって、頭が悪いくせにひとりよがりで高慢で、鼻もちならないものであった。しかしそれは自分が接したことのある、いわば劣等将校だけのことであって、中央の首脳部は水準以上の人物が揃っていると信じていた。五大強国の一つ、一億の人口を託された人たちのことだから、九州の工廠はともかく、上の方はこんなものではないと思いたかった。

「二・二六事件の青年将校が死刑になるとき言った言葉を忘れてはいけない。「国民よ、軍部を信ずるな」というあれだ。いまの話と若干内容にちがいがあるが銘記しておくべきだ」

土橋は煙草の火をもみ消しながら言った。

今日から本格的に仕事だ。教員控室に入ると一足先に出勤した日南商業の教師たちが、テーブル一杯に腕章や緑のペンキをちらかして何かやっている。神都の教師を待っていたとみえて、

「神都の先生、これで腕章を作るんだよ」

と数本の腕章を押しやった。両縁に幅五ミリの線をひいて、中に「神都商業」と書くのである。土橋が、

「よしきた、わしが字を書いてやるから、あんた方、線を引きなさい」

と気軽に筆をとった。

工場とは言え軍隊である。所定の服装をしていなかったら、うるさいことになるだろう。軍隊恐怖症と笑われるかも知れないが、庶民にとって軍隊とはこの上もなく恐ろしいものであった。敵にたいしてより国民にたいして強い軍隊であった。出来たての腕章をつけて、四人で精密工場へ行った。一組の生徒が工員や徴用工に混じって、他校の生徒と一緒に旋盤を回している。工場の仕事というものをはじめて見たが、上手下手は素人でも一目でわ

かるものだ。工員、徴用工、数か月前に来た生徒、二日前に来て今日はじめて旋盤に取り組んだばかりの神都商業の生徒と、仕事振りにはっきり区別がつけられる。旋盤を回す手付きが全くちがうのだった。えらいものだと感心した。神都商業の生徒も二、三か月で先輩の生徒ぐらいにはなれるそうだが、この大戦争に何とも心細いことである。軍の資材を使って直接戦闘に使用する魚雷を作る、という感激で必要以上に緊張しているから、生徒の不馴れな手付きが一層固くなる。固くならないでもう少しゆとりをもってと言いたかったが、仕事のことは工場が全責任をもつということになっているので口出しは出来ず、ただ心もとない思いで見守るばかりであった。

「そのうちに馴れるだろうよ」

とつぶやきながら土橋は工場を出た。その後ろ姿を見送っていた徴用工が、

「お坊ちゃんは結構なものだ、同じ仕事をして同じ給料を貰うのに、御大層なお守役がついてやがる」

と吐き捨てるように言った。これだからお守役が必要なのだ。彼等の気持ちもわからないではない。小学校を卒業したときから生涯の地位と身分を決定され、それなりのあきらめをもって暮らしていたのに、思いがけないことから、特権階級の子弟と一緒に働くこと

になり、そこでまた差別をいやというほど味わわされなければならなかった。不合理と思い同情はするが、戦争が終わるまでは協力しようということが考えられないものだろうか。精密を出て鍛造へ向かう途中、不二夫はそのことを土橋に話した。

「戦争が終わるまでの協力といってもそれは無理でしょう。たとえ勝っても功績は上層階級だけで独占して、彼等には何も与えられないことを肌で感じています。我々にだって何も与えてはくれませんけれどね。もともとこの戦争はひと握りの特権階級の利益のために始められたものです。商業学校の生徒なんか決して上層階級などではない、彼等と同じようなものですが、無知な者にはその小さな差が大きく感じられるのです」

鍛造工場では二組の生徒が働いている。精密工場は旋盤だけだから涼しかったが、ここは大きな溶鉱炉が燃えつづけているので焦熱地獄だった。その上大きな蒸気ハンマーが間断なく響くので、強靭な神経と体力の持ち主でなければつとまらない職場である。幸い二組にはそのような生徒が多かった。それにしても大変なところだが、同年配の徴用工は教師の保護もなしで働いていることだし、先年募集を始めた予科練*だって同じ年頃である。逃げ場のない世代なのだ。

生徒はもちろんだが、ちょっと仕事を見に来ただけの教師にとっても、鍛造工場はつらいところであった。学校では開襟シャツ一枚でくつろいで授業していたのに、ここでは風通しの悪い国民服にゲートルまで巻いて、溶鉱炉の熱にせめられては、生徒には申し訳ないが長くとどまることは出来なかった。

三組の鋳造工場。土ぼこりの立ちこめる中でもくもくと働いている。鍛造の仕事は苦しいが男性的である。ここの映えない仕事を見ていると、そこには工場で働く生徒というロマンはひとかけらもなく、土ぼこりにまみれたむさ苦しい姿があるばかりであった。

もうそろそろ暑さが峠を越し始めてもよい頃だがなと思ったある日のこと、教員控室の電話がけたたましく鳴った。またかという顔をして送受器をとった女教師が、二言三言受け答えしていたが、顔色がみるみる変わって声が上ずってきたので、居合わせた教師たちは異変を感じてそちらへ神経を集中した。皆大勢の生徒を預かっている身であるから、もしやという不安をつねにいだいていた。

「はい、わかりました。すぐお伝えします」

女教師は送受器を置くと、自分に集まる視線を気にすることもなく、

＊予科練＝海軍飛行予科練習生

「神都商業の先生、いらっしゃいますか」

と緊張した目で見回した。不二夫が返事をすると、

「いま鍛造からの連絡で、お宅の生徒さんが松浦高女の生徒さんを傷つけたそうです。すぐ海軍病院へ来て下さい。松浦の先生には別に連絡したそうです」

大変なことになった。過失か故意か、どうか過失であるように。傷はどこでどの程度か。彼は返事をしたかどうか覚えていない、まっしぐらに海軍病院へ走った。

海軍病院の玄関には二組の小堀信也が、いまにも泣き出しそうな顔をして立っていた。

不二夫が息を切らして走って来たのを見ると、

「先生、申し訳なかことばしました」

と、あふれようとする涙をまぶたでじっと押えた。

「どんな傷だ」

せきこんで尋ねた。

「指ば切ったとです」

堰を越えて大粒の涙が一つ落ちた。

不二夫の姿を見て、奥から松浦高女の教師と看護婦が出て来た。

「神都商業の先生ですか」と訊いて、状況を話した。

大きな截断機《せつだん》をはさんで、小堀信也と松浦高女の松本郁子の二人が、向かい合って鉄板を截断する作業をしていた。生徒たちはここへ来てはじめて同じ年頃の異性と席を同じうし、一緒に作業をするようになった。兄妹でも連れだって街を歩いたら、うんと油をしぼられるような生活をしいられていたので、家族にそのような者が居ない生徒は、ここへ来てはじめて異性の生徒と口を利《き》いたというのが大部分であった。この二人は一人息子に一人娘であった。どちらもおとなしい生徒であったので、異性の生徒に接するのははじめてであり、作業中もほとんど口を利かないで、機械的に松本郁子がさし入れる鉄板を小堀信也がハンドルを回して截断していた。暑さのために疲労していた松本郁子は、無造作に鉄板をさし入れたが、それが少し曲がっていることに気がついた。彼女はあわてて直そうとし、三か月の経験で機械にもかなり馴れていたので、

「ちょっと待って」

と言って手を入れたが、男生徒にあまり口を利いたことのない彼女の声は意志に反して低く、その上折悪しく蒸気ハンマーが大きな音を立てたので、小堀には彼女の声が聞こえなかった。実は郁子が口を動かしたような気がしたので、ハンドルを止めて訊けばよかっ

たのだが、彼の方は日もまだ浅かったので、よほど大切な用件以外で、口を利くのがはずかしかったのである。こんな重大なことになるとは夢にも思わず、ハンドルを回してしまったのだった。鋭利な刃はさし入れた松本郁子の両手の上に落ち、親指を除く八本の指を、第二関節のあたりから切り落としてしまった。

小堀信也には責めるべき点は何一つない。しかし教師にとっては思いがけない大きな事故である。不二夫はどうしてよいかわからなかった。寄宿舎に帰ると小堀が思いつめた顔をして、職員室にやって来た。

「本当に申し訳なかことです。僕はどぎゃんしたらよかとですか」

「傷の手当ては軍医がするのだから、お前は何もすることはないよ」

「そぎゃんわけにはいかんとです。なんでんしますから言ってください」

本当にどんなことでもするという決意がうかがわれた。しかし何が出来るというのだろう。

「松本さんは一人娘だそうだから養子にでも行くか」

土橋は緊張した小堀の心をときほぐすつもりで、そんな冗談を言ったが、効果はなかった。ちょっと考えた小堀は、

「はい、養子に行きます」といさぎよく言いきった。

「そんなことを言うが、お前は一人息子だろう」

「はい、そうです」

首をうなだれて低くつぶやいた。小堀は母一人子一人の家庭であった。

「くよくよするな。どんなことでもすると言ってみたところで、指をくっつけることは出来ないだろう。電報を打っておいたから、明日は教頭が来られるだろう。相談はそれからのことだ、今日はゆっくり寝ろ」

大きな事故だが悪意は全くなかったのだから、なぐさめてやるより他はない。わずかの間に大変な事故を起こしたものだ。男女生徒の突然の交流という、考えてみればまことに当然なことに気がつかなかったことが原因と、言えば言えなくもないが、期限の知れない今後の工場生活を思うと、前途に大きな困難が山のようにそびえているのが見える思いであった。

「こんな大きな事故は管理職の係りだ、平の出る幕ではない」

小堀が帰った後で土橋が誰にともなく言った。

宮崎から教頭と配属将校が駈けつけて来た。小心者の教頭一人ではこんなときには何の役にも立たない、配属将校の付き添いが必要なのである。成瀬大佐が軍人には珍しい、おだやかなものわかりのよい人だったのが、この学校にとって大きな幸運であった。とは言っても、配属将校が学校の代表者になるわけにもいかないから、どうしても二人で一人前ということになる。困ったことでもあり、軍や他校にたいしてみっともないことでもある。二人を案内して病院へ行った。指を失くしてのこれからの長い生涯について、覚悟はもう出来ているのか、松本郁子は静かに寝台に横たわっていた。大変な傷だが痛みはどうなのか、麻酔がよく効いているのか至極平静な顔だった。急を聞いて昨夜駈けつけた松本郁子の両親に、神都商業の一同は丁重に謝罪した。両親は何も言わず、母親はただ涙を流しつづけていた。つぎは軍関係だがこれは土橋が案内した。

夕食後、教頭から昼間の報告を聞いた。作業中の負傷であるから軍の公傷として処理する。出来れば戦傷ということにしたいが、内地でのことだからそこまではむずかしいのではないかと思う、あまり期待しないようにとのことであった。公傷であるから責任は一切軍にある。小堀家対松本家、神都商業対松浦高女という交渉は絶対にしてはいけないと、固く念を押されたということである。

そんな話の終わったところへ小堀信也が入って来た。飯も喉を通らず一日中部屋にとじこもっていたのである。今度は成瀬大佐がもう一度昼間のことを、一言一言かんでふくめるように言って聞かせ、

「松本さんを傷つけたのは君ではない。絶対に君ではない。君はただ工場の仕事をしていただけなのだ。よいな、わかったな。松本さんを傷つけたのはアメリカだ。松本さんが可愛想だと思ったら、増産にはげんで仇を討て、松本さんの仇はアメリカなのだ」

と結んだ。

変な論理だな、少し事件が大きいので成瀬大佐の頭がどうかしたのではないかと不二夫は思ったが、よく考えてみるとこの場合、他に適当ななぐさめ方はない、やはり年の功かなと感心した。

「それでも松本さんを片輪にしたのは僕です。松本さんはこれから一生片輪で暮らさなければなりません。それだのに僕が何もせんでは申し訳なかです」

「君の気持ちはよくわかる。わかり過ぎるぐらいよくわかる。だけど軍の仕事をしているときに起こったことだから、仕事をさせた軍に責任があると、はっきり約束してくれたではないか。君が出しゃばってはいけないよ」

小堀はしばらく黙っていたが、

「よく考えてみます」と一言言って引き下がった。

「真面目なよい子だから、よけいに心配が大きいのでしょう」

成瀬大佐が言った。

「真面目だからものもろくに言えないで、あんな過失をおかしたのです」

土橋が答えた。

周囲の人がどんなに好意を持ってくれても、決して解決出来る問題ではない。今後どんな事故が起こるか、不二夫はこれ以上教師をつづけてゆく自信がなくなった。この春、大手のある建設会社から教師を引き抜きに来たことがあった。教師の将来に不安をいだいていたので、この際思いきってそちらへ行こうかとしたが、校長が、

「君は土建屋には向かない。そのつもりならこれからそんな求人はいくらでも来るから、落ち着いて選択したがよいだろう」

と言ったのでそれはやめにした。銀行からも話があったが、平和産業は徴用のおそれがあるのでそれもやめた。そのうちに校長が軍需会社に行くことになった。もっとも校長の場合は校長室を高等工業の校長に明け渡して、事務室の隅に小さな机を置いてみたり、何

かと肩身の狭い思いをさせられていたからであった。そんなこととは別に、不二夫はこれから先こんな重い責任には堪えられそうに思えなかった。

小堀が工廠をやめたいと言ってきた。気持ちはわかるが不可能なことである。やめて帰ることが出来るものなら、一人の例外もなく皆そうするだろう。松本郁子は傷が治り次第帰るであろうが、松浦高女の生徒に毎日工場で顔を合わすのがつらいと言う。一々もっともなことであるが、どうすることも出来ない。

「ここをやめる方法が全くないわけではない」

「それはどうするとですか、なんでんします」

「第一は、軍人になること、君たちなら予科練か特幹*を志願することだ」

「それは駄目です。僕は四十キロしかなかです」

「本当に四十キロあるのか」

「いえ、少し足らんとです」

「そうだろう、それでは駄目だ。第二の方法は上級学校へ受験することだ」

*特幹＝陸軍特別幹部候補生

「それは来年三月まで待たなければならんとです。半年も辛抱出来ません」

「最後の方法は官公吏になることだ」

「それがよかです。どこでんよかです、役人になりたかです」

「なりたいと言っても、注文通りにはいかないよ。募集を待って応募するのだ」

「いつ募集があるのですか」

「それはわからない、向こう様次第だからな」

「それでは官公吏の募集があったら一番先に、誰よりも先に僕に知らせて下さい」

「よし、それははっきり約束する」


やがてひと月になる。暑さも峠を越し、生徒も教師もどうにか生活に馴れた。教師の日課の一つに手紙の検閲がある。防諜上の必要から、生徒の出すものはもちろん、来信も必ず目を通すようにとのことであった。発信の方は生産力など、秘密にしなければならないこともあるだろうが、来信の方は問題にならないような気がする。厭戦思想や反戦思想なら教師にだってあることだし、他には外部にそんな秘密があるとは思えなかった。それでも一応封は切っておかなければ後がうるさいことになるかも知れない。こんなことで軍から叱られたのでは合わないから、毎日この仕事をつづけてきた。

曽田は丹念に来信に目を通していたが、急に頓狂な声を上げた。

「面白い手紙があるぞ、差出人は叔父さんらしいが、ちょっと読んでみるぞ。そちらは食べ物はどうか、軍の工場のことだから十分あることと思う。人間は食べることが第一だ、食えなくなったらすぐにあの世行きだからな。いまここで餓死するのは馬鹿馬鹿しい。戦争に勝って大東亜共栄圏を見るまでは、石にかじりついても生きていなければならない。ところがこちらは食べ物がなくて弱っている。この間も芳子が、この芳子というのは叔父さんの娘らしいのだが……」

ここで曽田は、それがくせの、掌《てのひら》で顔をぶるぶるっと二、三回せわしなく撫でて、

「芳子が、もう何年も肉を食べていないから、そろそろ肉が食べたくなったと言い出した」

曽田はちょっと目を上げて、誰にともなく、

「何年というほどのことはない、二年ぐらいのものだろうがのう」

と言って、読みつづけた。

「そう言われてみると、本当に五年も十年も食べていないような気がする。そこで横町の

空地でこっそり犬を殺して、その肉を持って帰り、牛肉だと言ったら皆喜んで食べた。犬は案外美味しいものだよ、殊《こと》に赤犬は牛肉と少しも変わりはない。後で、いまのは犬だと言ったら皆怒って、もうお父さんの持って帰ったものは絶対に食べないと言った」

ここへ来てから毎日肉も魚も食べているが、それまでの食生活のことを考えると、犬だと知っていても食べたいと不二夫は思った。

そのとき廊下をどやどやと、数名の生徒が足音も荒く工場から帰って来た。煙草をふかしながらぼんやりと、秋の気の一日毎に深まりゆく空を窓越しに眺めていた土橋が、はっとしたように廊下の方へ目をやったかと思うと、急いで生徒の部屋へ行き、一組の大川史郎を連れて帰った。

「今日工場で何かあったんだろう」

ヴェテランとして、不二夫は平素から彼を尊敬していたが、廊下を歩く足音だけで、そんなことがわかったのだろうか。がやがやと言ってはいたが言葉は聞きとれたとは思えない。それでわかったとすれば大したものだ、自分などはまだ到底教育者とは言えない、と少々はずかしい思いをした。大川はだまってうなだれている。

「工員との間に何かあったにちがいない。言ってみろ」

大川は言いたそうに顔を上げたが、また思い直したように俯《うつむ》いた。その態度からやはり何かあったことが想像された。ヴェテランは大したものだ、自分はいつになったらあんなになれるだろうかと、不二夫は将来を心細いものに感じた。

「その顔色では何かあったにちがいない。お礼参りを恐れているのか知らんが、そんなものを恐れて黙っていては、いつまでも奴等の思い通りにならなければならないし、それでは我々が何のために来ているのかわからん。そんなことのないようにするのが我々の第一の任務なのだよ。工場で働かないで、じっと坐ってばかりいるように見えるだろうが、それが仕事だからそんなことのないようにしてやる。大袈裟に言えば君たちの待遇改善のためだ、言ってみろ」

大川は意を決して話した。

昼休みに大川と後藤の二人が食事のからを炊事へ返しに行った帰りに、工員に呼び止められた。

「どこの生徒だ」

「神都商業です」

「日向《ひゅうが》ぼけは気分までたるんでやがる。女みたいに手をつなぎやがって、何のざまだ」

言われて二人は気がつき、あわてて手をはなした。

「ここをどこだと思ってやがるんだ。ただの工場じゃない、世界無比の帝国海軍の工場だぞ」

いきなり二人の頬に鉄拳がとんだ。元来おとなしい二人には、工員に手向かうなど考えられないことであった。言葉もしどろもどろに謝ったが、結局二人は四人の工員から、二つ三つぐらいなぐられた。

まことに些細な件ではあったが、こんな小さなことを、わかったときにはっきり処置しておかなければ、この程度のことは生徒にたいして当然という気持ちを彼等にいだかせ、それがエスカレートして後日大きな事件を起こす原因にもなりかねない。

「さっき廊下を通ったときの様子がどうもおかしい、そんなことじゃないかなと思ったのだ。そんなときには聞かれなくてもすすんで届けなければならないよ。放っておくと、生徒や教師は大したことはないとたかをくって、次第に大きなことをするようになるからな。わかったな」

技術大尉の工場主任はとかく工員側に立って、教師を邪魔な存在と見ているから、この件は庶務主任に話すことにした。

翌日土橋が報告に行くことになった。どんなふうに話すか、不二夫は後学のために見ておきたかったので同行した。それは決して皮肉な意味ではなく、今後彼がそんなことに、当たらねばならなくなった場合のことを考えての上であった。土橋は大川から聞いた通りをありのままに述べて、

「こんな些細なことをお耳に入れて、お忙しい庶務主任殿のお手をわずらわすのも、これを契機として、今後この種の事故の起こることを防ぎたいからなのでありまして、決して工員にたいして対抗意識をもっているためではございません。ここで工場側の注意を喚起していただけば、さらに大きな事故の起こるのを予防することが出来ると思ったからです。大きな事故になれば、被害者はもちろんですが、加害者にも気の毒なことになります。この程度のことでしたら、当の工員も大したお叱りを受けることはあるまいと思いましたから、小さいことですが、というより小さいからこそ是非とり上げていただきたいと思いまして、お願いに上がりました」

と丁重に頼んだ。

「よくお知らせ下さいました。生徒と工員の間が必ずしもうまくいっているとは言えない状態にあることは、私もよく承知しています。大きな事件が起こってからではどうにもな

りませんので、今回のような小さい事件を厳しく取り締まって、このような気風を一掃したいと思っています」

庶務主任の言葉はまんざらおざなりではなさそうだった。意外に簡単に諒解《りょうかい》してくれたので、後ろで胸をなで下ろしていると、庶務主任は言葉をつづけて、

「今後も何かありましたら私に話して下さい。工員の監督は工場主任ですが、御承知のように工場主任は技術屋で、中には職人気質の偏狭なのがいまして、話のもってゆき方では、変な方にこじれることもありますから、必ず私を通して下さい。私も職責上、この程度の些細なことでも知っておく必要があります。よい機会ですから、他に何かお気付きのことがありましたら、お伺いしておきましょう、どんな小さなことでも結構ですからどうぞ」

と促した。土橋はしばらく考えていたが、

「それではまことに小さなことですが」と切り出した。

「たびたび配給になる煎豆ですが、生徒は腹一杯食べては水を飲むのです。すると必ず下痢します。注意するのですが、食べざかりですから、聞き流したり食べ過ぎたりしますから、ちょっと加工していただけたらよろしいかと思います」

「そんなこともありましたか、全員となると大変な量ですが、考えておきましょう。不可

能ではありません」

工員だけのときはそんな注文は出なかったので、庶務主任としては初耳であったという。そんなところに徴用工と、引率教師のついている生徒とのちがいがある。そのちがいが徴用工に有利に作用したのだから、ひがんでばかりいないで感謝すべきではないかと思ったりした。

「まだ何かありませんか」

土橋は不二夫を振り返って訊いた。

「風呂のことはどうでしょう」

「ああそうだ、風呂のことですが」

土橋は庶務主任の方に向き直り、

「遅くなった組は大層汚れた湯に入ることになります。鋳造などは泥まみれになって帰るのですから。浴場の増設、あるいは浴槽の拡張をお願い出来ませんでしょうか」

相手は軍だ、生徒の風呂ぐらいは問題にしていないだろうが、どんな答えをするか反応を見てやれと、不二夫はちょっと皮肉な気持ちになった。

「そのことでしたら舎監からも報告がありました。実は最初の計画が少し杜撰《ずさん》でしたので、予定をはるかに上回る動員になったため、部屋も窮屈ですし、風呂も便所も不十分なのです。浴場の増設といいましても、どこへでもくっつけてよいというわけにはいきませんし、途中で湯をかえるにしても時間がかかりますので、待ちきれなくなって寝てしまうということにもなるでしょう、困っているところです。具体的な案はまだありませんが、まるっきり放っているわけではありませんから、いましばらく御辛抱下さい」

との返事に不二夫は少なからず驚いた。風呂の湯などと一蹴されるかと思っていたのだが、舎監からも連絡があったりして、意外に細かいことにまで気を配っていることがわかった。軍といえば横暴でわからずやとばかり思っていたが、そうでばかりもないと見直した。あるいは陸軍と海軍のちがいかも知れない。

部屋が詰めこみ過ぎというのも意外であった。職員室は別として、生徒の部屋だって決して窮屈というほどのものではない。延岡よりは楽なので喜んでいたぐらいである。艦内の生活を基準にされるものと思っていたが、海軍は随分ゆったりした生活を考えていたものである。

ひと月になるがまだ一日も休みがない。生徒にも疲労の色が見え始めた。今年は秋季皇霊祭と日曜がつづくので、祭日の方だけ一日休業ということになった。久し振りの休みに生徒は大喜びで、是非どこか近郊へハイキングに行きたいと申し出た。はるばる宮崎県から来て、いきなり寄宿舎に放りこまれ、寄宿舎と工場の間の、開拓地のような殺風景な道を往き来するだけで、他はまだどこも知らない。久し振りの休日を利用して長崎県の景色を見たいと言う。もっともなことである。平時なら四十日の夏休みがあるのに、暑い期間を工場で一日の休暇も与えられなかったのである。

近くの学校から来ている教師の話では、彼杵《そのぎ》に竜頭泉《りゅうとうせん》という美しい渓流があるそうだ。宮崎のような平野に育った者には、渓流がよかろうとそこに決めた。百人以上を汽車に乗せるには問題がある。団体乗車券の購入は軍か官庁の証明書が必要だし、個人切符は駅に一日分の発売枚数に制限があって、川棚のような小駅は、たとえ海軍工廠があっても割当ては少ないのである。生徒全員にゆきわたらないかも知れない。というよりその可能性が大きいのである。庶務主任に頼んで軍の証明書を貰うより他はない。

いつも土橋にばかり頼んでいるからと、今度は不二夫が行くことにした。庶務主任は書類を書きながら聞いていたが、彼が言い終わるのを待ってキッと顔を上げ、

「そのようなことに私は賛成出来ません。ハイキングなどという毛唐《けとう》の遊びは、戦時下の学生としてふさわしくないと思います。何も毛唐の真似などしなくても、日本人には日本人らしい娯楽やスポーツがあります。剣道や柔道をして心身の鍛錬をはかる、というようなことでも考えられてはいかがですか。私はそれほどわからずやではないつもりです。戦時下ということを考えていただきたいのです」

言うだけのことを言ってしまうと、彼は仕事のつづきにとりかかった。三十年潮風に磨き上げられた皮膚は赤銅《しゃくどう》色の光沢を放ち、数本の太く深いしわは強固な意志をあらわしていた。全くとりつく島もない、むなしくお辞儀をして帰らねばならなかった。先日土橋が行ったときには、なかなか物わかりのよいようなことを言ったので、着いた日の長い訓示で受けた、石頭という印象を訂正したばかりなのだが、やはり最初の印象が本物だったのか。今日のが本心なので、先日のは何かの間違いだったのだ。軍人に世間並の常識を期待してはいけないという常識を、改めて確認した。それとももしかすると、土橋は学年主任で年輩者であるが、不二夫はまだ三十前の若造でしかない。それで差別したのか。もっとも合理的でなければならないはずの軍隊が、官僚主義で固まってしまって、同じことを言っても、言った人の地位や肩書きで効果が大きく違ったり、時には逆になったりすることがある。酷使するようだがやはり年輩の土橋をわずらわすべきだったかなと、後悔したりひがんだりもした。

生徒に結果を知らせなければならない。ひと月以上働いてやっと与えられた休日だ。どんなに失望するだろうと、おそるおそるいきさつを話したところ、「なーんだ」と一言異口同音にもらしただけだった。もの心ついてからの戦時生活で、あきらめることには馴れているので一層可愛想になった。といって、はっきり断わられたものを、もう一度土橋にというわけにはいかない。生徒は貴重な休日を終日寄宿舎でごろごろと無意味に過ごした。

秋も更けて毎日をすがすがしい気分で過ごせるようになったとき、第二寄宿舎から第五寄宿舎へ移転を命じられた。生徒が増えたので、いままでのように生徒だけ別というわけにはいかなくなり、第二寄宿舎は女子用にして、男生徒は工員と一緒になるのである。舎監も今度は教師上がりの嘱託ではなく、海軍特務少尉であるし、生徒はこれから工員と同じように夜勤もさせられることになった。やはり生徒を工員なみにしたいのだろうと噂し合ったが、反対する理由がみつからなかった。第五寄宿舎では生徒は工員と別の棟になっ

＊毛唐＝欧米人に対する蔑称

たが、いずれ同じ棟に移されるのだろうという不安は誰の胸にもあった。そして今度は前より更に五百メートルほど工廠から遠くなったので、通勤の負担がうんと大きくなったように感じられた。

毎月第二木曜日は連絡会議である。連絡会議というのは、生徒と工員の間が必ずしもうまくいっていないので、工場主任にとっては直接仕事に支障を来たす問題になり、工廠の幹部にとっても増産の目標達成に影響するから、工廠側と学校側がこの会議によって、お互いに意思の疎通をはかり、合わせて増産の目標を達成しようという目的で始められたものである。先月は土橋が出席したから、今度は不二夫が出てみようということになった。工廠での生活は長くなりそうだから、そんなことも早く経験しておいた方がよいだろうし、そうでなくても何もかも土橋にやらせては悪いからとすすんで出席した。

五十坪ぐらいの会議室に、コの字型にテーブルが並べられ、正面中央に海軍技術大佐の総務部長、その両脇に庶務主任と警務主任。警務主任は海軍特務中尉で三十四、五歳ぐらい、庶務主任の老練円熟にたいして、見るからに精悍な面構えをしている。どちらも適任と感心させられる人事であった。先日玄関前の広場で疾走するトラックの上から、工員たちをどなりちらしているのを不二夫は見たが、闘魂のかたまりのようで、あれでは部下は随分手厳しく鍛えられることだろうと、見知らぬ他人に同情した。

コの字の向かって右は海軍側で、そのほとんどが工場主任であった。左は引率教師で、その中にどこかの教練教師であろう、准尉の軍服を着た中年の男が居たのが奇異な感じを与えた。

庶務主任が立ち上がって挨拶した。

「さすがに選ばれた生徒だけあってまことに優秀です。僅かの間にすっかり技術を会得してくれましたので大変喜んでいます。しかしアメリカの生産力は我々の予想をはるかに上回り、物量の恐ろしさをまざまざと見せつけられました。そこで生徒諸君にもなお一層の増産をお願いしなければならないことになりました。国家危急の際です、軍、官、民の区別をとり除いて、一体となって国難に当たらなければなりません。工員と生徒の融和をはかり、生産を上げるためのものでしたら、どんなことでも結構です。御意見、御希望、何なりとも御遠慮なくお聞かせ下さい」

国家危急の際でなかったら、軍と官と民の間の区別はとり除かないのかと、日頃の軍の横暴がすぐ頭に浮かんだ。

一瞬沈黙が支配し、ためらう空気が感じられたが、初老の教師がおずおずと手を挙げた。

「どうぞ」

庶務主任が指示した。

「私の学校の生徒は針金を一定の長さに切る作業をしています。仕事振りを見ますと、熟練工はカンで打って一ミリの狂いもありません。さすがと思いました。ところが生徒や徴用工は、一回ごとに物指しで丁寧に測ってから打ちますので、当然能率は何分の一かです。そこで熟練工と同じように能率を上げようと生徒が工夫いたしまして、ブリキの切れ端を拾ってそれを折り曲げ……」

このあたりから手真似が加わり、ブリキを折り曲げる恰好をして見せた。

「前もって測っておいた距離にタガネを置いて、ブリキに突き当たったところで打ちますと、一々物指しで測らなくても決められた長さに切ることが出来、生徒でも熟練工と同じように能率を上げられますので、よいことを考えたと褒めてやりました。全員にそれを持たせたら大幅に能率が上がり、そのために人員に余裕が生ずるようなことにでもなりましたなら、他の部署へ回すことも不可能ではないと思いまして、係長に申し上げましたが何の御返事もございません。工廠として御採用願いたいと存じます」

淡々と述べた。教師たちの間からは感嘆の声が洩れた。どこの学校か知らないが優秀な生徒が居るものだ、こんなすぐれた案は即座に採用され、生産増強に大いに役立たされることだろう。生徒を工場で働かせたことには大きな意義があった。そしてこの連絡会議にも意義があったと喜んだのは不二夫だけではなかった。庶務主任は総務部長に二言三言耳うちしていたが立ち上がって、

「ただいまの御意見、さすがに立派な教育を受けた生徒さんはちがうと心から敬服いたしました。早速採用したいと思いますが、実はつい二、三日前、上から能率増進について調査がありましたとき、現状ではこれ以上工夫の余地はないと、報告したばかりなのであります。それをすぐに新しい方法を採用して効果が上がったとなりますと、私の手落ちになりますので、いますぐ採用というわけにはいかないのであります」

教師側は一瞬騒然となった。先刻の教師がふたたび発言した。

「戦局が逼迫《ひっぱく》して増産のためにはすべてを犠牲にしなければならないときなのです。大変冷淡なことを言うようですが、この際個人の面子など捨てて御採用いただくのが至当かと存じます」

面白いことになったぞと、不二夫は思わず坐り直した。総務部長が庶務主任に何か小声

で指示した。何と答えるであろうか、興味をもってつぎの発言を待った。が、それにしても少し変だ。生産を増強して戦争に勝ち抜くことは、至上目的であるはずなのに、庶務主任個人だか川棚海軍工廠だかの面子が優先している。その増強も軍が呼びかけるときは、有無を言わさぬ命令であるが、教師がそれについて提案するときはおそるおそるお願いという形になり、しかもそのお願いはお聞きとどけにならないのではないかという懸念さえ生じた。とすると庶務主任の言う軍官民一体はやはり言葉の上だけのものだったのか。これでは戦争に協力もほどほどにしておかなければ、後で腹の立つ思いをしたり、後悔したりということにもなりかねない。

「御要望まことにごもっともと思います。本日は工廠長が出張ですので、帰り次第御報告申し上げて実現へ努力いたします」

「生徒の小さな工夫を採用するのに、直接工廠長の許可を受けなければならないのですか」

「そんなわけではありません。普通の場合でしたら何でもないことですが、工廠長の名で提出した前回の報告書と矛盾することになりますので、その点についての諒解が必要なのです」

何とも歯切れの悪い答弁である。教師たちの間では不満の声が聞こえたが、それらは小さなささやきとしてやがて消えてしまった。

そのとき、どこかの工場主任であろう大尉の襟章をつけた、色の黒い獰猛《どうもう》な顔をした中年の男が怒ったような声で発言した。

「先生方には御不満のようですが、我々は日夜骨身を砕いて増産にはげんでいるのです。先生方は我々を手伝いに来た身ではありませんか」

軍官民一体でないことを、もう白状してしまった。何というお粗末な野郎たちだろう。

「仕事のことは私たちが責任をもって生徒を指導していますが、私的なことは一々先生方の諒解をいただかなければなりません。そのとき先生が工場に居て下さると、すぐ連絡出来ますが、控室でとぐろを巻いていては連絡も思うように出来ません。生徒の仕事を理解する上にも……」

「とぐろとは何事だ」

准尉の軍服を着た教師が激しくテーブルをたたいてどなった。その眼は爛々と輝いて、野戦にも一度ならず参加したことを物語っている。

「とぐろというのは、蛇が体を丸く巻いているのを言うので、人間に言うのはよくない輩のときだ。我々を無頼の徒として扱うのか」

その発言は教師の気持ちを代表してくれるものとして、痛快と思ったのは不二夫だけではなかったが、階級の点でちょっと不安を感じた。准尉が大尉をあんなにどなりつけてよいものなのか。技術大尉の発言はまことに非常識なものにはちがいないが、それとは別に階級の秩序というものはどうなるのだろう。陸海軍共通のものとして守らねばならないと聞かされていたのだが、現実はそれほど厳格でなくてもよいのか。

「言葉の過ぎた点は私が代わってお詫びします。どうぞお静かに」

庶務主任が制止したが、それを無視して准尉はつづけた。

「貴方たち工場主任は、自分のことだけしか考えていないから全体がわからないのだ。私の学校の生徒は四つの工場に分かれて働いているのだ。貴方の工場にばかり教師が詰めていたら、他の三つの工場との連絡はどうなるんだ。そんなことになっては困るから、来たときすぐに、一つの工場に配置して下さい、その方が監督や連絡に都合がよいからとお願いしたのに、工廠側が無計画なために、それが出来なかったのではないか。さらにその上に、我々の職場は四つの工場以外に、寄宿舎での指導監督もある。先日から生徒も夜勤をするようになったから、夜勤の生徒は昼間寄宿舎に居るし、昼夜勤では往復四度の道も放ってはおけない。貴様たちのように一つところにだけ……」

准尉は感情が激してきたのか、はじめは貴方だったのが貴様になった。

「貴様とは何事だ。よくも海軍軍人を侮辱したな」

別の技術大尉が叫んだ。

「陸軍軍人を無頼の徒かなんぞのように侮辱したのはどこのどいつだ」

「両方ともお待ち下さい。お互いの間を円滑にするための会議ではありませんか、円満に話し合いましょう」

庶務主任は立ち上がり、両手を挙げて制止した。

工場主任たちの意図は見えすいている。教師の勤務場所を工場に固定して、自分たちの支配下におき、出来れば直接作業をさせて、実質上の部下とし、それによって生徒を完全に支配しようとしているのである。

教員控室に帰っても喧々囂々《けんけんごうごう》であった。国内でこんなにいがみあっていて戦争に勝てるのだろうか。すでに発表されている戦局だけでも心もとないのに、未発表の内情には悲観的な材料が、まだまだたくさんあるにちがいない。

部屋の中央のテーブルに置かれた電話が鳴った。前に坐っていた女教師が何気なく送受器をとろうとすると、横からとび出してきた雲仙中学の教師がその腕を押さえ、代わってとった。

「はい、教員控室です。軍港商業の先生ですか、いま工場へ行っておられます。こんなところでとぐろを巻いたりしてはいません。…軍港商業の工場ですか、それはわかりませんね。たくさんの学校がそれぞれ数か所に分かれているのですから、他校の分まで一々覚えることは出来ません。…はい、お帰りになったら連絡しますが、今日中に逢えるかどうかわかりません、念のために」

「なるほど、今度から全部その調子でやるといいな」

教師たちは朗らかに笑った。

「軍港商業の先生、組立工場から何だか言ってきましたよ」

「じゃ偶然に行ったという形にしましょう」

また電話が鳴った。

「雲仙高女の先生ですか、いま工場です。皆さん大変真面目ですから、とぐろを巻いたりしてはいません」

そう言っている教師の腕章に「雲仙高女」の文字が見える。女教師たちは笑いをかみころして真っ赤な顔をしていた。

「僕も偶然工場へ行ってくるよ」

また大笑いしたところへ庶務主任が入って来た。笑いながら、

「いま二、三の工場から電話がありまして、どの先生も皆控室にはいらっしゃらない。連絡出来なくて困っているそうですから、先生方はどうぞ控室にいらっしゃって下さい。先生方が百人や二百人、ハンマーを振って下さったところで、当工廠としての生産力には何程の影響力もございません。生徒をしっかり掌握していただいて、彼等に生産力を上げさせるようにしていただければ、その方が何十倍も何百倍もの効果を上げることが出来るのです。こんなことになりましたのも私たちの計画が悪かったからです。当初の見込みを大きく上回る消耗で、作っても作っても足りなく、こんななしくずしの動員になって御迷惑をおかけしています。なおこれは内輪の話ですから、ここだけのことにしていただきたいのですが、工場間の縄張意識が相当強いのです。学校単位に編成替をしますと、仕事の熟練度ということの他に人員のこともございます。各工場の人数をいまと同じにすることは不可能と言ってよいでしょう。編成替で多くなったところは喜ぶでしょうが、少なくなっ

たところは承知しません。男子を割当てられたところはよいが、女子ばかりの工場は能率が悪くて困るでしょう。そんなわけですから、現在の体制は動かせぬものとして、生産増強をお願いいたします。先生方はここで勉強でもしていて下さい。そして用事のあるときは、ここへ電話をすればすぐ連絡出来る、というふうにお願いします」

特進の苦労人だけあって負け方がうまいと不二夫は感心した。軍人という人種は軍服を着たというだけで、一般人つまり彼等が地方人と呼んでいる者たちより、偉くなったと思っているようだが、そんなところにもかねてから反感を持っていた。この小さな事件は、まことに子供じみた抵抗であったが、それでも教師が、決して無条件で軍人たちの頤使《いし》に甘んじてはいないことを、知らせるだけの効果はあったようだ。

寄宿舎へ帰って連絡会議のことを報告した。土橋はにやりと笑って、

「これで軍人の考え方が少しはわかったでしょう」と言った。

「少しはわかったような気はしますが、私のわかったのとはまた別の意味があるようですね」

「別の意味ということになるかどうかわかりませんが、直接間接を問わず戦勝につながる

ものは、すべて軍人の手中に収めたいのです。民間人の手を借りて勝ったのでは、沽券《こけん》にも関わるし功績を独占することが出来ないからです。こんな戦争を勝てると思っての皮算用です。教師や生徒がどんなによいことを考えついても、相手にはしてくれないでしょう。かんぐれば、その場では調子のよいことを言っておいて、他の工廠で軍人の工夫ということにして、採用するかも知れません。いつかの新聞に、田中館愛橘博士がマッチ箱ぐらいの爆弾一個で、イギリスの東洋艦隊を全滅させることが出来ると書いていましたね。私はあんなものを信用しませんが、もし画期的な爆弾が出来たとしても決して採用しませんよ。それで勝ったら戦勝の功労者は科学者ということになりますからね」

教師が大勢集まっている時刻を見はからって庶務主任が教員控室へ入って来た。

「先生方、ちょっとお耳を拝借します。毎日工場の仕事を御覧になってよくおわかりいただけたことと思いますが、さらに大幅の増産を要求されるにいたりました。そのために舎監要員が必要となりましたので、もし先生方の中に、いっそ海軍に入って、全力を挙げて増産に協力しようとお思いの方がございましたら、海軍嘱託としてお迎えいたしたいと存じています。いまの中途半端な立場より、その方がはっきりしてよろしいのではないかと思いますので、お願いに上がりました。御希望の方がございましたら、私までお申し出下さい」

庶務主任が出て行った後、部屋の隅でせせら笑う声が聞こえた。星と錨と闇と顔と言われたこのご時世に、ここへ来ている教師は不思議に全員一致して海軍嫌いであった。

不二夫はぽんと肩をたたかれた。

「海軍嘱託になるのか」

日南商業の高橋がにやにや笑っていたが、海軍嘱託を本気で考えているのかと、その目は軽蔑しているようだった。

学校から送られてきた書類の中に、税務職員募集のちらしが入っていた。これを小堀に勧めてみよう。松本郁子の事故以来、小堀は一日も早く工廠を出たがっていたが、軍人はもちろん、巡査の試験さえ見込みのない体格である。戦争が始まってから、体だけが人間を評価する基準になって、学業の方は惰性で証明書など書くが、有害視されているのではないかと思われるほどであったので、小堀のように学業成績だけが優秀で、体格の貧弱な

者には住みにくい世の中であった。早速呼んで尋ねると大喜びで目をかがやかせ、

「税務署でんなんでんよかです。是非ここへやって下さい」

とすがりつかんばかりに哀願した。

小堀の切なる願いであったが、不二夫はどうも大威張りで勧められるところではないような気がした。

「人からあまり好かれる仕事ではないが、ひとまずここへ逃げておくか」

「そぎゃん心配せんでよかです。どうしてもここへ行きたかです」

「ではそういうことにしよう。内申書は最高に書いておくからな」

「はい、有難うございます。お願いします。毎日、松浦高女の生徒と一緒に仕事ばするとですが、あいが松本さんば傷つけたいう目付きで僕ば見るとです」

「気のせいだよ、一々そんな目で見るものか」

「いいえ、気のせいではなかです、本当にそぎゃん思うとるとです」

「あれからふた月近くになるが、毎日毎日が針のむしろだったことだろう。いままで忘れていたわけではない、君の行けるところがなかったのだ。戦争が終わったら今度は落ち着いて、自分の好みに合った職を探すことだな」

小堀は喜んで跳びながら自分の部屋に帰った。

教師たちが昼食のために食堂に入ってみると、中が衝立で二つに仕切られて、一方が将校で他は教師となっている。粋な仕官服を着た特権階級である若い将校たちは、よれよれの国民服を着た教師と一緒に食事をすることを前からいやがっていた。どんなに嫌っても少尉待遇という約束がある以上、同席を拒むことは出来ない。教師がまだそれほど多くなかったときは、テーブルを別にしていたが、断続的に動員が行なわれて教師が多くなると、そんなことが出来なくなり、同じテーブルで並んで食事をするようになった。そんなときの彼等の不愉快そうな顔を、不二夫は情けないとも腹立たしいとも思った。また若い将校が、教師と席を離すように炊事を叱っているのを見たこともある。若い不二夫にとってさえ教え子ほどの年齢に過ぎない将校たちとのこだわりが、こんな形で落着したことは、教師にとっても、お互いだけで食事が出来、部外者という目で見られることもなく案外気持ちがよかった。女教師の中には水増し伝票を切って、持参した弁当箱におかずだけを詰めて寄宿舎へ持って帰り、夕食にする者も居た。将校たちはそんなことも知っていたにちがいない。衝立のおかげでそんな貧しい姿を見せなくてすむようになったのは有難いことである。しかし炊事は仕事が少し面倒になって迷惑したことであろう。そうしたこととは別に、軍と教師の反目を助長するようなこのやり方に、庶務主任はおそらく反対したであろうが、大勢に押しきられたものとみえる。民間蔑視のこうした実態を見せられては、舎監希望をする者はますます居なくなるだろう。食事の内容は下士官食堂と全く同じであるが、食器が高等官食堂は陶器なのに一方はアルミである。自分だけなら内容が同じであるから、下士官食堂でもよいと不二夫は思ったが、生徒を保護するためには、階級万能の閉鎖社会であるから、つねに階級のことに気を配って、少しでも高い地位を維持するように心がけていなければならないことが、このごろようやくわかってきた。

「土橋先生、入ってもよろしゅうございますか」

入口で大きな声がして、返事もまたずに入って来たのは大川と後藤の二人であった。教師の前にきちんと膝を揃えて坐り、

「先生、予科練ば受けようと思います」

と暗誦してきた文句を吐き出すような口調で言った。曽田と不二夫は驚いた。いくら工場の仕事が辛いといっても、軍隊とは比較にならない。第一、生命の危険がないだけでも

大変な違いである。小堀の場合は例外として、予科練など志願する者はないだろうと安心していたのが認識不足だった。軍隊の実情を知らない彼等は、目先の苦痛からのがれるために、ただ一つ開かれた地獄の門にとびこむのだった。土橋はまるで予期していたような顔付きでゆっくりと二人に視線をあて、

「君たちが予科練を志願したいという本当の気持ちはちゃんとわかっている。が、そんなことはやめた方がよい」

と諭すように言った。曽田も不二夫も同感だった。軍や政府の宣伝とは反対に、まだ思慮の十分でない少年を、そんなところへやらないように保護するのが教師の仕事だと思っていた。

「本当に軍人になりたかです。こんなところでじっと仕事ばしておれん気持ちです」

二人の顔色を見ていると、真意はわかったような気がする。何とか止めなければならないが、こんなことはよほど上手にしなければ、生徒としては内心はともかく、ひっこみがつかなくなるかも知れないし、教師も下手な止め方をして言葉尻をとられると、非国民か国賊にされてしまう。反戦はいまの世では最大の悪であるから、時としては肉親でさえ警戒しなければならないのである。また人を攻撃するには「非国民」という言葉が最強の武

器であった。

「ここは工場ではない寄宿舎だから、外聞を考えないで本当のことを言ってみろ。この間のことでお礼参りでもされたのとちがうか」

二人はあわてて、

「そぎゃんことはなかです、なんにもありまっせん」

と打ち消したが、それがあるらしいことは容易に察しられた。軍隊では工場以上に陰湿な人間関係があるのだが、それも言えないことになっているし、神聖な皇軍の宣伝が徹底しているから、少年の頭ではホンネとタテマエの使い分けは無理のようであった。

「じゃあ、なかったことにしておこう。それとは別に、生徒にはやはりここの方がよいと思うよ」

「軍人になって御奉公したかとです。先生は予科練ば受けさせせんとですか」

こんなに開き直るようでは慰留はむずかしい、土橋はもてあました。

「受けさせないとは言わないよ、そんなことを言ったら後がうるさいからな。だからもう一度よく考えて、どうしても受けたかったら明後日来い、気が変わったら来なくてよい」

「明日じゃいけんとですか」

「明日ではまだ考え方が足らん、明日一日ゆっくり考えて明後日来い」

大川と後藤の予科練志願は、いつかの件でお礼参りされて、それで工廠がいやになったのだろうと、交替で彼等の工場を見ていたが、別に異状は認められなかった。教師は一つの工場につききりというわけにはいかないから、その意志さえあれば報復の機会はいくらでもあった。工場側ではその日一日監視がついたので、いやがらせをされたような気がしたらしい。

精密工場から連絡があった。大川と後藤がどうしても予科練を受けたいと申し出たのである。万一を期待していたがやはり駄目だった。

軍人志願のための乗車券は並んで買うことはない。軍の旅行証明書で別の窓口から買うのであるが、旅行証明書は必ず教師から生徒へ直接手渡しすることになっている。このクラスは土橋が担任であるが、夜勤から帰ったばかりなので、不二夫が代わって精密工場の事務室へ行き、生徒の前で工場主任から証明書を受け取って、

「しっかりやって来いよ」

と月並みなことを言って二人に渡した。

「生徒の軍人志願をどうお考えですか」

二人の出て行くのを見送って工場主任は尋ねた。さあ、おっかないことを言ってきたぞ。軍人からこんな質問を受けると、こちらの戦意をたしかめるための踏絵ではないかという疑問がまず起こる。答え方が悪いとすぐさま「非国民」という言葉がとんでくる。愛国心の度合いは言葉によって定まる。たとえこちらに十分の戦意があっても、ちょっとした言葉尻をとられて、敗戦思想とか何とか言われたらもう言いわけは出来ない。昭和の魔女狩りである。人を蹴落とすことによって、少しでも自分をよく見せようとする島国根性が四六時中働いている。戦争に心から賛成出来ない者は、一言一句注意しなければ身が危ない。特にこの場合、相手は敵とも思える海軍将校である。

「若い純真な気持ちとして銃後にじっとして居られなくなったのです。まだまだたくさん後につづくでしょう」

在郷軍人か町内会長のような、型通りの歯の浮くようなことしか言えなかった。それでも反応をたしかめるように相手の顔色をうかがわねば安心出来ない。保身のためとは言いながら、情けない世の中になったものである。

工場主任は依然浮かぬ顔をしているので、こんなことではまだ足りない、もう少し気ばったことを言わねばならなかったのかな。揚足《あげあし》をとられるようなことは言ってはいないつもりだがと思っていると、

「こんなことを言っては前線の人に申しわけないのですが、せっかく仕事を覚えて一人前になったところで、引き抜かれるのはつらいですよ。こんなことを繰り返しているから生産が上がらないのです」

といかにも困ったことのように言った。なんだ、奴《やっこ》さんたちは自分の点数のことだけを考えていたのか、前線と銃後で生徒の奪い合いをして、とんだ一億一心だ。気を回しすぎて馬鹿を見た、軍人がその気ならいよいよもって生徒を軍人にはさせられない。生徒を軍人にさせたくないという一点だけで、やっと工場側と意見が一致した。それなら平素から生徒を大切にして、ここから逃げ出したくない気持ちにさせてくれれば、教師も楽になって両方よいのに、なぜそこに気がついてくれないのだ。でもおかげで、生徒を引き止める理由が一つ出来た。

明治節の佳き日を祝うため、全員赤飯で教師にも酒の無償配給があったが、戦局は一向

に好転せず、学校に残っていた三年生が都城の民間工場に動員されることになり、ヴェテラン土橋は馴れない生徒を指導するためにそちらへ行くことになった。教練教師の儀間中尉も先日帰ったので、あとは曽田と不二夫の二人になった。

朝夕寒さを感じるようになったころのことである。朝食をすませて出勤しようとしている不二夫のところへ、「失礼します」と言う声とともに日南商業の教師二名が入って来た。日南も同じような事情で引率教師は二名になっていた。

二人の顔色を見てはっとした。二人とも何か思いつめたようで、全身の力が抜けてしまっていた。

「いろいろお世話になりましたが、いまから都城へ帰って辞表を提出しようと思っています。もうお目にかかることもないでしょう、どうぞお達者で」

藪から棒に何だろう、よほどの事故が起こったにちがいない。

「何があったのですか、私たちは何も知りませんが」

「そう、先生方はもうお寝《やす》みになったころでしょう」

二人はせつなそうに話した。昨日、日南商業の生徒が一人、特幹受験のため佐世保へ行って、その帰りのことであった。日が暮れると同時に灯火管制をするので、空からの明りが消えるとどこも真っ暗になってしまう。列車の中も例外ではない、小さな電灯にも厳重な灯火管制が施され、乗降客のために足元だけがわずかに見えるほどの、豆電球のような灯がつけられていた。暗い列車の中から、停車するたびに駅名をたしかめたが、その多くはわからなかった。駅の事務室や待合室は完全といってよいほどの灯火管制で、どんな僅かな反射光線でも洩らしはしなかったし、プラットホームは全部消灯していたので、駅名が読めなかったのである。地元の人は駅の数を数えたり、夜空をすかして山の形などから判断して下車した。ときたま運よく駅員の振るカンテラの光が文字板を走る瞬間をとらえて読むことは出来たが、地理不案内なその生徒は、いくつ目が川棚になるのかわからない。もちろん山の形を見ても鉄橋をわたっても、それらは全く見知らぬ他国でしかなかった。

何だか川棚と思われる駅に停車した。真っ暗で何も見えないがそんな気がしたので降りてみたが、ホームは真の闇で確認出来ない。自信がなかったので、手さぐりのように歩いている降車客の一人に尋ねた。

「ここは川棚ではない、川棚はつぎだ」

とその男は言ったので、あわてて列車にとび乗った。もとの座席に戻ると隣の客が、

「君は川棚で降りるのではなかったのか」

と不思議そうに尋ねた。

「川棚はつぎでした、ここではありません」

と答えると、隣の客は、

「何を言ってるんだ、ここは川棚だ、早く降りなきゃ発車するよ」

と言ったので、窓から覗いて見渡すと、暗くて何も見えないが、やはり前に感じたように川棚らしい気がする。

あわててとび降りようとするより早く発車した。

「危ないやめろ、つぎの駅まで行け」

と隣の客が叫んだとき、彼はすでにとび降りてしまっていた。小駅の短いホームはすでに終わっていたので転落し、両股を切断した。

やはりその駅は川棚であった。駅員が海軍病院に運び、当直の軍医によって直ちに手術が行なわれ、同時に引率教師に連絡した。

夜が明けるころ生徒は意識を回復した。枕元の教師に気がついて、目を見開き、

「先生、寝すごしてすみまっせん」

と起き上がろうとした。教師はその肩を軽く押さえて、

「ゆっくり寝みなさい」

と言ったが、その意味がわからないらしく、

「もうこんなに明るくなった、遅刻してはいけない」

と強いて起きようとした。

「君は足にけがをしたのだから、よくなるまでここでゆっくり寝みなさい」

切断したなどどうして言えよう。生徒は笑い出して、

「先生はあんなことを言って、僕をからかっているんですか、僕はけがなんかしていませんよ。遅れたら叱られる」

と言ったきり、息をひきとった。

昨夜何も知らないで寝ている間にそんなことがあったのか。

何という悪質ないたずらだろう。車中の客が間違えるならいざ知らず、ホームを歩いている客が、その駅を間違えるということはないはずだ。田舎の駅は停車時間が短いから危険だということもわかっているだろうし、灯火管制で足元さえ見えない真っ暗闇の中を走らせて喜ぶなんて、いたずらとは言えない、犯罪だ。戦争中の不便不自由を悪用して、人

を傷つけたり殺したりする悪質な犯罪だと心から怒りがこみ上げてきた。さらに腹立たしいのは、その犯人を探し出す方法がないことであった。

「私たちは生徒を預かる資格も能力もない人間だということがやっとわかりました。今度は人命にたいして責任を持たなくてよい職を探します」

二人は涙を流さんばかりであった。

「それはあなた方の責任ではない。生徒の受験に一々付き添って行けるものではありません、責任はホームの降車客です。責任というより犯人です」

「私もはじめはそう思いました。しかし気分が落ち着いてから考えてみますと、その客も間違えて降りていたのであって、本当に川棚はつぎだと思っていたのかも知れません」

そんなことも想像出来る。やはり当事者の方が深く考えている。しかしその責任を引率教師がとって、退職までするというのはどんなものであろうか。問題の大きさをはかりかねた。

「もちろん生徒の生命は何より大切ですし、それを護るのが我々の第一の任務ですが、この種の事故にまでそれほどの責任をもつというのはどうですかね。工場内の事故でさえ我々の手では防ぎきれないぐらいですから」

このとき小堀のことが不二夫の頭をかすめた。

「これからは空襲ということも考えておかねばなりません」

これは単なるなぐさめではなかった。受験のための旅行や空襲による被害は教師の手で防ぎきれるものではない。

「皆様もそうおっしゃって下さいますが、私たちの気持ちは理窟《りくつ》通りには割りきれないのです」

自分がその立場になったらやはりそうだろうと不二夫は思った。二人は悄然《しょうぜん》と立ち去った。その寂しい後ろ姿から、本当にもう彼等に逢うことはないという気がした。こんな形の戦争犠牲者も居るのだ。

日南商業から交替の教師二人が来た。前の二人はどうしても辞職したいと言い張ったが、県の学務課からも人が来たりして、ついに慰留されたそうである。学徒動員の付き添いは年配者や体力の弱い者にとっては、相当過重な勤務であった。戦争という名目のために、表立って反対は出来なかったが、不満がくすぶりつづけていることは生徒と同じであった。もしこの種の事故で引責辞職ということにでもなれば、不満は一挙に爆発し、大量転職者

を出しかねない形勢であった。当局としては絶対に辞表は受理出来なかったのである。日南の二人は苦笑いしながら、
「戦争で教師が足りなくなったから、熱心に慰留したのでしょうが、不景気なときだったら慰留はおろか、教育者としての良心とか何とか、愚にもつかないことを並べたてて、向こうからくびにしたかも知れませんよ」と言った。

鋳造工場で相沢、中野の二人が予科練を受けるというので、不二夫は例によって工場事務室で旅行証明書を手渡した。このごろでは工場主任もそれほど嫌な顔をしなくなった。合格する者はいままでに合格し、何度も落ちた者がまた受けるのだから、不合格は始めからわかっている。工場側も教師も安心していた。何回も受けるのは本気ではなく、受験すれば一日仕事を休んで、佐世保で遊んで来ることが出来るからであった。だから彼等はやさしい特幹より、むずかしい予科練を受けたのである。工場側も教師もそうした生徒の気持ちを察して、快く一日の休暇を与えたのである。

新しく来た日南商業の教師とも親しくなった。彼等は出て来る前に、学校内で十分打ち

合わせをしていたものとみえて、来るとすぐに軍人だけでなく、すべての志願を奨励した。全部の生徒をどこかへ志願させて、事実上川棚を引き揚げてしまおうというのである。積極的でもない生徒に半強制的に軍人志願をさせたりなど、随分乱暴なことをすると思ったが、彼等にとって川棚という地名には、いつも暗い思い出がつきまとっているのであった。大きな事故の後だから平静でなくなるのは無理もないことだが、志願させた生徒が戦死することもあると考えているのだろうか。

*大詔奉戴日《たいしょうほうたいび》なので一人に一升ずつ酒の無償配給があったが、戦局のことを考えると何ともわびしい奉戴日であった。

三国同盟が締結されたのは、不二夫がまだ前任校に居たときのことであった。新聞を片手に躍り上がった体操や武道、その他一、二名の威勢のよい教師たちが、

「三国がしっかり協力すれば、英米をぶっつぶすのはわけはない。アメリカの野郎ざまを見ろ」

と生徒が驚いて、窓から職員室を覗いたほどの声をあげた。配属将校野山中佐がたしなめて、

「戦争というものは、そんな威勢のよさだけで出来るものではない。蒋介石一人を相手にしてさえ、三年も手こずっているというのに、その上にアメリカ、イギリス、ソ連を加えたら、残念なことだが絶対に勝ち目はない。一国だけを相手になら敗けるということはないが、戦争はゲームではないから一対一でやろうというわけにはいかない。ドイツだって足元に火がついているのだから、日本を応援することなど出来はしないだろうし、イタリーはあてにはならん」

他の教師がそんなことを言ったのだったら、たちまちよってたかってつるし上げられるだろうが、相手が配属将校なので一同拍子抜けのした顔になった。

「それでもアメリカは支那から全面撤兵しろと要求しているのですよ。事変前から相当程度の駐兵をしていたのですから、それでは事変前よりも後退することになるではありませんか」

体操の教師が鼻白んで抗議とも質問ともつかぬ口調でなじった。

「現実に国力がないのだからそれも仕方がないではないか。その代わりただでは敗けない。幾万の英霊にはまことに申しわけないことだが、三国干渉の故知にならって、一応無条件

＊大詔奉戴日＝大東亜戦争勃発後の毎月8日、戦時体制への国民の動員強化をはかった

降伏の上撤兵し、十年後を期して国力を貯え、それから報復するのだ。三国干渉は敗けたんだよ。教科書には敗けたとは書いてないが、戦わずして敗けたのだ。戦って敗けるだけが敗戦ではない、戦わずに敗けるのも敗戦だ。しかし後で報復したのだから本当の敗戦ではない。今度もそうするのだ、それより他にない」

　威勢のいい連中は不満な顔をしたが、不二夫は感心した。だからといって野山中佐を見直したわけではない。彼にたいする評価は変えてはいない。彼は粗雑な頭の持ち主だったので、その名前にひっかけて「ノーちゃん」と呼んでいた。そんな立派な意見が「ノーちゃん」の頭から出るわけがない。上層部の考えだ。それが彼のところにまで浸透しているということは、軍全体の考えになっているとみてよい。世界無比と言っているけれど、具体的に比較してみたわけではなし、複数の敵を相手にすれば話は別であろう。金甌無欠《きんおうむけつ》などという井の中の蛙のひとりよがりが、世間に通用しないことぐらい、軍の上層部が知らないはずはない。そうなれば、これから耐乏生活とか軍事訓練とか、厳しい生活が十年続くことになるだろうが、当面日米戦争は起こらないとひと安心した。それから一年余り後、不二夫が神都商業へ転勤してきて間もない朝、ラジオのニュースが賑やかに戦争の開始を告げ、米英にたいする宣戦の布告があった。瞬間、不二夫は野山中佐の言葉を思い出し、なんと無謀なことをするのだろうと真剣に心配したが、引き続き伝えられるニュースは連戦連勝、文字通り破竹の勢いだったので何だか拍子抜けした気持ちになった。やっぱり田舎将校は何も知らなかったのだ。でもちょっと変なところがある。大体頭の弱い者は強がりを言うものだが彼は実際より弱いようなことを言った。このあたり少しばかり納得のいかないところがあった。帝国陸海軍は何と強いことだろう。平素は野蛮人のように威張って、鼻持ちならない奴と思っていたが、威張るにはそれだけの実力があったからなのだ。これだけの力を持っていながら、いままで隠忍自重《いんにんじちょう》してきたとは何と奥ゆかしいことであろう。これで長かった泥沼のような事変も一挙に解決するだろう。こんなことなら早くやってくれたらよかったのにと思ったりした。

それからちょうど三年。やっぱり弱い方が本当だった。土橋の言うように、戦争が鉄や石油だけで決まるとは思いたくなかったが、そんな結果になりそうだ。

ノックの音と同時に扉が開いて、舎監が中味の半分ほど残っている一升壜《びん》を提《さ》げて入って来た。

「一人でお淋しいでしょう。一杯いかがですか」

相手が出来たのはよいが、特進少尉では面白くもない。

「曽田先生は昨日帰られましたが、代わりの先生はまだお見えにならないのですか」

「神都商業ではつい先日一人応召し、一人退職したので交代は無理のようです」

「一人では大変ですね。退職というのは病気か何かですか、このごろは定年はなくなったそうですから」

「軍需会社へ行きました。物価が高くなって教師の給料では暮らせなくなったのです」

「国運を賭した大戦争をしているというのに、給料につられて教職を捨てるとは以《もっ》ての外《ほか》です。非国民です」

また非国民が出た。だからこんなのを相手にするのは嫌なのだ。

「ひと口にそうとばかりは言えないのです。給料だけで生活している教師は、闇はおろか配給品さえ買えなくて辞退したり、借金して買って横流ししたりしているのです。腹一杯は夢のような話で、健康を維持することさえ不可能なのではないかと思われるほどです。教育ばかりが御奉公ではありません、軍需工場で増産に役立つ方がより直接的だという言いわけも成り立ちます。私などいつも工場へ文句ばかり言っていますが、これは職務上のことでして、個人的には軍のおかげと感謝しています。三度三度腹一杯食べさせていただいた上、何かあればこうして酒まで配給があり、有難いことです。生徒も不平が多いようですが、家に居たのではこんな食事の出来ない者も随分多いのです」

思っていることを一気に言ってしまったら、緊張していた舎監の顔が急にゆるみ、

「いやあー、とうとうホンネを言いましたね、その調子で腹を割って話しましょう」

と、まるで自分が配給してくれるような顔で膝をのり出した。

「では腹を割って話しましょう、ここは本当によいところです。勿体《もったい》ないぐらいです。いえこれは本心です、決してお世辞でも皮肉でもありません。三年生が都城の民間工場へ行ったのですが大変らしいのです」

ゆるんだ舎監の顔がふたたび緊張した。

「当工廠は海軍ですから厳格だと自惚《うぬぼ》れていましたが、民間工場の方がまだ厳しいのですか」

民間会社にしてやられたという顔付きで、いぶかるように訊いた。厳しいことだけで優劣を決めるみたいな言い方である。

「いいえ厳しくはないのです、仕事は楽ですし、舎内の生活もこちらほど厳格ではないようです。それに民間会社は資材が不足がちで、作業が出来なくなっては休みになります」

「そんなことをしてやがるから、生産が向上しないのだ。でも仕事が楽なのはよいことではありませんか」

何かあれば民間人は非協力という結論にもってゆきたがる。資材の不足も会社のせいということになるらしい。

「楽なことはよいのですが、食料が悪いのです。質量ともに最低で、配給を大きく下回るらしいのです。生徒は一日中腹を空かしてふらふらし、これなら仕事はきつくてもよい、腹一杯飯が食べたいといっているそうです」

「そりゃひどい話だ、軍需工場には特配があるそうですよ」

「そんなことは誰でも知っています。横流しでもしているのではないですか、珍しい話ではありません。同じ民間会社でも四年生が行っている延岡の工場では、空腹で仕事に影響するというほどのことはありませんでした。これは私が二か月行っていたのでたしかなことを知っています。今度都城へ行った先生も、延岡の経験があるので比較の上で言っているのです」

「軍需用の特配を横流しするなどとんでもない奴だ、軍法会議ものです。そんなにされても先生方は会社に抗議をなさらないのですか」

目の前に居る不二夫がまるでその犯人ででもあるかのようにどなりつけた。

「配給食料を横流しするぐらいの奴は、教師の抗議なんかへとも思ってやしませんよ。それに第一証拠もないことですから、下手をすると、時局を弁《わきま》えない我侭者《わがままもの》と逆ねじをくわされかねません」

「証拠などと回りくどいことを言っているから、いつまでもらちがあかないのです。県庁を通して抗議されたらいかがですか」

「そうするのが当然なのです。生徒や教師を護るのは県の職務なのですが、役人というものは事なかれ主義ですし、そのくせ権力のない教師にたいしてだけはやけに強く、工場へは強いことは言えないようです。かんぐれば工場から袖の下、という想像も不自然ではないようですね。その上工場には軍需監督官という恐ろしいのが居るのです」

「軍需監督官は特配の食料についての監督もするはずでしょう。一体何をしているんですか」

不二夫は今度は横流し犯人から軍需監督官にされたようだ。

「軍需監督官が任官早々の幹部候補生ですから、そんな裏のことまでは無理のようです。それより、会社の幹部にうまくまるめられているらしいです」

「陸軍の奴は全く無能で馬鹿野郎ばかりですからね、あんな奴が居るからアメリカなんぞをもてあますのです。よいお話を聞かせていただき参考になりました」

　舎監は残りの酒を置いて帰った。

## 一九四五（昭和二十）年

　川棚で正月を迎えることになった。不二夫は舎監室へ行って新年の挨拶をして新聞を見た。元旦の新聞は平時なら楽しいものだが、戦時下のそれはわびしい限りであった。

　タブロイド版二頁、一面の上に天皇陛下と、正面に最高戦争指導会議の写真が載っている。並んでいるお歴々の顔を見ると、戦争の実情がよくわかっていないのではないかと思われるような、精彩のないのばかりである。その下に「*ミンドロ猛攻。戦果、二巡、八船を轟沈破」とある。戦果は相ついでいるのに、戦線は後退をつづけているとはまことに不思議な話である。下の方には、「比島戦局まさに危急、紙一重の鍔競合《つばぜりあい》」とあるから、何日か後には、多大の戦果を収めて戦略的後退をするのであろう。

　新聞やラジオの発表は、天皇陛下のお耳に入れるような恰好のよいことばかりで、その裏には心細い内情がたくさん隠されているように思われてならなかった。フィリッピンも先が見えたような気がする。そのつぎは台湾であろう。台湾は植民地とはいえ、れっきとした日本の領土である。あの華やかな緒戦で、誰が日本領土で戦うことを予想したであろうか。ここまで押されてきて、これからまた緒戦の線まで押し返すことが可能とは思えない。噂によれば丙種合格にまで召集がきているというし、この川棚では一万人もの人をフルに働かせて、一日に魚雷が二発でしかない。このごろどうにか目標の三発に近づいたとはいうものの、そんなことで間に合うものでもないだろう。

舎監が一升壜を提げてあらわれた。

「明けましておめでとうございます。いよいよ決戦の年ですね。海軍では今年こそとっておきの大作戦を展開して、いままでの非勢を一挙に挽回《ばんかい》しますよ。必ずやります。どんな作戦が出るか、いまから楽しみにして待っています。先生も期待して下さい」

そんな大層なものがあるならなぜ早く出さないのか。大作戦というものは、たくさんの兵を殺した後でなければ出せないものなのか。舎監は一人でいきまいているが、それは彼の希望的観測にすぎず、根拠はないので大臣の演説のように説得力がなかった。彼は酒ば

＊ミンドロ島＝フィリッピンで7番目に大きな島

かりではなく、はるかかなたにある上官、海軍首脳にたいする信頼にも酔っているのである。その熱意は心からのものであることはまちがいない。それが芝居で出来るほど器用な人間ではない。

二組の佐々田が予科練を受けたいと申し出た。成績優秀で温和、軍人には向かない生徒である。

「お前は身長が足りないから、受けても不合格に決まっている。そんなわかりきったことで、この忙しいときに軍に迷惑をかけてはいけない」

と不二夫は一喝した。

「もう一度よく考えてみます」

とあっさり引き下がった。その態度から判断すると、おそらく二度と申し出ては来ないだろう。日南商業が全員引き揚げの方針を着々とおしすすめているので、このところ志願熱が高くなった。彼も人並みに申し出なければ肩身が狭いようなことになったのであろう。不二夫は僅かな戦争の経験から、生徒をあんなところにやりたくないとひそかに決心した。軍隊よりここの方がよいと信じ、軍人志望を極力抑えてきた。

生徒の騒々しい声で不二夫は目を覚ました。雪だという声が聞こえる。窓を開けてみるとこの地方には珍しい大雪である。灰色の空から湧き出るように鉛色の雪片が、ふわーっと落ちてくる。そこには無尽蔵の雪片が貯えられてでもいるように、つぎからつぎととめどもなく、あふれるように落ちてくる。五センチぐらいは積もっているようだ。生徒は不思議なものを見るように、落ちてくる雪を見上げて動かない。向かいの棟から、

「田舎者、雪が珍しいのか」

とからかっているが、本当に珍しいのだから、いっぱいに開けた窓に鈴なりになった首は、みな同じように上を見つめたまま釘づけにされている。

郊外の青島《あおしま》に熱帯園が成育していることからもわかるように、宮崎は気候温暖で年中雪の降らないところである。不二夫は一度生徒に雪の話をしたことがあった。空気中の水分が凝結して、落ちて積もるということが、雪を見たことのない者にはどうしても信じられなくて、そんなことは絶対にないと、不二夫の説明を強硬に否定した。雪の絵や写真を見せると、「うわーっ、でっかい霜だ」と驚いた。宮崎でも霜は降りるのである。それ以来雪のことはあきらめていたのだが、思いがけなく動員のおかげで、実物教育をすることが出来た。どんなに説明しても信じられなかったのだが、実物を一目見ただけで、何も言

わなくてもすべてを諒解することが出来た。南国の少年が絶対にないと信じていたものが、少し離れた土地ではたくさん降って、毎年大きな被害を与えている。

「いい加減で支度をしないと遅刻するぞ」

不二夫は窓から声をかけたが、一向耳には入らない。

「出勤の途中でいくらでも見ることが出来るのだから早く支度しろ」

と生徒の部屋に入ってどなったら、名残惜しそうに窓の外を眺めながら布団を上げ始めた。

間もなく風が加わって、出勤するころにはちょっとした吹雪になった。雪の上をはじめて歩く生徒は、二、三歩行っては滑った。転んだ生徒は雪の意外な性質に驚いて慎重になり、へっぴり腰でおそるおそる足を踏み出した。それを見て他校の生徒が、

「田舎者、その歩き方は何だ」

とまたからかった。

モンペをはいて、白い腕章に白い鉢巻きの女学生が、防空頭巾を肩にかけ、「勝利の日まで」という歌謡曲を歌いながら、歩調をとって行進して来た。歌が終わると教師の号令で駈け足になり、やがて吹雪の中に消えた。この姿は歴史に残るであろう。がしかし、こ

の努力が正当に報いられることはおそらくないであろう。たとえ戦争に勝ったとしても、全く悪いときに生まれ合わせたものである。

一日中吹き荒れた雪は夕方になってもまだ止まない。不二夫は寄宿舎に帰るのが億劫《おっくう》になったので工場に泊まることにした。こんなときには一人というのは気楽なものである。一つの体で全部を監督ということは不可能なので、一見大変のようであるが、その代わりどこに居ても言いわけが出来る。吹雪で帰りたくなければ、工場に泊まって夜勤の監督をしたということにすればよい。過重な負担は案外楽が出来るものであると知った。もっともこの頃教師の仕事はすっかり楽になっていた。引き止めてもかなりの生徒が軍人志願をした。進学や官公吏は止める理由がない。生徒数は当初の半分以下になっていたし、仕事にも生活にもよく馴れて全く手はかからなくなっていた。教師はただの連絡係のような形になっていた。

同じ場所で同じ人間が同じ仕事をしているのだが、あかあかと灯した電灯の下で深夜作業をしている光景は、昼とちがった迫力というか、一種の凄みのようなものがある。

深夜の教員控室は人も少なくわびしいような静けさに包まれている。不二夫は土橋が置いて帰った岩波文庫の『即興詩人』上巻を、防空鞄の中からとり出した。いままで文学には縁のなかった彼は、『即興詩人』がどんな作品か予備知識はない。書名だけは聞いたことがあるが、積極的に読もうという気を起こしたこともなかった。読み始めてみると面白くて、眠るのが惜しくなった。すべてを直接戦争のためにと命令している政府の意に反し、学徒動員のおかげで、すぐれた文学作品に接する機会を得たのは皮肉である。

不二夫は昨夜遅くまで『即興詩人』を読んだのでまだ眠気が残っている。急造の水道の、氷のような水で顔を洗えばはっきり覚めるかと思ったがやはり眠い。食事をすませて控室に帰ると、玄海中学の山下が「ちょっと」と言って隅へ呼んだ。

昨夜不知火《しらぬい》中学の教師北川が組立工場で、酔っぱらった兵曹になぐられたという。とうとうこんなことになったのか、これを放っておくのは学校側の一歩後退であり、それは海軍の圧力の一段と強まることを意味する。何とかこの圧力をここらあたりでくい止めなければと、思わず溜息が出た。いまの不二夫は『即興詩人』の下巻を早く読みたかったが、このまま放っておくわけにはいかない。

「北川先生というのはどの方ですか」

「貴方は昨夜夜勤をされたでしょう。昨夜は夜勤が少なかったからすぐわかります。胡麻塩の小柄な先生ですが、夜勤をしていてその事件に気がつかなかったのですか」

不二夫は『即興詩人』を読んでいたことをとがめられたような気がした。北川はすぐわかった。一度退職して恩給で楽隠居をしていたのを、人不足とインフレのために、ふたたび教壇へ戻ってきたと思われる年輩だった。そんな人は神都商業にもいる。不知火中学はひどいことをするものだ。北川のような年寄りを川棚まで来させなくても、若い人だけで引き受けてやればよいのに、「非常時」とか「非国民」とか言って狩り立てたのであろう。その上あのひどい吹雪に夜勤までさせたりした。どこの学校にもそんな意地悪というか冷酷な教師がいるものだ。神都商業の老教師も一部の者からせめたてられ、年寄りだから長い旅は無理だとあやまって、近くの都城の工場へ行っている。北川は教員控室でもほとんど口を利くことはなく、隅に小さくなっていて、工場へ行くときも何か悪いことでもするように、こそこそと出かけるのであった。

彼は老躯《ろうく》に鞭うって、真っ暗な吹雪の庭を突っ走り、組立工場に入った。重い扉を締め終わると入口の近くで仕事をしていた玄海中学の生徒に近づいて、

「不知火中学の生徒はどこに居るのかね」

と尋ねた。生徒が答えようと顔を上げたとき、巡視の三等兵曹が酒気を帯びて通りかかった。

「てめえ教員のくせにカンテキ*なんぞにあたりやがって、寒い中で働いている生徒の身にもなってみろ」

と言ったのと、鉄拳が北川のしわの目立つ頬にとんだのが同時であった。生徒は思わず仕事の手を止めた。北川が生徒の横に置いてあるカンテキにあたっているように見えたのであった。もちろん北川はカンテキには気がついていなかったのである。兵曹は瞬間後悔の色を見せたが、何くわぬ顔を装って去った。北川はあたりを見回して、他に教師が居ないのをたしかめると、小声でその生徒に、

「いまのことは誰にも言ってはいけないよ。若い先生の中には向こう意気の強いのが居て、ことを面倒にするからね。いいね、わかったね」

と、くどく念を押した。

この殴打事件は、当の北川にとってよりも、生徒に大きなショックを与えた。学校ではいたずらをしたり反抗もしたりしていたが、ここへ来ては頼みにする保護者であった。その保護者が軍にたいして無力であったら、自分たちはこれからさきどうなるのか。口止め

されたからといって放ってはおけないと、引率教師の山下に報告した。山下は生徒が奮起を促したものと解釈して、教員控室の問題にした。北川は驚いて、

「私のために皆さんにご迷惑をおかけしては申しわけがありません。そんな大きな問題ではないのです、私一人が我慢すれば何事もなくすむことですから、どうぞこのままにして下さい」

と頼んで回ったが、それは火に油をそそぐような結果にしかならなかった。

「これは貴方一人の問題ではありません。教師全体の問題、ということは同時に生徒全体の問題なのです。ここで安易な妥協をしたら、奴等はますます私たちを甘く見て、その圧力は生徒に加えられるのです。何とかして生徒を完全に支配下に置き、工員と同様に、いやそれ以上に酷使しようとしているのですが、教師が邪魔になって思うようにならない。そこで教師を無力にしようとしているのです。せっかくのお頼みですが、生徒の待遇ということを考えますと、放っておくわけにはいきません。この機会を利用して押し返しをはかるべきです」

もはや北川個人の問題ではなくなってしまった。昼間は人の出入りが多くて落ち着かな

＊カンテキ＝七輪

いし、廊下を頻繁に歩く将校の耳に入るおそれもあるから、夜になるのを待った。

玄海中学の山下、軍港商業の八杉、佐々木、不知火中学も知らぬ顔は出来ず、とはいえ当の北川は出にくいのでと、代わって吉本、それに不二夫と五人が教員控室に残った。このぐらいの人数がちょうどよいだろう。

相手は絶大な権力を持っている帝国海軍だから、教師の五人や十人が束になったところで、正面から立ち向かったのでは、「非国民」の一喝で手も足も出なくなってしまう。どこまでも海軍の土俵の中での勝負を考えなければならない。つまり相手の納得のいく方法であやまらせなければならないのである。思いついた一番よい方法は、相手が軍隊という階級社会であることを逆用して、階級をたてにとることである。なぐったのが三等兵曹で、なぐられた教師は少尉待遇であるから、上官暴行ということになる。上官をなぐったと言えば一言もないだろう。

大義名分はこれで決まったが、具体的な方法として、何処へどんなにしてそれを持ち出したらよいかということになると、勝手のわからない者ばかりなので途方にくれた。

苦情受付は庶務主任であったが、生徒の事件とちがって少し事が大きいので、特務大尉で処理出来るかどうか。下手に持ち出すと、教師の動きを封じておいて、いずれ善処とか何とか言って握り潰されてしまう可能性が濃厚である。不二夫はハイキングの件でこりているので、庶務主任では駄目だと主張した。この工廠で一番上は技術中将の工廠長だが、教師たちにまだ一度も姿を見せたことがないし、どこに居るのかもわからない。案外この川棚には居ないかも知れない者を、うろうろ探していて庶務主任にでも見つかったら、それで一巻の終わりになる。そっと居場所を探すにしても、軍人は皆同じ穴のむじなだから、お互いにかばい合うだろう。その不安は工廠長にだってある。どこへ行ったらよいだろうかと、目算のないことばかり言い合った。上官暴行、庶務主任では不可、という案を出したのは不二夫なので、一同は彼に期待するようになった。彼は佐世保に主計中佐が居るので、この線でどうかと思ったが、言い出せば自分が交渉に当たらなければならないことになるので黙っていた。意見はまとまらず、同じところを堂々巡りをするばかりなので、業を煮やした不二夫は思いきって話した。具体的な案が何一つ出てこないときなので、一同はとびついた。しかし彼は不安だった。引率教員代表みたいな顔をしてのりこんで、お門ちがいと突っぱねられはしないか。体よくにぎりつぶされるのではないか。軍に反抗する不届きな奴ということに陸軍ならなるかも知れないが、海軍はそんなことはないだろう。とは言っても筋違いの主計中佐に、どのように話を切り出したらよいか。あれこれ考えると心細い限りであった。一同は不二夫に押し付けた形で、この日の相談は終わりとなった。これだけのことで夜もすっかり更けたので、前日に引きつづき工場に泊まることにした。不二夫は楽しみにしていた『即興詩人』がなかなか読めないので、読書というものは意外にむずかしいものと知った。

朝食をすませた不二夫が、どうしても佐世保へ行かなければならないのかと、睡眠不足の頭でぼんやりと教員控室に坐っていると、荒々しく扉を開けて特務中尉の警務主任が入って来た。四六時中闘志をむき出しにして、教師たちを文弱の徒と、軽蔑の眼をもってつねに見下している、軍人精神のかたまりのようなこの男は、いままで教員控室に入って来たことはなかったので、皆一様に意外な感じをいだいた。その怒気を含んだ顔付きと、それに時が時だけに、北川のことと何か関係があるのかなと一同が思っていると、

「先生方に申し上げることがございます」

と慇懃無礼《いんぎんぶれい》に、そしてそれ以上に威圧的な態度で口を切った。こんな場合こんな相手から「先生方」と言われると、教師たちは素直な気持ちになれないものである。

「このたび警備の者が何か先生に失礼なことをいたしましたとか、その責に当たる警務主

任として、監督のいたらなかった点を、深くお詫び申し上げます」

もう警務主任に知られてしまったのか。こんなことなら今朝一番の汽車で佐世保へ行くのだったと不二夫は悔やんだ。奴に知られるのなら、先に庶務主任に話した方が結果はよくなったかも知れない。やはり教師は喧嘩が下手だと思うと、二晩の工場泊りの疲れが一時に出たような気がした。

「今回の件はすべて私の責任であります。取り締まりの不行き届きであった点は幾重《いくえ》にもお詫び申し上げます」

怒ったような口調で堅苦しく頭を下げた。あれがお詫びの態度か。口ではお詫びと体裁のよいことを言っておいて、握り潰すつもりではないかと教師たちが思っていると、

「本日総務部長殿からお呼びがありましたので、何事かと思って参りましたら、このことでございました」

なーんだ、こんなことは総務部長へもって行くのだったのか。教師たちは軍や役所の機構を頭から毛嫌いして相手にしないが、知っていなければいざというとき困ることがよくわかった。

「総務部長殿からお聞きするまで、私はこの事件を知らなかったのです。責任者として全

く面目ないことでした。私の知らなかったこの事件を、なぜ総務部長殿が知っておられたのか不思議です。不思議はかまいませんが、私の面目は丸潰れになりました。先生方を疑うのは失礼ですが、総務部長殿のお耳に入れたのは、先生方の誰かにちがいないと思っています。これを知っているのは先生方の他には、生徒と工場の者だけですが、生徒が直接総務部長殿のところへ行くことは考えられませんし、工場の者なら当然私のところへ来るはずです」

全くその通りだと不二夫は思った。教師以外にはないようだが、決して教師ではない。昨夜の五人はそこまで知恵が回らなくて、佐世保鎮守府《ちんじゅふ》とか何とか大層なことを考えていたのだし、五人以外にそれほど熱心な者は居ないはずだから、一人でこっそり総務部長のところへ行くとは思われない。もしかすると総務部長と前から知り合いだった者が居るのかも知れないが、そんなニュースはどこからかわかるものである。一体誰だろう、心当たりがない。はじめは海軍の得意とする諜報網かとも思ったりしたが、それなら警務主任にもわかっているはずである。警務主任の不思議は、そのまま教師たちにとっても不思議であった。

「そこでお願いがございます」

警務主任は少し調子を落とした。

「もし今後このようなことが起こりましたら、いやそのようなことは絶対に起こさないように極力注意はいたしますが、もし万一起こりました場合、または何か御希望でもございましたときは、私のところまで申し出て下さい。私が責任者です。総務部長殿はずっと上の仕事をなさる方で、このようなことに関知なさる方ではありません。先生方が軍の秩序を御存じないのは無理もないことですが、これが軍の秩序です。先生方といえども、組織の中で生活なさる以上、秩序は守っていただかなければなりません。責任者をとび越して上へ行くのは、秩序を乱すことになります。軍は秩序というものをもっとも重視していますから、どうぞ今後はそのようにお願いいたします」

哀願のようでもあり、命令のようでもあり、威嚇《いかく》のようでもあった。本人は哀願しているつもりであろうが、生地があらわれると威嚇に感じられる。総務部長から余程厳しく叱られたにちがいない。誰が知らせたのか皆目見当がつかないが、もてあましていた事件が労せずして意外な好結果をもたらしたので、躍り上がりたいほど嬉しかった。

「私には警備の責任があって非常に多忙なので、先生方とゆっくりお話をする機会がございませんでした。ちょうどよい折でございます、何か御希望がありましたら、ご遠慮なくお聞かせ下さい。御希望に添えるよう出来る限りの努力をいたします」

不満や希望は山ほどある。基本的なこととしては、生徒を生徒として待遇して欲しい。工廠側は生徒を工員と同様に取り扱いたいのだろうが、それでは教師として困る。生徒はあくまで生徒であって、工廠へは手伝いに来たのである。そして教師は最初の約束通り名実ともに少尉待遇にして欲しい。外見だけは一応そうなっているが、彼等にしみこんだ軍人優位、地方人蔑視の思想が事あるごとにあらわれる。こんな不満を持たない教師は居ないであろうが、これでは抽象的になって要求としての迫力を欠く。このようなことを一つずつ具体的な要望として言葉にするのはむずかしい。それに警務主任の権限外のことも多い。具体的でしかも警務主任の権限の範囲内での希望というと、いますぐ思い当たるものがない。言いたいことがたくさんあるはずなのに、口に出せなくて不二夫がむずむずしていると、軍港商業の八杉が勢いよく手を挙げた。

「どうぞ」

「私たちは少尉待遇ということで来ているのですが、そのような待遇を受けていません」

それはわかりきったことだが、それだけでは具体性を欠くと不二夫が思っていると、

「例えばどんなことがありますか、具体的におっしゃって下さい」

とたたみかけてきた。そうくることはわかっている。何と言うだろうか。

「たとえば、仕官以上は自転車に乗ったまま門を通ってもよいことになっていますが……」

「もちろんそうです」

「教師には降りるように衛兵が命令します」

そんなことしか言えないのか、せっかくの機会だから、もう少し大きい基本的なことを言わなければならないのだと、不二夫はじれったい思いをしたが、さて自分では何を言ってよいかわからない。

「私の命令が徹底していなかったのです。十分徹底させておきますから、どうぞご自由に乗ったままお通り下さい」

軽く受け止められてしまった。他に二、三意見や希望を言った者があったが、いずれもまことに些細なことばかりで、一人の警務主任から軽くあしらわれ、力量負けの感が歴然とした。

「では本日のお話はこれまでにいたしますが、後でお気づきの点がございましたら、いつでも結構です、ご遠慮なくお申し出下さい。なおこれは総務部長殿からでございますが、お詫びのしるしとして、男子の先生には酒を一升、女子の先生には化粧クリーム一瓶を無償配給するようにとのことでございますから、後で舎内当番をよこして下さい」

一瞬室内にどよめきのようなものが起こったので、不二夫は情けなくなった。この時勢では酒の一升は貴重品にはちがいないが、警務主任の居る前だけでも、許し難いところだがせっかくだから受け取っておいてやる、といった顔をしておれないものか、これでは内兜《うちかぶと》を見すかされてしまう。やっぱり教師は軍人より人間の質が低いのか、それとも貧乏が人間をそんなにしてしまったのか。物資さえ持っていたら、軍人以上に毅然たる態度がとれるだろうか。警務主任は勝ち誇ったような顔をして出て行った。これでは教師側の完敗だと不二夫は思った。

これは夕方まで教員控室の話題になった。さすが海軍は話がわかる。陸軍が相手だったらこうはゆくまいと礼賛《らいさん》する者、団結して当たれば軍の圧力に屈しなくてすむと自信を強くする者、また中には、こんなうまいことになるのなら、順に一つずつなぐられようではないか、ひと回りするまでに八十本貰えると、もちろん冗談であろうが、手ばなしで喜ぶ者も居た。かなり年配の教師であったが、また不二夫は何とも言えない情けない気持ちになった。あの年で戦争インフレでは餓死寸前という事情はわからぬではないが、権力を持った奴には別の意味でかなわぬと思った。権力を直接行使しなくても、権力によって集めた物資を持った人間と、それを持ち得ない人間との差異が、人格の上にまで反映することを現実に証明された。総務部長の気持ちは善意に解釈したい、誰かが言ったように陸軍の軍人には見られないものがあるが、受け取る側の態度によっては、この酒は後味の悪いものになるかも知れない。男子教師が八十名、女子教師が四十名来ていることを、不二夫はこのとき知った。

殴打事件は落着したのだが、昼間の興奮が治まらず、この夜もそのまま工場に残った。数人の夜勤教師たちとストーブを囲んでいると神田技術大尉が入って来た。技術将校が教員控室へ来ることはめずらしい、一同が不審な顔をしていると、

「今夜は暇なものですから、先生方のお話を聞きたいと思ってやって来ました。生徒を使うのは工員とはちがいますから、そんなことも教えていただきたいと思いましてね」

言いながら空いている椅子を引き寄せて教師の輪に加わった。

神田大尉はにこにこと話しかけてくるが、教師たちの表情は固く、容易に口を開こうとはしなかった。軍人は異民族で恐ろしい存在である。どんな小さな不注意から、口が災い

のもとになるかも知れないという思いが、国民の習性になっていたのである。

いきおい神田大尉の一方的なおしゃべりになり、この戦争が容易ならぬものであることを専門の技術面から説明した。日本には技術の各分野に上下の差、と言って悪ければ優劣で階級のようなものが出来ていて、一番優秀な者は精密へ、劣等生は鍛造へゆくことになっている。ことになっていると言えばまるで規則で決められているみたいだが、現実はそうだと言ってよい状態である。したがって仕事の能率も精密が一番よくて、鍛造が一番悪い。鎖の強さは一番弱い環によって決まると言われるが、流れ作業も同様に、工場で一番能率の悪い分野が、全体の生産力を決定するのである。だから当工廠の生産力は鍛造工場のそれによってあらわされる。鍛造の仕事はご承知のように、粗ごしらえをするのであるが、アメリカでは各分野の間にそれほど大きな格差がないから、鍛造の能率も悪くはなく、素材の二割が屑になり八割が製品用としてつぎへおくられる。ところが日本では驚くなかれ六割が屑になって、製品になるのはわずか四割でしかないという。この六と四は間違いで、その逆ではないかと訊き返した者が居たが、そうではなかった。これでは同じ量の資材を持っていたとしても、アメリカの方が二倍の製品を作ることになる。土橋の言う鉄の生産量の差に、さらに技術の差を加えなければならないことになる。なるほど大変なことだ。何か新しいことを聞けば大抵悲観的なことで、勇ましい話は頭の弱い者の根拠のない信念だけのようである。

聞き手の方も勇ましい話は飽きているし、信憑性《しんぴょうせい》もないので、またかという気になるが、悲観的な話は珍しくてしかも現実性があるので身を入れる。

神田大尉の話が一段落したところで、いつかの針金を切る工夫について、

「軍はあの工夫を採用する意志があるのですか、どうですか」

と尋ねると、

「あのときは私も連絡会議に出席していたからよく知っています。あれは絶対に採用にはなりません。というのは、上からの通達で、下士官以下の発明工夫は、採用しないようにと言ってきているのです。生徒は兵の身分ですから採用出来ないことになっています」

とはっきり言いきった。

「それでは生徒の工夫を将校が横取りして提出したら、採用になり戦力増強に役立つことが出来る、という可能性もあるのですね」

「可能性が全くないとは言いきれませんが、期待は出来ないでしょう」

不二夫はかねてから土橋の説に敬服してはいたが、同時に危険という感じも否定出来な

かった。しかしいま神田大尉から具体的な話を聞くと、土橋の説はまだまだ控え目で、民間人にはその程度のことしかわからないのかという気持ちだった。軍に関することは何もかも秘密にしているが、内部には何が隠されているか知れたものではない。恐ろしいことだ。あるいは恐ろしいことばかりで出来ているのかも知れない。神田大尉はこうしてうまく聞き手の神経を集中させておいて、

「皆さんも鍛造の能率を上げるために、ヤスリかけの稽古でもしてみませんか」

と誘って一同を工場へ連れて行った。この寒い夜更けにヤスリ作業は御免蒙《ごめんこうむ》りたかったが、いやとは言えない雰囲気にうまく巻きこまれ、女教師も二名混じって行った。ヤスリの使い方の簡単な説明があって一同が実習をしていると、見知らぬ中佐が回って来て、

「やってますねえ」

とひと口言って立ち去った。

仕事もたまっていることだろうから、夜勤明けの生徒と一緒に、不二夫は寄宿舎に帰ることにした。丘の上の太陽が、僅かばかりの熱を惜しそうに放射しているのをうらめしく眺めて、かじかんだ手をこすりながら歩いていると、空襲警報のサイレンが澄明《ちょうめい》な冬空

をふるわせてひびきわたった。平和なときには始業や終業の合図であり、または昼食などを知らせるものに過ぎなかったが、いまでは家も町も焼き払ってしまうぞと叫び、生命を奪うぞとおどしているのである。同じサイレンの音が、聞く者の境遇によってこんなにも無気味なものに変わるとは、不二夫は思ってもみなかった。それは単なるおどしではなく、いまにも美しい紺碧の空に、ぽつりとしらみのように銀色に輝くB29の姿があらわれるのかと思うので、恐ろしさは現実のものであった。澄みきった小春の空が心憎いほどもの静かに拡がっているので、無気味さを一層強く感じさせられるのであった。大勢の人が走った。いつか見た外国のニュース映画の光景にそっくりである。そのときの解説者は、日本は世界無比の軍隊をもった有難い国であるから、決してこんなことにはならないと軍や政府に代わって恩に着せたのであった。しかし今度のはニュース映画ではなく、まぎれもない現実である。そしていま走っているのは日本人ばかりである。それは生徒であり、工員であり、中に少しばかりの教師と海軍将校が混じっている。不二夫もその一人で、八人の生徒をまとめて防空壕へ急いだ。日本は数年前までは有難い国であったが、とうとう有難くない国の仲間入りをさせられてしまったと思いながら。

やはり南国である、先日の雪はほとんど解けて汚い斑になって残っている。陽の当たらないところは道がまだ凍っていて走りよかったが、陽当たりのよいところは、すでに霜が解け始め、殊に中央の高くなったかまぼこ型の畦道《あぜみち》は、赤土が滑って走りにくかった。生徒や若い教師はそんなところでも器用に走ったが、女教師が一人滑って転んだ。老教師が歯をくいしばって、滑らないように一歩一歩気をつけ、走っているのだか歩いているのだかわからないスピードで進んで来た。この人も再度の御奉公だろう。兵曹が、初年兵をなぐるために作られた精神棒と称するものを振り回して、「早く、早く」と避難を誘導していたが、

「速く走れ、敵機に見つかったらお前一人の命だけではすまないんだぞ」

と愛用の精神棒を振り上げて老教師にどなった。敵機はまだ姿を見せない。あるいは今日はここへは来ないかも知れない。もしかするといまにも丘の稜線上に、その恐ろしい銀色の姿をあらわす可能性もある。たとえそうであろうとも、兵曹から受ける感じは、敗け戦のヒステリーでしかなかった。兵曹にどなられて、危なっかしい足どりで走って行く老教師の後ろ姿を見ていて不二夫は、こんな「聖戦」に協力させられたことの情けなさで、胸のつまる思いをした。

不二夫はたまっていた仕事をすませて、昼過ぎに一人で工場へ出かけた。朝は雲一つない快晴だったのに、昼頃から天気がくずれた。空襲警報が発令されたことはいままでに何回かあったが、この川棚はまだ一度も空襲を受けたことはない。大きな工廠があるのだから、無事にすむわけはない、いつかは来るであろう。空襲警報でも空襲のないことはもちろん度々あったが、警戒警報でも空襲のあることもある。警報なしで空襲を受けたところもあると聞いた。厚い雲がわびしい冬ざれの農村を低く覆っている。こんな日が物騒なのだ、空襲警報は先刻解除されたが、今日は何だかやって来そうな気がする。天候のせいで気分まで滅入ったのかも知れない。今日はいやに気になる。敵機が来たからといって、必ず川棚に落とすとは限らない。近くには佐世保という大軍港があるし、長崎の工場だって随分大きいと、しいて安心しようとしたが、やはり用心に越したことはない。落としたらどこへ隠れようかと見回すと、崖の下に小さな窪地がある。ここでも結構役に立つと思っていると、突然ヒュルヒュルッという、何とも無気味な飛来音が聞こえた。飛来音ははじめて聞いたのだが、それだと確認するより早く危険を感じたので、いま見たばかりの窪地に反射的に身を伏せた。同時に耳をつんざくような爆発音とともに、大地の震動で腸が踊らされたような思いをした。急に爆音がかなり低いと思われるあたりから聞こえた。密雲の上をエンジンを止めたまま高空から来て、爆弾を投下してからエンジンをかけて上昇する。こんな手を時折使うと聞いた。敵機の去って行く音にほっとして立ち上がると、畑の中にまばらにある数軒の民家が傾いているのが目に写った。その中には郵便局もある。被害はそれだけのようであった。

給料計算をしていたので、不二夫が寄宿舎を出たのは昼過ぎであった。昨日も一人で出勤していて、空襲にあったのはこの時刻であったなと思いながら工廠の門まで来ると、中年の教師と歩哨《ほしょう》が何か言い争っている。相手が歩哨なら警務主任の管轄だ。何かあったのなら、熱のさめないうちに警務主任にねじこんでやろうと不二夫は寄って行った。わけを聞いてみると、原因は教師が自転車に乗ったまま入ろうとしたのを、歩哨が降りるように命じたことにある。その教師は今まで見かけたことはなく、一昨日警務主任が教員控室に来たときも居合わせていなかったので、自信がなく何となくそれでよいような気がしたということらしかった。不二夫は、

「教師は少尉待遇だから、将校同様乗ったまま通ってよいと、一昨日警務主任から直接確認したばかりなのです」

と言うと、教師は、有力な応援が現れて有難いといった表情を、正直に顔色にあらわした。しかし歩哨はどうしても承知しない。教師の言うことなど信用出来ないという態度なので、警務主任は口先ばかりで、実際に指令は出していなかったのだと思った不二夫は後へひけなくなり、

「警務主任に尋ねてみなさい」

と言うと、昨日の空襲で電話線が切れて、まだ復旧していないと答えた。あの程度の空襲で切れた電話線ぐらいに、そんなに時間がかかるはずはない、嘘を言っているのかと、はじめは疑ったが、案外軍というものはその程度の能率かも知れないと、思い直して、

「では一緒に警務主任のところへ行きましょう」

と言うと、歩哨も意地になり、

「よろしい、行きましょう」

と持ち場を離れようとした。詰め所で成り行きをそっとうかがっていた兵曹があわててとび出し、歩哨に何か耳打ちし、それから不二夫たちの方へ来て、

「警務主任殿からの命令はたしかに聞いています。どうぞ、乗ったままお通り下さい」

と丁重に言った。命令は兵曹までは届いているのだから、警務主任の一昨日の約束はた

しかに履行されたのだ。それが兵にまでは伝えられていなかった。命令を知っている兵曹は、知らぬ振りをして詰め所から様子をうかがい、教師が折れたらそのまま押し通そうとしたのではないか。地方人にたいして上官の礼をとりたくない下士官根性がここでも感じられた。

朝食をすませた不二夫が、点呼を終えて出勤しようと支度をしているところへ、教頭と配属将校が来た。郵便のあてにならない時代なので、前もって通知など考えたことはないし、電話とか電報など大袈裟なことをするほどでもない。不意に来るのが当然である。急に来た理由は、一昨日のような小さな空襲は新聞に載ることはなかったが、隠しきれるものではない。口から口へ伝えられる噂は厳重に取り締まられているから、かえって流言《りゅうげん》蜚語《ひご》が乱れとび、川棚空襲は宮崎にも伝えられたので、親たちは心配して学校へ駈け付けた。教頭と配属将校が実情を確認に来たのである。

「被害がなくて何よりでした」

教頭は気が抜けたように坐って、ゲートルを解いた。

憶測というものは恐ろしいものである。一発の爆弾で畑の中の家が数軒傾いたのだが、大小こもごも、いろんな形で宮崎へ伝わったのである。不二夫は学校への報告は必要ないと思った、というより実は報告出来なかったのである。空襲はもちろんその他の被害は、わが方の生産力同様、すべて軍の秘密になっているから、具体的なことを手紙に書くのは禁止されている。手紙が検閲されているぐらいだから、電話も電報もことごとく当局に知られていると思わなければならない。被害がなかったと書けば書いたで、検閲を考慮したものと、受信者は素直にとってはくれないだろう。庶民は何も知らされずに、一億総手さぐりで暮らしているのであった。要するに連絡は無意味なものだったので、実情を知るためには、遠路もいとわず来て、自分の目でたしかめるより他はなかった。

「正確な情報を流してくれれば、そんな心配をしなくてすむものを、防諜とか何とか言って、何もかも隠そうとするからデマがとぶのだ。防牒よりデマによる人心動揺の被害の方が、よほど大きいのではないかな。正確な発表をして、正しい認識を持たせた方が、戦争にたいする心構えをしっかりさせる上にもよいと思うのだがな」

と不二夫が言うと、

「全くその通りです、いろんなデマが乱れとんで、実情はどうなのか何もわかりはしない」

と教頭は一応不二夫の言い分に賛成したのだが、苦い顔をしていた成瀬大佐が、

「正確な情報というのが問題なのです。被害が小さいときはそれもよいでしょうが、大きいときはどうしますか。小さいものだけ正確に発表して、大きいときは秘密にしたのでは、秘密になりません。発表が具体的でないのは、大きいものが実際以上に大きなデマになって、乱れとぶのを防ぐためです。本当に秘密を守るには、大小にかかわらず具体的な発表をしないことです。そして国民はもっと軍を信頼することです。吾が子を案ずる親の気持ちはよくわかりますが、デマを取り締まるために、子供を犠牲にするとか、そんなことではないのですから、その点もよく考えなければなりません。戦争である以上やはり防諜の方が大切です。戦時という認識に立って、親もデマにまどわされないように心掛けなければなりません」

と断固言いきると、

「そう言われてみると全くその通りです。我々には戦争の大局ということに、考えがおよびませんので」

とあっさり前言をひるがえした。

夕食後、教頭は学校のその後のことを不二夫に話した。兼任校長奥山昌次は純粋な科学者で、世間のことは何も知らないし、実務も全く出来ない人であった。あまり世間離れがしているので商業学校の教師たちは、むかし日露戦争を知らなかった科学者がいたそうだが、校長は戦争のことを知っているのだろうかと噂していたが、氷雨《ひさめ》の降るある寒い日、警報が発令になったので防空壕に入り、寒さにふるえながら、「困ったことになりましたねえ」と言ったので、さすがに戦争は知っていたと一同大笑いしたという。科学者は戦争など知らなくてもすむぐらいに、国力に余裕をもって欲しいものであるが、今回の戦争は余裕などというものを、なくしてしまっている。

森山教諭が応召し、林教諭が軍需工場に去った後、さんざん探して延岡の市役所に勤めていた小出という人を頼んだが、三日出勤しただけで出て来なくなった。教頭が呼びに行くと、「大きな生徒が居て恐ろしいから教えられない、退職する」と言う。教頭は驚いて、発令になって三日後に退職では私の立場がない、何とか考え直して欲しいと三拝九拝したがどうしても聞き入れない。細君も愛想をつかして、こんな意気地なしとは別れると実家へ帰った。小出氏は離婚してでも退職すると言うので、教頭は県庁へ行って平謝りに謝って退職の許可を得た。小心者の教頭はさぞ恐縮したことであろう。その後間もなくわかったことは、小出氏は神都商業発令後すぐ給料のよい軍需会社に口があったので、そちらに移るために、夫婦共謀であんな芝居を打ったということであった。そんなことで手不足は一向に解消しそうにないから、当分一人で川棚に居てくれと言う。不二夫もすっかりこの生活に馴れたし、都城の工場は食料不足で大変のようだから、それは一向に差し支えはないが、現職の教諭が長い間学校を留守にして、遠いとはいえ勤務先で学校の近況を聞くというのは空前絶後のことであろう。

翌日皆で一緒に工場へ行った。毎日暮らしていると気がつかないが、久し振りに来た二人には驚くことが多かった。はじめは生徒は不馴れな労働に疲れて朝の寝覚めが悪く、起こして回るのに骨が折れたが、そんなところに生徒としての子供らしさがあり、教師と生徒との心の交流もあった。それが半年工場暮らしをすると、生徒はすっかり仕事にも生活にも馴れて、朝は決まった時刻に目が覚め、機械的に支度にとりかかった。そこには教師の口出しする余地はなくなっており、生徒の部屋に行ってみても、教師を受け付けないような白々しい空気さえ流れていた。生徒としての形だけは残しているが、生活意識は完全に工員になって、教師から離れていた。工廠ののぞむ生徒の工員化は、時間をかけさえすれば、徐々に実現されてはいったが、そのときには人数が極めて少なくなっていた。食堂での朝食も味気ないものになっていた。生徒は固い表情で、一刻でも早く教師の居る食堂から逃げ出そうとするように、大急ぎで飯をつめこむと、まるで腹立たしいことでもあるようにさっさと出勤した。彼等は教師を無視し、何の感興《かんきょう》もなく日課を繰り返した。教頭は邪魔者にされたような気がしたが、それでもという教師意識と、それだからこそ工場での仕事振りを是非見ておきたいという気持ちでついて行った。

三つの工場に五十名ずつ居た生徒が、七、八名ずつになっているのは仕方のないことなのだが、その補充に新しい学校を動員する。さらにそれが減ってまた補充される。これが前と同じように、一つの学校がいくつかの工場に分散させられるので、各工場にはたくさんの学校の生徒が少人数ずつ働いていることになる。馴れた生徒は工員と同じように仕事が出来るから、工場としては教師との連絡は事務的なことに限られ、古い学校の教師は次第に影の薄い存在になっていた。教頭は淋しくもあったが、これなら教師は一人で十分と安心もした。

鍛造工場の事務室で工場主任たちと話していると、先夜の中佐が入って来た。どんなポストの人物か知らないが、中佐なら総務部長に次ぐ幹部であろう。威張って事務室に入って来たが、そこに陸軍大佐が居るのを見てちょっと驚いたようだった。

「神都商業の配属将校です」

と紹介すると、ほっとしたような顔つきで、

「ご遠方のところをご苦労でございます。戦局が緊迫してまいりますと、そこが日本の有難いところで、生徒も先生も時局を認識しまして、先夜も女子の先生まで混じって遅くまでヤスリかけの稽古をしていました。じっとして居れなくなったのでしょう、頼もしいことです」

とお世辞も多少はあっただろうが、真剣さが九分位の口調で言った。神田大尉にうまくのせられたのを時局認識と思っている。表面にあらわれたことだけしか見えない幼児のような頭で、中佐になれるのかと不二夫はあきれた。こんなのが上に居るから「軍隊は要領」という言葉が生まれたのであろう。彼も軍隊生活の経験はあるのだが、要領が下手だったのでいまごろこんなことに驚いている。

二十余名の生徒では、労働力としての価値は認められなくなったのか、庶務主任は逢ってもろくに挨拶しなくなった。善意に解釈すればつぎつぎと新しい学校が来るので、古くなって勝手のよくわかっている学校にまでは、手が回りかねるということであろうか。だ

が舎監の態度は、人数が少なくなっても一向に変わらない。単細胞的軍人精神の持ち主で、不二夫の苦手とする人種ではあったが、案外好人物なのかも知れない。だからいい年をしてまだ特務少尉なのであろう。成瀬大佐にたいしても、対陸軍意識を一切表すこともなく、「大佐殿」と定められた通り、上官としての礼をとった。

「二人が来たのだから、永井さんには二、三日休暇をあげましょう」

夕食後成瀬大佐が不二夫に言った。

「そうだ、二、三日ゆっくりしなさい」

と気はついていたのだが、勝手にそんなことを言ってよいかどうか、決断がつきかねていた教頭が、いそいで口調を合わせた。そうは言ってみたものの、空襲を受けた恐ろしい土地から、一日も早く帰りたがっていた教頭だが、成瀬大佐を一人残すつもりだろうか。

不二夫はおそるおそる尋ねた。

「そんなに年寄り扱いにするものではありません。これでも帝国軍人です。こんな監督の二日や三日、何でもないことです」

ときっぱり言ったので教頭が困ることになった。配属将校一人に監督を任せて帰るわけにはいかず、と言って、成瀬大佐を帰して自分が一人残るのは恐ろしい、思案の末二人で川棚に二、三日留まることになった。

ゆっくりしなさいと言われても、工場や寄宿舎ではゆっくり出来はしない。そこで長崎に住んでいる友人の松下を訪問することにした。土産は今日配給になった林檎にした。日山に言って、配給の残りを十個と米を一升炊事から貰ってこさせた。

長崎には数回行ったことがある。彼はこの街のしっとりした情緒が好きだった。京都が王朝の情緒なら、長崎は近世の情緒である。その上西辺の地ということもあって人情も純朴であった。楽しみにして来た長崎であったが、停車場に降りたとたん失望した。街はかさかさとして潤いがなくなっていた。破壊されたとかそんなのではない。一目見て荒れたという感じを抱かせるのである。生活物資が不足したため、廃墟化への道を進んでいる、といった感じの街になっていた。街の基本的構造が変わったというわけではない、よく知っている道を松下宅へ進んだ。彼も教師であるから、動員に行っているのだが、地元に工場があるから自宅から通勤していた。

どうせ夕方にならなければ帰って来ないだろうと、不二夫は昼間は一人でグラバー邸や大浦天主堂を見て本屋を回った。新刊書店に並べてあるのは、紙屑のような時局関係のものばかりで、金と時間をかけて読む価値のあるものは見当たらなかった。中に立派な装幀のものがあるかと思うと、数年も前の英語の参考書であったりした。新刊書店はあきらめて古本屋を何軒か回った。新刊書が少ないから古本を売る者が少なくなり、古本屋の店も淋しくなった。そこで古本屋は交換本を持参しなければ売らないことにした。交換本を用意していない旅行者の不二夫は、やっと『戦争と平和』を買った。時局柄英米とソ連は敵性国ということで買手が少なかったので、交換本を必要としなかった。

不二夫は夕刻、松下を訪問した。彼は補充兵として召集されて仏印へ行っていたが、二年前呼吸器病のため召集解除になったので、何年振りかの対面であった。幼い子供は林檎を知らないので、おずおずと手を出した。

「子供は林檎をはじめて見たものだから、食べるものとは知らないで、縁側で転がして遊んでいるのだよ」

松下が笑いながら言った。林檎が店頭から姿を消したのは、戦争が激しくなってからのことで、つい最近と思っていたが、幼児にとっては物心ついてこの方ということになるのである。

平和なときなら酒をくみ交してというところだが、こんな時勢に教師の家に酒などあるはずはなく、仏印の話を聞いたりして、夜の更けるまで過ごしたのである。

不二夫は朝、松下と一緒に家を出た。出勤の彼とは途中で別れ、そこから近い浦上天主堂を見て、浦上駅から乗車した。

不二夫が教員控室に入ると、山下が隅のベンチへ呼んだ。彼は先日の北川殴打事件を執念深く調べていた。それによると、五人が相談しているのをたまたま廊下を通り合わせた神田大尉が立ち聞きした。佐世保鎮守府までもって行かれたら、工廠長や総務部長の落度として大変なことになる、一刻も早く手を打って、工廠内でもみ消さねばならぬと、深夜にもかかわらず総務部長宅へ電話した。総務部長も鎮守府までもって行かれては大事件になると、神田大尉に命じて不二夫を監視させた。不二夫が駅へ向かったら、手段を選ばず引き止めようと、神田大尉は見張っていたが、一向に動きそうにはないので、ひとまず安心と連絡した。総務部長はゆっくりと警務主任の出勤を待った。怪我の功名というべきか、偶然に最良の結果を得ることが出来たのである。そのあと神田大尉が教員控室へ話しに来たのは、総務部長の命令で教師の動向を偵察するためであった。北川事件を根にもつこともなく、特に反軍的といった空気もなかったので、偵察は一回きりで終わりになったということである。軍の枠にはまらないのが大勢入って来たので、総務部長も警務主任も頭の痛いことである。不二夫は山下の根気に敬服した。

紀元節である。敵はいやがらせに、こんな日を選んで空襲をするから、今日はあるかも知れない。紀元節は国の定めた四大節の一つであり、敵さえ意識しているらしいから、意義のある日にちがいないだろうが、歴史の先生は信用出来ないと言った。

昼過ぎ、突然空襲警報のサイレンが響いた。とうとうやって来た。特におめでたい日に、警戒警報なしにいきなり空襲警報だから本物にちがいない。不二夫だけでなく一般庶民にとって、この警報というやつは、いくら度重なっても一向に馴れるということの出来ない代物である。今度こそ本物ではないかと緊張し、そうでなければなかったで一回毎に順が近づいてくるような気がする。一発爆弾のお見舞いを受けたから、その威力は知っている。あのときは本当に一発だけだったが、そのうちに大規模なのが来るのではないかという不安が、つねにつきまとっている。不二夫は防空壕に入った。丘の麓《ふもと》に掘ったトンネル式の壕で、人が立ったまま歩くことの出来る立派なものである。兵曹が一人、中に置かれたベンチに所在なさそうにかけている。B29の金属音が間もなく聞こえた。入口からそっと覗いて見ると、立春を過ぎた明るい空に、真白い五本の平行した飛行雲をくっきりと棚引《たなび》

かせて飛んでいる。隣の壕の入口から生徒が一人のっそりと出てきて、

「おーい、みんな見ろ、きれいだぞ」

と感嘆の声を放った。先日の空襲は現場の近くに居た者だけが知っているので、工場に居た者も寄宿舎に居た者も現実を知ってはいない。声に誘われて何人かの生徒が姿を現わした。

「馬鹿野郎、入れ」

遠くから兵曹がどなったが、生徒は馬耳東風《ばじとうふう》、敵機に見とれている。

「入らないか、目標になるではないか」

ふたたびどなったが、生徒の耳には入らないらしい。数個のつぶてが飛んで、一つが肩のあたりに当たったので、あわてて隠れた。

敵機は丘の彼方に姿を消したが、まだ警報が解除されないので不二夫は壕に入った。

「たしかこの裏山には高射砲があるはずですが、なぜ撃たないのですか。敵機の野郎大きなつらをして飛んでいるではありませんか」

と不二夫は兵曹に尋ねた。

「弾丸がないのです。敵機一機につき弾丸は二発以内という制限が上から出ているので

す」

「えっ？」

彼は瞬間耳を疑った。制海権を奪われて戦地への補給がむずかしくなっているということは、公式発表にはないが、衆知の事実になっている。だがここは本土だ。しかも佐世保という大軍港が目と鼻のところだというのに、弾丸がないとは何ということだ。

「これは素人の聞きかじりですから、根拠はないのですが」

と不二夫は前置きして、

「高射砲というものは、はじめの数発は試射で、それによって角度や高度を修正する。命中はそれからということを聞いたことがあります。二発では試射にも足りない、高射砲の位置を知らせるだけの結果に終わりますね」

「だからはじめから撃たないのです」

兵曹はつぶやくように言った。建国の佳き日（と信じているわけではないが）にとんだニュースを聞かされて、不二夫は呆然となった。

いよいよ敗けと決まったが、そのときはどうしたらよいのか、こんなことをうっかり口にすると、生命さえ保証されなくなるおそれがある。夕食後、職員室で不二夫は一人で考えこんだ。自分一人の知恵で何とかしなければならない。自分と生徒の命を助けるにはどうしたらよいかと、知恵のありったけをしぼった。野戦病院でも命が助かるためなら、知恵の全部を使ってもよいと思ったことがあった。あれから七年、また同じことで頭を痛めるはめになった。あのときは内地という逃げこむ目標の楽園があったが、今度は追いつめられて目的地がなくなっている。自分のことだけなら、何でもかまわぬ、逃げさえすればよいのだが、生徒を引き連れてということになると、彼の力量では自信がなかった。こんなことになるのなら、日南商業のように軍人でも何でも志願させて、引き揚げてしまうのだった。わずかな戦場の体験をもとに軍人志願は極力思い留まらせてきたが、こんな事態になって引率教師が一人ということが、急に心細いものに感じられた。敗けるのではないかということは、土橋の話で薄々感じてはいたのだが、ここまできてみなければ現実の問題として理解出来ないとは、なんという血のめぐりの悪いことだろう。生徒を戦場で死なせたくないなどと、甘いことを考えているから、こんなことになってしまったのだ。本土戦で死んでも結局同じことなのに。

一人で悲観ばかりしているときではない。まだ時日もあることだから、それまでにゆっくり考えたら、たとえ一介の教師でも何とかよい方法が思いつかないものでもない。生徒から提出させた地図を出して見た。この地図は先日軍から通達があって、本土が戦場になったとき、民間に地図があると、敵軍がそれを作戦に使用するおそれがあるから、生徒が地理の授業で使っている地図は、一冊残らず提出させよ、個人で地図を所有してはいけないとのことなので、生徒から集めたものであった。このとき土橋は心の底からおかしさがこみ上げてくるといったような声で笑った。「日本軍は生徒の地図を使わなければ作戦が立てられないのだろうか。己をもって他をはかるというが、自分の頭の程度を公表したようなものだ」。自国の軍部が笑いものになるのは、まことに情けないことであるが、このところ情けないことの連続である。不二夫は集めた地図を寄宿舎の事務室に持参したが、さすがにはずかしいと思ったのか、兵曹が後日いただきますと言ったので持ち帰った。

その地図の一冊をとり出して不二夫は計算した。ガダルカナル以後の戦闘の場所と日付から、米軍の進攻速度を割り出してみて、大体一定の速度で進んでいることがわかった。戦争というものは敗けだしたら意外にもろく崩れるというが、そうならずに速度が一定なのは、日本軍の抵抗が強いのか、それとも当局の発表のように、補給線がのびて敵も苦しいのか。何はともあれこれならまだあわてなくてもよい。いまフィリッピンだからつぎは台湾、それから沖縄という順で来ると、本土は八月という答えが出た。日本軍の戦力が消耗してしまうのもその頃になるだろう。あと半年あるから、それまで戦況を観察しながら方針を決めても間に合う。

上陸場所は何処になるだろうか。それによって国内事情が大いにちがってくる。不二夫はまた真剣に地図をにらんだ。日本海側は考慮に入れなくてよい。太平洋側で上陸作戦に条件のよい海岸、彼が内地還送の前に青島《チンタオ》の病院の屋上から見た上陸用舟艇を使っての作戦が出来る海岸、つまり直線で遠浅の砂浜は四か所ある。東から九十九里浜、静岡県、高知県、宮崎県。九十九里浜と静岡県は、首都に近いので交通の便がよく、軍隊輸送も容易なので、抵抗が激しくなることを予想して、敵は敬遠するだろう。自分ならそうする。そうだ、マッカーサーになったつもりで、つまり攻撃側の立場に立って考えてみよう。残る候補地は高知県と宮崎県である。改めて地図を見て驚いたことには、宮崎県の方がよほど南にある。土佐は南国だとか、米が二度とれるなどと言うから、緯度も大してちがわないだろうと思っていたのが大変な認識不足で、高知県に上陸するためには、宮崎の沖を通過しなければならない。同じように有力な候補地を横目に見て、そこからの反撃を受けながら、高知県まで北上することはまずあるまい。宮崎県が第一候補になってしまった。そう思って考えてみると、上陸軍にとって都合のよい条件がことごとくそろっている。延岡から青島《あおしま》まで単調で遠浅の砂浜である。日豊《にっぽう》線は貧弱な単線で、部隊や武器弾薬の輸送に役立つほどのものではないし、トラック輸送するには道路が極めて悪い。また付近には飛行場がある。まだ他にも一、二ある。『空の神兵』という文化映画を作った川南と、生徒も勤労奉仕に行った赤江。上陸したらそれらを使用して、東京でも大阪でも自由に空襲するだろう。身震いするような話である。川棚に来ている者は、ひとまず安全と言えるが、宮崎が戦場になったら、生徒はどんな反応を示すであろうか。

そのとき不二夫は重大なことを忘れていたのに気がついた。本土上陸は八月という推定だが、ここに居る生徒はあとひと月で卒業する。川棚の動員はそれで終わりになるが、彼個人のことは終わりにはならない。つぎは延岡か都城へやられるだろう。いままで安全なところに居て、いざというときになって、危険なところへ行かねばならなくなるのか。

教練の査閲《さえつ》である。中等学校以上に配属将校というものが配属されたのは、大正十五（一九二六）年のように聞いている。これは軍縮によって過剰になった将校を、学校へ配属させて軍事教練を施し、学生生徒を潜在的兵力とすることによって、削減された兵力を上回るものにしようとしたのである。学生生徒は引き換えに幹部候補生志願の特典が与えられた。軍では毎年一回査閲官を派遣して、配属将校の教育の成果を見、この成績が後日幹部候補生志願のとき参考にされるから、生徒にとってはもちろん大切であるが、同時に配属将校にとっても指導力などを評定されるので、真剣にならざるを得ない行事である。配属将校は表面は生徒にたいする軍事教育ということになっているが、それと同時に校長の教育や思想についても調査し、注意を要するものは軍へ報告ということもあり得るので、校長にとって、時としては学務課以上に恐ろしい存在であった。

例年通り査閲があると聞いて不二夫は驚いた。五年生は今年度になって、授業はふた月ぐらいしか受けていないのだから、成果などあるはずはない。それをどんなにして査閲するのだろう。宮崎県三校合同とのことであるが、合わせて三十名ぐらいらしい。それが九つほどの工場に分かれて、昼勤と夜勤になっている。彼等を一日だけ集めて、教練をやって見せるのであろうか。年度の大半を工場で働いていたのだから、出来ないことははじめからわかっていることだし、そんなことをしては工場が迷惑するだろう。どんなことをするのかと、昨夜着いた成瀬大佐に聞いてみると、工場での仕事振りを見て査閲に替えるというのである。不二夫はあきれて、しばらくものが言えなかった。将校もしくは下士官にふさわしいかどうかが、工場の仕事振りでわかるというのか。旋盤の回し方や鋳型の作り方の上手であることや、あるいは熱心であることが将校や下士官の資格なのか。戦局が不利になったのだから、一層しっかりしてくれなければならない軍なのに、ますますピントがずれてゆくようである。

「授業の出来ない現状では、これも一つの方法です」

成瀬大佐は当然といった態度で言いきったが、不二夫は釈然としなかった。学校とは何か。親の金で入学試験を受け、工場で工員と同じ賃金で同じ仕事をする。一方は賃金の全額を貰うが、一方はその中から授業料を差し引く。ただこれだけのちがいで就職、昇進そして兵役にまで大きな差別が出来るのである。工員たちが内心おだやかでないのは、無理もないことである。

査閲官として都城連隊から連隊長が来た。査閲官は配属将校所属の部隊で、それよりも同等以上の階級ということになっているが、都城連隊には成瀬大佐より同等以上は大佐である連隊長が一人しか居ない。連隊長がわざわざ都城から、三校の生徒の工場での仕事振りを見て、資格を与えるためにやって来たのである。同等以上の階級というのは、軍の秩序の根幹をなすものである。日本の軍隊は階級だけで成り立っているので、平等という思想はない。星が同じなら古参が上、それも同じなら序列によると定められ、お互いの間には命令と服従があって協力がない。したがって彼等の言う協力とは服従のことである。町内会長たちが軍人の口まねをして、協力という言葉を濫用《らんよう》することも近頃不愉快なものの一つであった。

大佐が都城から出張して来れば、旅費はいくらぐらいなのか。考えることが少しさもしくなったが、彼は軍人の出張旅費について思い出すことがある。南京陥落の直前、これで事変が終わりになるだろうが、終われば臨時軍事費がもう使えなくなるから、いまのうちに使っておこうと、知人の幹部候補生中尉も、そのおこぼれにあずかって北京へ出張を命じられた。出張目的は北京へ行くことというのである。朝鮮から奉天経由でゆっくりと豪遊して来たそうである。幹候中尉でこの程度である。

三校の校長、配属将校、教練教師、学級主任が査閲官のお供をして工場へ向かった。神都商業だけは校長の代わりに教頭である。査閲を受ける生徒は三十名ぐらいしか居ないのに、職員は配属将校を含めて三校で十八名である。学校予算も苦しい上に、旅行困難な折に九州半周の大名行列をして来なくてもよいだろうに、査閲というものを学校がいかに重視しているかを、査閲官に見せなければ、成績にてきめんにひびくのである。生徒の教練技術だけでなく、教練にたいする学校の熱意も見ていただかなければならなかった。教練にたいする態度は、そのまま時局認識の度を示すものであり、それも査閲目的のうちに含まれていた。愛国心を認めていただくためには金と手数をかけなければならなかった。

不二夫が生徒として査閲を受けたのは、支那事変の前だったので、査閲を受けるクラスだけが順に呼び出され、他は授業を受けていた。支那事変が始まってからは、全校授業をやめて待機、教師までが生徒と一緒に待機というふうになった。待機している生徒が授業を受けるのは時局認識が浅く、何もしないのが愛国心があると言っているみたいだった。普通連隊長が査閲に来れば二キロの道はハイヤーだが、油は極度に不足して、「ガソリンの一滴、血の一滴」と言われていたし、木炭自動車も容易に手配出来なかった。工廠の車は陸軍にはおいそれと使わせてくれない。現役の軍人が二キロの道を歩けないとも言えず、寒風に吹きさらされている田舎道を、一行はてくてくと歩いた。

査閲官は各工場を順に見て回った。時間の関係で夜勤が先になった。教練教師が固くなって遮蔽幕《しゃへいまく》を揚げると、査閲官は曲がらぬ体を無理に曲げるといったゼスチュアで、少しばかり肩をすぼめてくぐった。配属将校、校長とつづくと、幕をささえた手が教師に代る。

教練教師は忙しく査閲官の前に回って、

「これが神都商業の生徒でございます」

と働いている中の一人を指さした。査閲官はそのつどうなずいて、三十秒ほどその前に立って見た。生徒はその短い時間固くなって仕事をした。三校は同時に動員されて来たので、当然別の工場になっていたから、わずかの生徒が広範囲に散らばっていた。

生徒に資格を与えるために、一般工員の仕事の邪魔をして悪いと思ったが、別の意味で彼等の目は冷たかった。査閲官の通った後から、

「何だって海軍の仕事を、陸軍が検査しなきゃならないんだ」

という声が聞こえた。当然査閲官の耳にも入ったであろうが、知らぬふりをして去った。自分の連隊の管区内では、恐ろしいもののない身分だが、海軍に来ては邪魔者のように小さくなっていなければならなかった。

高等官食堂で軽い夜食をとった。

「前代未聞、型破りの査閲であるが、戦時下の査閲としてまことにふさわしいものである。生徒も一生の想い出になることであろう」

と査閲官は自画自賛した。

講評は「優秀」であった。「優秀」の他に「優良」とか「良好」または「概ね良好」など、いろいろの段階があるのだが、不二夫はいまだにそれがおぼえられず、どれを言われても「ああそうか」と思うだけであった。特に今年は、「一体何が優秀なのか」と問い返したい思いがしたが、配属将校と校長はその一言に一喜一憂していた。

「生徒にこの言葉を直接伝えることが出来ないのが残念である」

と査閲官は職員一同に言い渡して、ひきつづき雑談の形になった。

「敗戦というのはまことに恐ろしいものでして、その時点で惨めになるというだけでなく、国民の精神に長く尾を引くものなのです。第一次大戦で敗北したドイツ人は、すっかり意気地なしになって、いまでも相当厭戦的、反戦的なのです。今次大戦では勇敢に戦っていますが、それはみな敗戦を知らない若者だけなのです。敗戦の経験のある中年以上は、すっかり腰抜けになってしまって何の役にも立ちません。ヒットラーは、敗戦を知らない溌溂《はつらつ》たる諸君に期待すると言って、中年以上は一切相手にせず、青少年だけを頼りにしています。それを思うと日本は有難いことで、一度も敵のあなどりを受けたことがありませんから、中年も老人も一億一心になってたたかっています。ドイツより遥かに強力なわけです」

そんなものかなあと一同は感心した。

「ところが連合国は、ドイツがこんなことをするのは、第一次大戦の制裁が甘かったからだ。今度は前回とは比較にならない厳しさで、徹底的に打ちのめして第三次大戦を起こさないようにしてやるのだ、と言っていますから、もし敗けたら大変なことになります。事実上の一億皆殺しを覚悟しなければなりません。たとえ生き残った者が居たとしても、家畜同様の奴隷にされて、復興は百年かかっても不可能でしょう」

恐ろしいことだと不二夫は全身が硬直する思いがした。この戦争は敗け、そして一億皆殺しはないと決めていた。話に聞く第一次大戦後のドイツは地獄だったそうだ。インフレがなぜ地獄なのか、経験のない彼にはわからなかった。学徒動員が実施される前、企業が勝手に生徒の奪い合いをしていたときのことである。ある一流会社からヴェテラン社員が生徒を勧誘に来た。緒戦の勝利の興奮がまだ醒《さ》めてはいなかったときなので、彼は生徒への話の後職員室で怪気炎を上げた。

「南方を占領して、あの無尽蔵の資源が日本のものになったら、戦争はすぐに終わり、日本は世界一の金持ちになります。いいときに生まれ合わせたものです」

ともう金持ちになってしまったようなことを言った。不二夫はおそるおそる、

「占領したからといって勝手に何でも持って帰るわけにはいかないでしょう。そんなことをしたら、民心が離叛《りはん》して統治出来なくなりはしませんか」

とお伺いするような調子で言うと、彼はこの青二才教員が何を言うかといった態度で、

「持って帰るいうても、ただ取るわけやおまへん。ちゃんと天皇陛下のお札で払ろうてやります」と答えた。

「天皇陛下のお札でも濫発《らんぱつ》したらインフレになりますよ」

インフレがどんなものであるか、どのように恐ろしいものか知らないで、新聞で読んだ知識でまたおそるおそる尋ねた。

「インフレとかなんとか、わけのわからんことを言うてはる。理窟ばっかり言うてはるさかい、学校の先生はなんにもでけしまへんのや。天皇陛下のお札でっせ、南洋の土人なんぞに文句言わさしまへん。お札は機械をぎりぎりっとまわせばなんぼでも出来ます」

不二夫はわからなくなった、学問を研究した学者と、実戦の経験豊かなヴェテラン社員と、どちらを信用したらよいのか。またドイツ人はどんなに苦しんだのか。

査閲官は帰った。配属将校と教頭は駅まで見送り、その足で工場へ行くから、不二夫には今日は寄宿舎で休養するようにということであった。長崎で買ってきた『戦争と平和』

を開くと舎監がやって来た。

「先生は今回の査閲を何とお考えになりますか」

と切り出した。顔色から判断すると大いに不満のようである。不二夫と舎監の間には地方人と軍人という厚い壁があるが、同じ軍人でも陸軍と海軍の間にはそれ以上の厚い壁がある。査閲批判にはそれほど神経を使わなくてもよいと判断した。

「少しおかしいようですね。軍人になるための成績評価を、工場の仕事で決めたりして、そんなことで幹部として適任かどうかわかるのでしょうか」

舎監は意外だという顔をした。

「なるほど、先生には先生の考え方がありますね。いやその考え方にも一理あります」

舎監の期待した答えとはちがったようだ。いつまでも軍人のものの考え方が理解出来ず、そのために思いがけないところで軍人の機嫌をそこねてきた不二夫である。こんどはそれほどではないが、彼とは別の意味で今回の査閲を批判したいらしい。後学のためにその根拠を知りたいと思って尋ねた。

「私は別の角度から見ています。配属将校は現在有名無実でありまして」

それはその通りである。

「半年以上の長きにわたって、生徒の教育は当工廠で行なってまいりました。いやもちろん先生方も日夜熱心に教育されていますが、いまは軍人に限って申し上げていますのでどうぞ悪しからず。つまり今年度になって実際に軍事教育を行なってきたのは、配属将校ではなくて海軍なのであります。先生方も御覧の通り、寄宿舎の生活もすべて海軍のそれに準じています。この海軍の教育の成果を、陸軍が査閲するとは言語道断、僭越《せんえつ》も甚だしいと言わなければなりません。先生はそうお思いにはなりませんか」

そんな考えで反対だったのか。愚直で対抗意識は弱いと思っていた舎監がこのありさまである。好人物の限界か。これでは「陸海緊密な協力作戦」などと時折見かける新聞の見出しは、日本的誇大広告と思わねばなるまい。ここでむきになって意見を言っても始まらない、適当に相槌をうって、喜ばせておくのが無難であると、不二夫はこの場を逃げることに専念した。

足の裏に痛みを感じた。切傷とか擦傷とかいった表面の痛みではなく、深部に感ずるものであった。二、三日前から気にはなっていたのだが、そのうちに治るだろうと、放っておいたのがいけなかった。痛みは次第に激しくなり、歩くにも苦痛を感じるようになった。

何とかしなければならないと思いながらも、海軍病院というのは何となくいかめしくて、この程度の痛みではとつい一日のばしにしていたのである。

教員控室で椅子に腰掛け、痛む右足の靴を脱いで、かかとをそっと指でついてみた。脚の真中を痛みがぐんと突き上げてくる。内部が化膿しているらしい。いよいよ放って置けなくなったなと思っていると、雲仙高女の河中がのぞきこんで、

「とうとうやりましたね、川棚病ですよ。そいつを一度やらなければ、川棚へ来たとは言えないことになっているのです」と言った。

彼の説明によると、この地方に特有の細菌が、入浴中小さな傷口から入って化膿するもので、足の裏にしか来ないのだという。治療法は切開して膿を出すことで、他に方法はない。放っておけば化膿がすすむばかりだが、切って膿を出してしまえば、それで完全に治癒だと聞かされた。簡単な手術だから海軍病院でなくて、工廠の医務室でよいという。こんな手術はしたことがないので気が重かったが、放っておいてはいけないと言われて、勇気を出して行った。若い軍医は一目見て、またかといった口調で、

「切開手術」と一言言った。

看護婦も馴れているとみえて、待つ間もなく準備は出来た。

「少し痛むかも知れませんよ」

と看護婦は他人事のように言った。化膿した部分を切って膿を出してしまう。ただそれだけだったが、激痛が脚から背骨を通り抜けて頭まできたという感じであった。

「すぐすみますよ」

軍医は何でもないように言いながら手術をした。痛みに耐えて歯をくいしばっていると、真冬だというのに、体中が熱くなって汗がにじみ出した。それはやがて雫になって顔や背中を流れた。

「まあ、汗を流して」

と看護婦は面白そうに笑った。手術の経験がなかったので、自分だけが汗を流した弱虫なのかと、不二夫ははずかしく思った。汗は止まるどころか、背中が冷たくなるほど流れた。

「はい、すみました」

と言われたときは、体中の力が抜けてしまったようになっていた。足の裏は、寝ているとまだかすかに鈍痛が残っているといった程度で、気分はすっきりしたが、踏むと激痛が背骨の中を突っ走る。

不二夫は寄宿舎に電話をして、舎内当番の日山にリヤカーをもって迎えに来させた。切開した部分をつけないように歩くのは困難なことである。もしあやまってちょっとでもつけると、例の激痛が頭まで走るのだった。

生徒や教師の大勢通る道を、リヤカーに乗って帰る図は、あまり恰好のよいものではない。それでも梅の花はほころび、大村湾が早春の陽をまぶしく反射させて、近づく春を知らせてくれるのを、心ゆくまで眺めることが出来たのは、自分の足を動かすことなく、リヤカーに坐っていたおかげである。

「無医村だったら、こんなにして隣村の医者に通うのだろうね」

と言ったが、日山はそれに答えることもなく、無表情な顔で歩いていた。

日山のリヤカーに何日かお世話になった不二夫は、歩いて医務室へ繃帯《ほうたい》交換に行くことにした。彼は舎監から借りた杖をついて、いつも通う道は人通りが多くて、杖にすがる身には歩きにくいので、少し回り道にはなるが農道をゆっくり歩いた。戦争は自分たちにまかせておけといったような、活気と荒々しさと覇気と野蛮が交錯したような工廠であったが、低い丘一つへだてたこの道は、戦前ののどかな農村で、農家の庭には梅が美しく咲いて、鶯《うぐいす》でも来て鳴くのではないかとさえ思われる風景であった。「一億火の玉」という言葉が聞かれるが、こんなところに来てみると、戦争は一部の人のしているものだという感じがした。それがよいか悪いかは別として。二月も今日で終わり、明日から三月だと思うと、気のせいか背中にぽかぽかしたものが感じられる。

明後日宮崎県三校の合同卒業式が工廠の会議室で行なわれる。日取りは前から決まっていたが、卒業後の生徒の身の振り方については何も聞かされてはいなかったので、生徒は当然卒業式がすみ次第引き揚げと、楽しみにしていたが、卒業後もそのまま工廠に残って仕事を継続という一片の通達で、半年の希望が無残にふみにじられ、可愛想なほど落胆した。他への就職は一切許されなく、帰ることの出来ぬのは従前通りであった。あわてなくても卒業すれば帰れると、日南商業の引き揚げ作戦を、内心笑っていた不二夫だが、ここでも彼の考えが甘かったことを思い知らされた。しかし敵軍上陸のおそれのある宮崎より、ここの方が安全とむしろほっとしたのである。

卒業式のために校長、教頭、配属将校、学級主任である土橋、曽田両教諭に県の係官が一名加わり、途中都城で日南商業と合流して川棚に着いたのは、南国とは言っても宮崎に比べると、春はまだ浅く桜のつぼみも固くて、開くにはなお間のあることを思わせるころであった。校長は査閲に来なかったので、本当に名前だけのものと思っていたところ、卒業式には来たので、不二夫は意外に感じた。学校行事としては、査閲より卒業式の方が大切なのは、言うまでもないことであるが、近頃の風潮はそれが逆になったような傾向にあるので、奥山氏の見識に改めて敬意を表したわけである。高千穂商業はいつものように、久大線で別に来た。

不二夫は一行を駅まで迎えに行き、はじめて来た校長を舎監に紹介した。玄関に迎えに出た舎監は、

「校長さんですか、遠方をご苦労さんでございます」

と気さくに先に立って案内した。校長以外は皆勝手を知っているからと辞退したが、舎監は遠来の校長を迎える礼と心得てか、職員室まで来た。十八畳の部屋は六人になってもまだ十分広かった。

つぎの日、校長は臨時の事務取り扱いの身であるが、職責を感じてか七十歳の老躯で、教頭たちに案内されて、工場へ生徒の仕事振りを見に行った。

不二夫が一人職員室に残っていると、舎監が血相を変えてやって来た。

「先生はとんでもないお方だ」

「何ですか」

何のことかわからないが、身に覚えのないことで、軍人に叱られるのには馴れているから、別に驚きはしない。

「何ですかじゃありません。聞けばこちらの校長先生は正三位勲二等だそうではありませんか」

「そうですが」

それがなぜとんでもないことか、一向にわからない。

「そうですかなどとのんびりされては困りますよ」

怒気はまだおさまっていないようだから、真剣なことはよくわかるが、なぜかということはまだわからない。

「奥山先生は高等工業の校長で、商業は兼務の事務取り扱いですから、普通の中学校長より位階勲等は高いのです」

普通中学校長は五位か六位だったように覚えているし、前任校の校長が勲六等になったときは大層な喜び方で、戦前であったため盛大な祝賀会を開いたことを思い出した。

「それをなぜ早くおっしゃって下さいません。そのような高貴なお方とも存ぜず、このようなむさくるしいところへお泊め申し上げて、もしこれが知れたら上司からお叱りをうけます」

そのむさくるしいところに、他の校長は皆泊まっているではないかと言いたかったが、軍人の生活感情については全く無智な彼の、紹介の仕方が悪かったために、舎監が叱られなければならないようなことをしでかしたのかと思った。しかしどうもわからない。

「神都商業の校長として卒業式にいらっしゃったのですから、高千穂商業や日南商業の校長と、同じ待遇でよろしいのではないかと思います。奥山先生はお年寄りですから、その点は別に考えなければなりませんが」

「年は問題ではありません、要は身分です。同じ校長でも位がちがえば、それに応じて当方の扱いもすべてちがいます」

「そのお気持ちもわからないではありませんが、初対面の人にいきなり位階勲等まで言うのはどうかと思ったものですから」

「までとは何事ですか。位階勲等こそ人間の尊卑をあらわす最も大切なものです」

「位階勲等は外から与えられたものですから、それが人間にとって一番大切だとは言いきれません」

「何をおっしゃるんですか、位階勲等はかしこくも陛下より賜わったものですから、人間としてこれ以上のものはありません。先生は自由主義者ですね」

陛下が出たからつぎは「アカ」になるのかと不安になったが、平素のよしみでそこまではゆかず、自由主義者で勘弁してくれた。この方が少し罪が軽いようである。このごろ人を非難するとき頻繁にこの種の言葉が使われるが、不二夫はそれらの意味をよく知らなかった。彼が生まれたのは大正デモクラシーの勃興期《ぼっこう》であったが、多少なりとも世間の出来事に関心を持つようになったときは、ファッシズムの時代に入っていた。張作霖の爆殺はまだ小学生のときで、浜口雄幸の暗殺は中学生になってからであった。このころから自由主義とか民主主義とかいう言葉が、急速に肩身の狭いものになり、代わって軍国主義とか日本精神とかいう言葉が、脚光を浴びて登場したのである。だからそんなものを学ぶひまもなく、錦の御旗の前にひれふすことだけを強制されてきたのだった。特に軍人からこの言葉を浴びせられると万事休すであった。しかし不二夫の気持ちとしては、人を紹介するのにまず位階勲等を言うのは揶揄《やゆ》しているようで後ろめたかった。むかし田舎で時折見かけた名刺や表札の「勲八等士族」と同じ感じをいだいたのである。

校長が明日の準備をするというので、午後、不二夫が物資部へ案内した。

陳列ケースの白手袋を指して、

「これを一つ下さい」

と言ったところ、若い少尉が、

「手袋は民間人に売ることは出来ません」

とにべもない返事であった。

不二夫は先刻舎監と論争したばかりなので、一つ試してみようと、

「奥山博士は正三位勲二等です」

と言ったら、主計少尉はとび上がらんばかりに驚いて敬礼し、大急ぎでケースから手袋をとり出し、

「どうぞ」

と恭しく捧げた。思いの他の効果に校長も不二夫も、別の意味であきれた。金を払って出ようとすると、主計少尉がおそるおそる呼び止めて、

「まことに恐縮でございますが、点数をいただきたいのでございます」

と言った。校長は、

「はあー」

と答えたまま不思議そうな顔をして不二夫の方を見た。彼は衣料切符はどうなるのかな、軍は治外法権だから要らないのかも知れないだろうが、でも、とちょっと不安であったが、やはり要るのだったかと安心に似た気持ちにもなった。つぎの不安は校長が果たして持っているかということだったが、返事の様子からみると、どうやら衣料切符というものさえ知らないのではないかと思われるようだった。不二夫はいつも持ち歩いているので、代わって主計少尉に渡したら、校長は珍しいものを見るような顔をしていた。これではおそらく返してはくれないだろうが、彼も点数全部買うだけの金はないのだから、返して貰うことは期待しなかった。

物資部を出て理髪部へ行った。海軍という特権階級の中で暮らしているおかげで、散髪については何も心配することはなかった。民間では陸軍を指導者とする日本精神の持ち主が、長髪族（賊）という名をつけて丸刈を強制した。陸軍の圧力と燃料不足のため、散髪屋が長髪をしなくなったとき川棚に動員になった。ここでは長髪もし、湯で洗ってくれるのが有難かった。髪などつまらないことで抵抗するが、大きいことで抵抗するのは危険がともなった。

校長も長髪なので一緒に理髪部へ行った。校長はどこで散髪しているのだろう、宮崎ではもう長髪をやってくれるところはないはずだがと、世間離れのした老学者に意外な反骨があるので感心した。順を待っていると小さな男の児が来た。幼稚園ぐらいであろうか。散髪屋は子供の顔を見ると、

「坊やのお父さんは兵曹長だろう。兵曹長は向こうの下士官集会所だよ。ここは高等官だけなんだからね」

と隣を指した。子供はそちらへ走って行った。徴用されてきた散髪屋であるから、町で開業していたときは、「へい、いらっしゃい」とか「毎度有難うございます」とか言っていたのだろうに、朱に交わって赤くなり、将校にはかしこまって敬礼するが、家族や教師には横柄であった。

卒業式は会議室で挙行された。三校の生徒は今日一日休暇を貰って出席した。各校長がそれぞれの生徒に卒業証書を渡し、工廠長が訓示をした。白髪の海軍技術中将である工廠長を、教師たちははじめて見た。従三位勲三等だったので、常に奥山氏に気を配って、その下に立つように心掛けている姿が、何か落ち着きのないものに感じられ、礼節を守って

いるということだろうが、卑屈なものがそこにあるようにも感じられた。

夜は将校集会所の食堂で祝賀の宴が開かれた。海軍側の出席者は工廠長、総務部長、庶務主任、生徒を預かっている各工場長、舎監であった。

「粗肴《そこう》ではございますが、酒だけは十分用意してありますから、どうぞごゆっくりお過ごし下さい」

という挨拶は、額面通りに受けとっても、いまどき溜息が出るほどの魅力なのに、それは戦前通りの社交辞令であって、豪華な洋食がこれでもかこれでもかとばかりに運ばれた。不二夫は戦前、校長叙勲の祝賀会で、このような御馳走にお目にかかったことがあるが、他には思い出せない。戦前でも庶民には縁の遠いものであった。高射砲の弾丸はないくせに、御馳走だけは随分持ってやがると驚いていると、曽田が、

「あるところにはあるもんじゃのう、工廠のえらい人は、他の学校の卒業式にも同じようにするのじゃろう」

と土橋にささやいた。

「こんなのは教員に食わせるほんの粗肴じゃ。奴等だけのときは、もっと御馳走が出るのだよ。戦時だとか物資の統制だとか言って、民間のものを取り上げているから、平時より

かえって贅沢が出来るのだ。だから戦争の味を覚えたら止められない。知らぬは国民ばかりだよ」

と笑ったが、その笑いは意外に明るく、これも軍人の一時の夢と、見通してでもいるようであった。不二夫がそっと見回すと、教師側は奥山氏以下、はじめは驚きの目を見張ったが、やがて何年振りかの豪華版に心をはずませた。それにひきかえ海軍側は、こんなものには馴れているといった態度で、土橋の言葉を裏付けるように、平然とナイフとフォークを動かしている。平素の生活水準の相異がこんなところにもあらわれている。

卒業を機として進学、官公吏志望とまた生徒が減り、神都商業は十名になった。校長以下が帰り支度をしていると、日南商業、高千穂商業の校長と、引率教師の代表各一名が入って来た。何か改まった話があるといった顔付きである。四人はぴたりと正座して丁重に挨拶し、日南の校長がおもむろに口を切った。

「神都商業の先生と校長先生に、折り入ってお願いに参上いたしました。実は私の学校は本日から生徒が三名になりました。三名残ってくれたのでは困ると言って、方々を受けさせましたが、全部不合格になりました。三名の生徒に教師が一人ついていたのでは、学校の運営に支障を生じます。そこでまことに御無理なお願いでございますが、神都商業の先生に一緒に監督をお願い出来ましたらと存じ、ただいま高千穂の先生とも相談いたしました。高千穂商業も五名になったそうですから、私のところと合わせて八名。これをお宅の十名と一緒にしていただいて十八名を、大変厚かましいお願いでございますが、神都商業の先生に監督していただけたらと、こうして参上したのでございます」

四人は畳に手をついて平身低頭した。不二夫はもっともなことだと思った。人不足の折に三人や五人の生徒のため教師一人は無理なことだ。十八名なら数字の上だけでは教師一人で十分だが、現実問題となると計算通りにはいかない、困ったことになった。十名になったとはいうものの、いままでとは別の問題が起こったのである。卒業証書を渡してしまった上は、公的にはもう生徒ではない。生徒はやはり「先生」と呼ぶであろうが、それは生徒にたいする教師としての意味ではなく、いままでの馴れた呼び方を、急に変えるわけにもいかないというだけにすぎない。彼一人で十人の生徒、ではない、もう卒業生になった者を預かって、どんな予期しない事態が起こるかと、内心不安に思っていたところである。工廠の要望によって、継続させることになったものの、生徒が果たしていままで通り従順であるかどうかは疑わしい。卒業したら宮崎に帰れると、何日も前から指折り数えて待っていた夢が、一片の通達で無残にも破られたので、不満の爆発ということも、考えられないではなかった。その上に、いままで縁もゆかりもなかった他校の生徒を、八名も加えると容易ならぬことになりそうな気がした。いつかの日南商業のような事故でも起こったら大変だ。そして人には言えないことだが、不二夫の脳裡から消えたことのない、敵軍上陸という恐怖があった。上陸地はたとえ宮崎であっても、この川棚に混乱が起こることは必至である。そんなことになったら、生徒は十人でも完全に統率することは、自信があるとは言いきれなかった。それを十八名にするなんてとんでもないことだ。断わるべきだと思っていると、

「生徒にはよくよく言い聞かせてあります。どんな小さなことでも、他校の先生に迷惑のかかるようなことは、絶対にしてはいけない。そして事の如何《いかん》を問わず絶対服従するように。そのようにしなければならなくなったのは、お前たちが試験に落ちたからなので、一つでも合格していたら、我々もこうして他校へまで御迷惑をおかけしなくてすんだのだ、すべては自分のせいと思えと、一人一人に厳重に駄目を押しておきましたから、御迷惑をおかけするようなことはございません。こちらへ来て半年以上になりますので、仕事の上では監督の必要はないと思いますが、給料は従前通り引率教師に渡すと工廠は申します。

そうなれば買物の差引計算も、当然教師の仕事になります。お願いしたいのはこのような事務だけでございます。校長先生にもお願い申し上げます」

四人は奥山氏の方に坐り直して、改めて畳に顔がつくほど頭を下げた。こちらが普通の校長なら同じ校長仲間で、友達のような口も利けるのだろうが、奥山氏では相手が悪い。二人の校長は知事の前にでも出たようにかしこまっている。もっとも田舎の知事より位階勲等は上かも知れないが。

神都商業は廃校になるのだから、いままで通りにやっておればよいが、他の二校は工業学校に転換して、新入生を百五十名募集するから、卒業生が川棚へ残れば事実上の六年生ができるのに、教員定数はもとのままなので、運営に支障を生ずるのは当然である。その上に応召者や転職者の出ることも考えておかねばならないから、困った立場はわかるが、さてどうしたものかと、そっと奥山氏の顔を見ると、

「そうですねえ」

とのんびりひと口言っただけで、何事もなかったような無表情な顔をしている。

「校長先生、是非ともお願いいたします」

また四人は平伏した。

「へーえ」

ふたたび感情のない声が奥山氏の口から流れただけで、あとは「イエス」とも「ノー」とも言わない。この人は一体鈍感なのか大物なのか。

「困ったときはお互いです。八名分の事務だけなら大した負担にはならないでしょう。引き受けられたらどうですか」

教頭が言った。この小心者め、よい子になることばかり考えてやがる。遠からず奥山氏が事務取り扱いを解かれて、おはちが回って来るだろうから、そのときに先輩校長との間をよくするため、いまから布石をしているのだ、と不二夫は内心面白くなかった。

「教頭さんもあのようにおっしゃっています。校長先生のお口から一言お許しがいただきたいのです」

「先生のお考えはいかがですか」

奥山氏は不二夫に尋ねた。教頭とちがって軽々しくよい子になろうとしないところは、案外大物なのかも知れないが、ここまできてはもう反対出来ない。

「事務だけなら構いませんが」

とひと口言うと、その言葉にすがりつくように、

「そうです、その事務だけをお願いしているのです。他のことは一切御手数をおかけしません」とくい下がってきた。

「これはどうやら引き受けねばならないことになりそうですね。が、その前に八人の生徒をここへ呼んで、もう一度厳しく言い渡してからにした方がよいでしょう。私も一言言っておきます」

成瀬大佐の一言で決まった。日南の教師が廊下に向かって声をかけると、待機していた八人が、何か悪いことをして叱られるみたいに、一列になって入り、教師たちの後ろに隠れるようにして坐った。

「いま神都商業の先生にお願いしたところ、決して御迷惑をおかけしない、事務だけ面倒をみる、という条件でお引き受けいただくことが出来た。よその学校の生徒まで世話をしなければならない、神都商業の先生のお気持ちにもなって、ここで一人ずつ、決して御迷惑をおかけしませんと、はっきり約束しろ」

「絶対に御迷惑ばおかけしませんから、どうぞお願いします。何べん受けても落つるとです」

一人一人が涙のこぼれ落ちそうな顔をして、同じようなことを繰り返した。

「落ちようと思って受けたわけではない、一生懸命やって出来なかったんだから仕方がないことだ。君たちのことを全く知らない先生だから、そのつもりで御迷惑をかけないようにするんだよ」

成瀬大佐の説諭に、一同はまた同じようなことを繰り返して、畳に額がつくほど頭を下げた。

卒業式がすむやいなや、教室で暴れたり器具などをこわしたりした戦前の生徒に比べて、何と哀れなことであろう。宮崎県からはるばる長崎県まで来て、三人または五人がどこへも合格出来ず、引率教師は彼等を他校の教師にあずけて帰ろうとしている。仕事に馴れたとはいっても、その心細さと、肩身の狭いことは想像にあまりある。しかし不二夫の方も大変だという思いであった。直接の仕事は事務だけということだが、事故は予期しないとき、予期しない形で起こるものだ。その上、大規模な空襲さえないとは断言出来ない状態である。

生徒が少なくなったので、三校を二室にした。一室には神都商業の十名、他は二校の八名である。職員室は神都だけにしてもとのまま。宮崎県三校は、寄宿舎の一隅に残存したという形になった。

二校はともかく、神都商業の生徒の不満の爆発ということを、不二夫はひそかに憂えていたが、そんな不安はさらになく、生徒は不気味なほどおとなしくよく働いた。自分の学校の先生が残ってくれたことを有難いと思ったのか、それとも、やがて徴兵で入営しなければならなくなるが、反抗の前歴があると、入営してから生命の保証さえ出来かねるほどの硬教育を受けねばならないことを知ってのことか。不二夫の仕事は給料等の事務以外は事実上なくなっている。この十八人が徴兵で入営する日まで、日本はもたないと思っているから、そうなるまでここに残る者たちである。どこを受けても合格しない者と、受ける意思のない者たちとであるが、後者は神都商業だけだった。寄宿舎当番をしている日山もそうした一人で、彼の父と兄が銀行員だったので銀行員を志望し、受験は一切しなかった。不二夫も受験をすすめない方針だったから、彼の生活態度は極めて落ち着いたものであった。戦争がどんなに長びいても、終わるまで待って銀行員になるというのである。徴兵は仕方がないが、志願は絶対にしないと決めていた。その他にも、日南のように強くすすめられれば志願するが、先生が言わないから、ここでじっとしているという者も数人居た。

全員志願を強制しても三人は残り、軍人志願だけだが極力引き止めても残ったのは十人と、その差は僅か七人。教師の非力を数字で示された思いがした。

タブロイド版二頁の、チラシのような新聞の一面の、「東京空襲」という大きな活字が目にとびこんできた。「B29百三十機、昨晩、帝都市街を盲爆」。新聞記事は、戦果のときは何分の一かに縮小し、被害は何倍かに拡大して読むという習慣が身についていた。この記事を拡大解釈したらどんなことになるのだろう。簡単な見出しの中の「百三十機」という数字は恐怖そのものだった。

出勤しようとすると、舎監が呼び止めた。

「先生、新聞を御覧になりましたか」

さあ来たぞ。怒らせないようにうまくあしらって、早く逃げ出さなければならない。

「大変なことになりましたねえ」

さも驚いたといった顔をして舎監室に入った。

「アメリカという奴は正しく鬼畜です。これだけの被害ですよ」

と東京の地図を開いて見せた。それには舎監が書いたらしく、赤鉛筆で囲みが印されてある。日本がニューヨークを空襲しても、舎監はやはり鬼畜と言うだろうか。

「新聞記事と軍の情報にもとづいて、印をつけてみたのですが、被害地域はこれだけです」

東京は検定試験を受けに一度行ったきりなので、地図を見せられても全くわからない。

「先生は東京を御存じないのですか」

不二夫のぼんやりした顔を見て舎監が言った。

「そうなんです」

この地方には東京を知らない人が多い。殊に長崎では、上海は知っているが、東京には行ったことがないという人が珍しくない。先年関門トンネルが開通したが、その頃から旅行が困難になって、東京はやはり遠いところであった。それでも改まって東京を知らないと言うのは、田舎者丸出しのようでちょっとはずかしい気がした。

「下町はほとんど全部ですね。これだけの地域を風の強い夜、焼夷弾《しょういだん》でやられますと、少なく見積もっても十万人は死んだでしょう」

下町というのはどこで、どんな町か知らないが、十万人の死者と聞いて改めて驚いた。一回の空襲で地方都市が一つなくなってしまった勘定である。戦争というものを根本から考え直さねばならなくなったようだ。そもそもこの戦争はしなければならなかったのだろうか。敗けてみて戦争の実態が、ぼんやりとではあるがわかってきたような気がする。

「女子供をふくめて十万人だから、ひどいことをするじゃありませんか」

女子供は日本軍が支那で一足先にやっている。第一、女子供を除いて空襲など、出来るわけはないじゃないか。

「こんな目に遭わされてまだぐずぐずしてるなんて、海軍は一体何をしてるんだ。いつまでももたもたしているからあんなになめられるんですよ」

「もたもたしているわけではなく、全力を尽くしているのでしょうが、敵は強大ですし、いままでの被害もかなりあるのではないですか」

連合艦隊全滅説はどうやら本当らしいが、そんなことを口にしたら大変な目に遭う。それとなくいままでの被害と言ってみたが、一向に感じない。

「若干の被害は受けました。戦争だから当然のことですが、戦闘力に影響するほどのものではありません。巷間《こうかん》いろいろと取り沙汰されていますが、あんなのはすべて敵の謀略です。先生はあんなデマを信じておられるのですか」

「信じてはいませんよ。そんなものを信じるわけはないではありませんか。あまりにも実情がわからなさ過ぎるので、軍はいつごろ頽勢挽回《たいせいばんかい》に出るのかと気になるのです」

実情がわかっているのは、川棚海軍工廠の生産力だけであるが、これを基準にして推定するとまことに心もとないものになる。

「もちろん戦争中ですから、軍の実情は公表しません。だからといって帝国海軍がアメリカごときに大きな打撃を受けるなんて、常識から考えてもそんなことはないではありませんか、それだけは信じて下さい。連合艦隊は健在です。いまにやりますよ。ここのところは敗けているように見えますが、それは占領地域の中での後退にすぎません。本土には絶対に寄せつけません。本土に一兵でも踏みこんで来たら最後、一挙に粉砕してやります。そのときは世界をアッと言わせる大作戦を公開しますよ。そんなものは一度使うと、敵に真似られますから、この一番というときのために、とってあるのです」

連合艦隊潰滅《かいめつ》は舎監の言うように、あるいはデマかも知れない。海軍将校がそれだけの自信をもって言うのだから、もしかすると艦隊の一部を見たということもあるだろう。あるいは何も知らずに信じているようでもある。もしそうだとしたら、帝国海軍の教育は大したものだ。教育が職業の教師は脱帽しなければならない。大作戦があるならなぜ早く出してくれない。十万の国民を何と思っているのだ。

土橋が交替に来たので、不二夫はその夜帰ることにした。しばらく学校勤務ということになったが、学校には生徒は居ないのだから、実際は宮崎で数日休養ということなのである。教師が学校に出勤することが休養なのである。夕方から帰り支度にとりかかり、道中の用意に握り飯をたくさん作った。この交替のための帰校は、生徒をこの上もなく羨ましがらせるものなのだが、接続のよい列車は夜行が一本しかなかったので、目につかないように帰ることは出来ない。握り飯は寄宿舎当番の日山が炊事へ連絡するのだから、これも隠せなかった。頻繁に空襲があったから、相当の延着は見越しておかなければならない。厳しい旅行制限で車内は思ったより楽だった。早岐で佐世保発に乗り換えたら、席があったので驚いた。

早朝、鳥栖で久大線に乗り換えた。八代から都城経由は度々通って珍しくなくなったのでこちらにした。ここまでは運よく時間通りであった。車窓から見る景色は、戦争を忘れさせるような田園風景であった。花には少し間があるが、いまにも咲きそうなうららかな空気に、野も山も包まれていた。こんなところにだって爆弾が落ちるかも知れない。もしそんなことになったらと思ったが現実感がない。車中で昼食をとった。どこまでも長閑《のどか》な春景色がつづいているので、戦争は日本の一部だけでしているみたいな気がした。

うららかな春の気分をぶちこわすように、空襲警報が発令された。村のサイレンがかすかに聞こえてくる。ここも戦争の外ではなかったのだ。列車が急にスピードを出した。乗客が窓から首を出して騒いでいるので何事かと見ると、敵戦闘機が一機こちらを目指して飛んで来る。列車は悲鳴をあげるように、けたたましく汽笛を鳴らして全速力で走った。長閑な春の田園が一瞬にして追いつ追われつの修羅場になった。乗客は窓から首を出して、はらはらするだけでどうすることも出来ない。こんなときには、まず機関車を撃って止めておき、それから列車全体に機銃掃射を加えると聞いている。銃撃を受けて列車が停止したら、すぐとび降りて木蔭に走りこもう、機関車を撃った敵機が引き返して来るまでに、その時間はあるだろうと準備していると、列車はトンネルの中に走りこんで止まった。よいところへ逃げこんだと喜んでいると、車掌が回って来て、安全になるまでここに待避していると告げた。電灯のつかない真っ暗な車中で、むし暑さに耐えてじっと坐って待った。中には急ぎの客も居ただろうが、どうなるものでもなかった。

汽笛を鳴らしてやっと列車が動き出した。トンネルを出てみると、太陽の位置が大きく変わっている。長いと感じた時間は、やはり間違いではなかったようだ。大分駅が見えたかと思うと同時に、日豊線下り列車の発車するのが見えた。彼が乗る予定にしていたもので、宮崎まで行くのはこれが最終である。接続を待つことが出来なかったのか。大分駅に降りて何度も時刻表を見直したが、宮崎まで行くにはどうしても明日を待たなければならなかった。

大分で泊まるぐらいならと別府にした。玄関に出てきた女中は、まるで居候でも見るような態度で、

「米をお持ちですか」と尋ねた。

ないと答えると、主食は統制で出せないから料理だけでということで何とか泊めてもらえることになった。

飯なしで、もちろん酒もなく、料理だけというのは、いくら美しく並べてあっても、どこか間の抜けたものである。海軍の七分づきの大きな握り飯と温泉旅館の料理という、まことに珍妙な組み合わせの夕食であった。朝からの三回の食事で握り飯はなくなった。順調にゆけば夜の握り飯は残る予定だったのに、明日は食べるもののない旅行になる。用心のために米を持っておくべきだった。


不二夫は飯なしの朝食をとった。味噌汁と生卵と海苔と沢庵。どこに入ったかわからない、まるで霞《かすみ》を食べたようである。主食という二字の重みを体で理解した。

彼は早々に旅館を発って大分駅へ行った。駅には昨日の空襲で鉄橋が破壊されたから、

つぎの高城までは徒歩連絡という掲示があった。昨日乗る予定にしていた下り列車が発車するところを見たのだが、途中で止まったのか。そんなことを尋ねる余裕もなく、いそいで時刻表を調べると高城まで五・一キロある。客は長い列を作って、国道に春のほこりをまき上げながら歩いた。大勢居るから道がわからなくなるという心配はなかったが、朝食が貧弱だったことを意識していたため、一層空腹を感じた。店の前に来ると決まったように全部の客が、何か食べ物を売ってはいないかと、順に立ち寄っては失望して出て来る。大勢の人が覗いた後だから、何もないことはわかっているのだが、不二夫もやはり一応覗いて見なければ気がすまなかった。どんなものでもよい、食べるものでさえあったらと思ったのだが、本当に何もない。長い戦争のために日本中の食べ物がなくなってしまったのではないかと、客の一人が歩きながら言った。どの店もみなガラス屋に転業したみたいに、空になったガラスのケースばかりが並んでいる。一軒の店から、入った客が皆苦笑して出て来る。ここには何かあるにちがいないと思われるが、こんなとき誰も買わない品物とは一体何だろうと覗いて見ると、ケースの中には肉桂《＊にっけい》が並べてあった。これも口に入れるものにはちがいないが、肉桂ではと、不二夫は思わず皆と一緒に苦笑した。

＊肉桂＝シナモン

空腹をかかえてふらふらになった不二夫が、大勢の客とともに高城駅に着いたのは、昼近くのことであった。もし列車が出なかったらどうしようと、話し合って歩いていた客は、ホームに待機している列車を見てほっとした。食料がないということが、必要以上に人々を不安にし、そんな余計な心配までさせたのである。列車は昼過ぎに出た。坐っていても不二夫は空腹がこたえてならなかった。延岡に近づいたのは、春の山野に暮色《ぼしょく》がただよいそめたころである。列車に乗ったときは、そのまま宮崎まで帰る予定であったが、空腹と疲れと寒さのため、予定を変更することにした。延岡に着くと工場を思い出したので、食事が目の前にあるような気がし、このまま空腹をかかえて宮崎まで行く気になれず、途中下車して四年生が動員している工場へ行った。昨年二か月五年生の動員で来ていたので、寮母も顔馴染《かおなじみ》であった。ここでは舎監も生徒の寄宿舎当番もなく、会社の寮母が世話をしていた。寄宿舎に着くといきなり、

「夕食を食べさせて下さい」

と言ったので寮母は笑いこけた。着いてすぐ食べさせてくれと言ったのもおかしかったのだろうが、列車の窓ガラスがあちこち破れていたので、不二夫の顔が煤煙《ばいえん》で真黒になっていたのである。風呂に入り、腹もふくらむと、急に体がだるくなり、宮崎がぐんと遠ざ

かったように感じられたので、彼はこの夜ここに泊まることにした。

不二夫は朝出がけに新聞を見ると、「琉球を艦砲射撃《かんぽう》」という記事が目についた。上陸の準備にちがいない。フィリッピンのつぎは台湾で、それから沖縄と思っていたが、台湾をとばした。考えてみればその方が合理的だ、何も一つずつ順に進まなければならない理由はない、通過駅があってもよいはずだ。これでは八月敗戦の予想を繰り上げねばならない。宮崎に下車したとたん不安になった。

不二夫は久し振りで学校に出た。教頭、配属将校他三名の教師が、学校勤務ということで出てきていたので、しばらくでした、という挨拶をした。もとは商業の校長室であった高等工業の校長室へも挨拶に行った。

「長い間御苦労さまでした」

ひと口言って、しばらく言いにくそうにしていたが、

「いつかのものをお返ししようと思いまして、家内に尋ねましたところ、もう家にはないのだそうでして、まことに申し訳ないことをいたしました」

とおそるおそる詫びた。衣料切符のことである。

「そのことでしたらもうよろしいのです。持っていましても全部は使えませんですから」

不二夫は冗談のような口調で本当のことを言った。奥山氏の家では全部使いきったのだろうか、世間離れのした学者だが、暮らしは意外に裕福なのだなと感心した。

「左様でございますか、恐縮です」

奥山氏は丁重に頭を下げた。

職員室で不二夫を待っていたものは、決して楽しい雰囲気ではなかった。彼だけが長い間川棚に居たことにたいする不平があった。五年生の主任は二か月延岡で苦労したのだから、今度は他の人にと当時の校長が言ったが、生徒には当然学級主任がつくべきであると、延岡から帰った三人はすぐに川棚へ、そして延岡へは四年生の主任をと主張して、押し通したのは三年生主任の戒能であった。その頃はまだ三年生だけが学校に残って授業を受けていた。しかしそれは束の間、やがて三年生が都城へ動員になった。それでも当初戒能は主任中心という自説を固持した。南九州はまだ戦争の影響を受けることの最も少ない、平和な僻地《へきち》であったが、川棚は佐世保要塞地帯に近く、工廠での生活も万事海軍式で窮屈だった。その上列車が年配者には苦痛であった。宮崎を午後出発して、都城、八代、鳥栖、早岐と川棚へは朝着くのであった。それも席があれば幸運で、席はないと覚悟していた方が無難だという状態だった。

ところが半年の間に状勢が大きく変わった。都城の食料が急速に悪くなった。半分以上を横流ししているのではないかと思われるようになった。生徒は空腹のため仕事も出来かねるほどになった。生徒の訴えや噂を聞いた親は苦しい中をやりくりして食料を送った。この地方には「あくまき」といって、むかし薩摩藩が戦時用兵糧にしていた保存用食料がある。しかし全部の親にそんなことが出来るわけではない。食料のない子は友達のものを盗む。教師に訴えても、大勢の生徒が二十四時間、一つの部屋で暮らしているのだから、そんなことの監視までは不可能である。食料泥棒は公然になった。教師自身生活が苦しく、家族から食料を送らせるなど到底望めなかったので、空腹でふらふらになっていた。生徒はまだ三年生なので、受験出来るところがなく、日南商業が川棚でとった受験による全員引き揚げ作戦も不可能であった。さらに悪いことに、米軍の沖縄攻撃が始まったので、それまで桃源郷《とうげんきょう》と思っていた南九州が、急に戦場に近くなり、川棚の方が安全なところになった。生徒も三校で十八名と監督し易いし、なによりも食料が質量ともによい。延岡が仕事も楽で食料もまずまずなので、希望者が一番多かったのだが、数日前宮崎が艦砲射撃を受けたのでにわかに川棚が浮上してきたのである。戒能は恥も外聞もなく、川棚と都城の付き添いを交替せよと主張した。

不二夫はその提案に反対した。はじめから公平という方針なら反対する根拠はないが、途中からの公平は公平ではなく身勝手だと強硬に言い張った。きれいごとを言っているが彼の本心は、米軍が台湾には見向きもせずに沖縄に来たので、八月という見込みが繰り上がるだろうという不安からであった。終局が近づくと、早く片付けようと急ぐし、最後の一番乗りをと、日本の部隊長なら強行突破する。ということになると、いまから都城へ行くと、米軍の上陸に遭うことになるかも知れない。

交替を主張する戒能の頭にも、米軍上陸のことがあるのかどうか、そんなことはおくびにもださないが、感じられるのは彼の生活がかなり逼迫していることである。不二夫よりひと回り以上年長で、中学生を頭に三人の子供がある。川棚は海軍だから米穀通帳を持って行かなくてよい、つまり留守中家族は一人分余計に配給が受けられるわけである。これはばかにならない余得である。

「あのときはたしかにそのように決まりましたが、私の立場としては公平ということが第一ですから、少しは他へも行って下さい」

教頭は命令するような口調で言った。はじめから年配者に迎合して、若い者にしわよせするのである。

「公平が第一なら、なぜはじめからそうしなかったのですか。途中からの公平は公平ではない、大きな不公平です」

「それは前校長の決めたことで、私の方針はあくまで公平です」

一方的な押し付けに不二夫は強硬になった。不況時代には管理職の言いなりになっていたが、もうそんなものは恐ろしくない。

「前校長は公平という方針だったのですよ。それを主任の責任などというきれいごとを並べて押しきったのは誰ですか」

ここで不二夫は戒能へ視線を向けた。彼は腹の中でせせら笑っているような態度であった。

「あの時、前校長は退職を決意していたから、自説を固持しなかったのですが、それを半年そこそこでまた公平に逆戻りさせる。学級主任の責任はいまからなくなったものと解釈してよろしいのですね」

「どちらの主張にも一理あります」

成瀬大佐が口をはさんだ。

「学級主任としての責任はもちろん大切ですし、また同じ学校の先生として勤務の公平ということも、管理者として十分配慮しなければなりません。そこで両方を折衷《せっちゅう》して、永井先生は主として川棚、時々都城と延岡、ということでどうですか」

足して二で割ったような案だが、それでも反対とは不二夫には言えなかった。成瀬大佐が居なかったら、収拾出来ないことになっただろう。大抵の学校で配属将校というのは、前任校の野山中佐のようなわからずやで、学校をひっかき回してばかりいるものだが、成瀬大佐のような例外的な人物が、例外的な事情の学校にうまく配属されて救われた。

不二夫は都城へひと月、つぎに延岡へひと月、そのあとは川棚へ長期ということに決まった。川棚を主にするが、他もひと通り経験しておくためである。川棚へ行く前に米軍の上陸があったらという不安は消えなかったが、あとは運まかせとした。

慶良間《けらま》列島に米軍が上陸したのは三月二十五日である。川棚に高射砲弾が無くなっているぐらいだから、沖縄など無抵抗だろうと思っていただけに、これまでよく頑張ったと不二夫は感心した。一体どんなにして闘っているのだろう。数か月後には敵が上陸して来るものと決めてしまっている彼は、宮崎を引き揚げる決心をした。妻と幼い赤ん坊はすでに郷里の福山に避難させていたし、事実上引き揚げを始めているのであるから、あとには大した荷物はない。大半は書物だが、荷造りをすませ、家主の荷車を借りて駅前の運送会社へ運んだ。一度艦砲射撃を受けてから、人々は急に浮き足立ち、家財を田舎の親戚知人に送る者、家族もろとも疎開させる者と、眠ったような南国の田園都市が急に騒然としてきた。戦争に敗けたら、こんなにして働かなければならないのかと、荷車を引きながら思ってみたりした。戦勝者といえばすぐに中国における日本兵の姿が頭に浮かぶ、というよりそれしか知らないのである。重要なポストはアメリカ人が占めて、日本人は労働者か雑役夫にされてしまうのではないだろうか。いやそうは言っても、日本語のわかるアメリカ人が、そんなにたくさん居るはずはないから、教師ぐらいは日本人にもさせてくれるかも知れない。こんなことを考えながら歩いていると、町の書家で俳人の佐藤麦秋に逢った。

「貴方も逃げ支度ですか、そうやって田舎へ疎開させた本を、もう一度とり出して読めるような時節が来るでしょうか。そんなことは期待しない方がよいが、灰にしてしまうのも勿体ないですからねえ」

その声にはあきらめに似た明るさがあった。なるほど、そう言われてみるとその通りだ。

灰にするのが惜しくて、こうして送り出してはいるものの、後日とり出して読める日のことは考えていなかった。先刻の考えのつづきにもどる。雑役夫になって終日こき使われたら、この書物をとり出して読む暇などないだろう。せっかくこうして送り出しても、宝の持ちぐされになるかも知れない。悠久《ゆうきゅう》の大義などという内容空疎な美辞麗句にだまされず、何とか生きのびて、この書物をもう一度とり出して読みたいものである。

運送会社に着いて受付に申し込むと、

「今日の受付はもう終わりました」

と剣もほろろの挨拶であった。これをもう一度引いて帰るのかと思うと、同じ荷物が急に重くなったように感じられた。明日の受付にして今日一日預かってくれないかとたのんだが、相手にしてくれない。明日もう一度持って来れば、必ず受け付けてくれるかと尋ねると、それは約束出来ないと言う。つまり受け付けてくれるまで、毎日持って通わなければならないということになる。昭和の運送屋が、一転して封建時代のお役人になった。腹が立ってきたが、運送屋だけでなくすべての業者が威張って、小さな権力者になっている。都合がつけばお慈悲をもって取り扱ってやるから、出直して来いと言っているみたいである。どうしても一応持って帰り、明日の朝早く、あてもなく持って来なければならないの

かと、不二夫が失望して荷車の方へ行きかけると、奥からあらわれた別の係員が、

「先生、何か用事ですか」

と声をかけた。彼は昼間商業学校の給仕をしながら、夜間部へ通学し、昨年卒業したばかりのまだ少年と言ってよい者だった。彼がここに勤めていることを、不二夫は知らなかった。彼は夜間部の講師もしていたので、そちらでは教え子ということになる。

「引越荷だが、何とかならないものだろうか」

哀願のような調子で頼んだ。

「いいですよ」

とさっきの受付を振り返り、

「これを次の便で発送して下さい」

と言うと、受付はてれくさいような顔もせずに事務的に処理した。

これが銃後の国民かと、不二夫は自分の世間知らずにあきれた。「闇」とか「顔」とかいう言葉は日常挨拶のように聞かされていて、言葉の上でだけはよく知っていたが、経験してみてその不可思議なからくりに驚いた。堅牢な城門のように見えた扉が、かつて夜間商業の教え子であったという、まことに弱い関係の、しかも入社一年という、おそらく最

下級の従業員であろう彼の顔で、苦もなく開いた。こんなにして人々は暮らしているのだった。戦前は貨幣によって円滑に運営されていた世の中が、いまでは「闇」と「顔」で動いている。配給だけでは健康な成人は、到底生命を維持してゆけないはずなのだが、餓死者が出たということは一向に聞かない。闇を知らないという不二夫でさえ、海軍でまことに小さいながら特権的な生活をしていたのである。皆それぞれ何らかの特権やらコネやらで暮らしているのだから、絶対必要なだけの物資は国内にあるということなのだ。

不二夫は帰途、二組の佐々田の家に寄って、ことづかってきた手紙を渡した。発信は教師が検閲を大目に見ても、途中憲兵隊の手で抽出検査が行なわれているから、見られて悪い手紙は教師が飛脚をつとめた。教師の帰校は生徒を羨ましがらせているから、せめてものサービスである。薄暗い仕事場で細工物を作っていた実直そうな父親も出て来て礼を言った。

「この手紙で見ますと、せがれが予科練へ志願しようとしたのを、先生が止めてくださったそうですが」

そんなことを書いていたのか、寒いときだった。佐々田が予科練を志願したいと申し出て、彼を驚かせたことがあった。佐々田は軍人には向かない少年だったのだが、その彼が申し出たということは、生徒たちの間の軍国主義的な風潮から、一度は志願しなければ肩身が狭かったためである。彼はひ弱い体で性格も温和であり、学業だけが優秀であった。体力だけが自慢の劣等生たちは、平和であったときは小さくなっていたが、戦争が激しくなって、授業が次第に少なくなり、兵隊になることだけで人間の価値が決められ、学業成績が軽視され始めると、彼等はわが世の春を謳歌《おうか》した。それまで劣等感をもって接していた優等生を急に見下し、老人や体の弱い教師にたいしてまで、露骨に優越感をあらわすようになった。こんな空気に押されて佐々田が志願を申し出たのであった。

「お前は身長が足りないから、受けても不合格に決まっている。そんなわかりきったことで、この忙しいときに軍に迷惑をかけてはいけない」

と言ったら、即座に、

「もう一度よく考えてみます」

と帰ったが、その歩き方から、隠しきれない喜びが感じられた。生徒の立場としては、一度は志願を申し出たという実績を作っておけば、友人にたいする口実が出来るのであった。

「友達に誘われて志願しやしないかと心配していましたが、そんなことを手紙に書いてやって、もし見つかったら大変なことになります。去年出かけて行くときには、そんなことまで考えてはいませんでしたが、後になって心配で心配で、気になりだしたら夜も眠られないことがありました。でも先生のおかげで助かりました。有難うございます。徴兵は仕方がありませんが、自分から志願など決してして欲しくありません。徴兵だってあの体格ではおそらく大丈夫とは思っていますが」

ここでちょっと言葉を切ったが、

「変な時勢になったものでございますね、体格が悪いから安心だなんて」

父親は苦笑した。

誰にも言えず一人で軍人志願を引き止めた甲斐があった。しかしこんなにまでして抵抗したのに、残った者は僅かに十人。

「私は小さいことには気のつかないたちですから、こまめに面倒を見てやることは出来ませんが、兵隊には極力やらないようにしていますから、その点はご安心下さい」

「それが何よりでございます。来年は検査*だといういい若い者に、一々世話をやくことはございません。ところで先生」

ここでちょっと声を落として、

「検査が一年繰り上がって来年になりましたが、この戦争は来年までつづくでしょうか」

来年なんてとんでもない、川棚へ行く七月以降にして欲しいと願っているのだが、そんなことは口に出せない。

「年内に世の中は大きく変わりますよ」

「そうでしょうか、それまでお骨折りでしょうが、どうぞよろしくお願いいたします」

こんな話し方で意味はちゃんと通じるのである。奴隷の会話であった。


南国は冬がなく、いやに長い秋だと思っていると、いつの間にか春になっている。寒い冬を経験しないせいか、桜がぱっと美しく咲かない。枝にくっついたわびしい花が、人から注目されないままに盛りを過ぎ、ひそかに散って春もたけなわというより、近づく夏を思わせるようになる。不二夫は学校からの帰り、道端の水道栓をひねって蛇口にかじりついた。ばか陽気のため意外に喉がかわいていたので腹一杯飲んだ。歩き始めて少し飲み過ぎたかなと思ったが、夜になって急激な下痢をした。

＊検査＝徴兵検査

晩春の陽光が部屋にさしこみ始めたころ、空襲警報が発令された。先日米軍の沖縄上陸の記事を見たと思ったら、もうこんな田舎町までやって来た。これから度々来ることだろうから、あまり神経過敏にならない方がよい。

「空襲警報ですが、先生は待避されんとですか」

階下から声がした。不二夫は下痢のため体力が弱って、動きたくなかったので、

「起きるのがきついから、このまま寝とります。まさかこの家に落とすということもないでしょう」

と答えた。

「そう思いますが、私たちは待避します」

という声が返ってきた。

待避という言葉は新しく作られたもののようであるが、日常生活にすっかり密着してしまった。本土には敵機を一機も入れないと大見得《おおみえ》をきった東条の演説も、重慶では防空壕を掘って、日本軍の空襲のたびに待避しなければならない、何と惨めな生活であろうといった新聞記事も、みな忘れてしまって、まるで現在を正常な生活と心得て暮らしているみたいである。敵機が一機上空を通過しただけで何事もなかった。どこかで爆弾が投下さ

れたことだろう。敵はこちらの目出度《めでた》い日を選んでやって来る。東京大空襲は陸軍記念日、この日は神武天皇祭であった。

つぎの日も空襲警報が発令された。沖縄からだから簡単に来られるようになったのだろう。

「先生、今日も待避しなさらんとですか」

階下から声が聞こえた。毎日横着も出来ないだろうと不二夫は、

「今日は待避しましょう。昨日のようなことですむかどうかわかりませんから」

言いながら降りた。

下痢も止まり体が少し楽になった。小さな壕の中で待避しているのは惨めな気持ちになるものである。海軍のような豪華な防空壕にいれば、意気天を衝《つ》くかも知れないが、これでは庶民が厭戦的になるのは当然だと思った。爆音が聞こえた。

「今日も来たとですね」

機銃掃射の鋭い音が聞こえたかと思うとすぐ静かになった。この家にも命中したらしい。警報が解除になって上がってみると、不二夫の寝ていた部屋にも一発撃ちこまれていた。

機銃弾が一発というのが、彼には解《げ》せなかったのだが。

相つぐ空襲で疎開騒ぎは一層活発になり、午後になると荷物を満載した荷車が、列をなして市内から出て行った。「廃業のため什器《じゅうき》を処分」と張り紙をして、夜具や食器を投げ売りする旅館もあった。「いまが土地の買いどきですねえ」と言う抜け目のない者も居た。

「この非常時に何という利己主義者だ」

教頭は憤慨していたが、土地を買うことが戦争の妨害になるわけではなし、空襲下に冷静さを失わない根性に、不二夫はむしろ敬意を表したい気持ちになった。


下痢の治った不二夫は、予定より二日遅れて都城へ行くことにした。米軍が沖縄に上陸し、まるでそれを待っていたように、ソ連が日ソ中立条約不延長を通告して来、それらが原因ででもあるように小磯内閣が総辞職した。戦争の終結は今日か明日かという気持ちであったが、ともかく都城へは行かなければならない。道を歩いているときも、駅の出札口に並んでいるときも、今にも重大ニュースが流されるのではないかと、気分が落ち着かなかった。一か月の勤務を終えて帰るまで、戦局は大丈夫だろうか。もし戦争が終わるとして、それは敵の上陸があった後か、それともその前か。陸軍の猪武者《いのししむしゃ》どものすることだから、後者ということは期待しない方がよい。とするとそれが都城在勤中なら大変なことになる。都城がすんでも、つぎに延岡が一か月ある。その間に敵軍の上陸がないという可能性は、極めて小さいように思われるが、彼の力で何とかなるというものではなかった。都城は近いからと安心して出かけたが、意外に時間がかかって、寄宿舎に着いたときには、永い晩春の日も暮色をただよわせ始めていた。

相棒は三年担任の井本で、不二夫の来るのを待っていた。

「やあ、ご苦労さんです。たったいま夜勤の生徒が出かけたところで、昼勤の生徒がそれと交替で帰って来ますから、一緒に夕食をとってから出かけなさい」

言われた通りにすることにして、それまでに工場の概況を聞いた。

工場の仕事だから大体似たようなものだが、ここの特徴は食事が極端に悪いことと、軍需監督官の陸軍少尉が、農学校を出ただけの幹部候補生で、頭が弱いくせに横暴で、手のつけようがないということであった。学歴コンプレックスもあって、教師にたいしてはもちろん、生徒にも意地悪をするから、くれぐれも注意するようにとのことであった。

生徒が帰って来たので、一同連れだって食堂へ行ったが、そこに並べられた食事を見て、不二夫は思わずうなった。

竹の節を切って作った食器に、これでも飯と呼ぶのであろうか、雑穀の中に米を混ぜたようなものをひと握り、その上にしなびた沢庵が二切れのせてある。同じ竹の器に底の見えるような薄い薄い味噌汁と。江戸時代の囚人に与えられた「もっそう飯」というのは、こんなのであろうか。

生徒の前で食べ物の不平は言えないので、その場はだまって食べ、部屋に帰って井本に訊いた。

「いつもあの程度ですか」

「そうです、毎度同じもので、量の方も一定です」

「あれより少なくなっては、生命の維持はむずかしいですね」

「あれでも心細いです。だんだん体が弱ってゆくのがわかるのですからね」

寄宿舎から工場までは十分ぐらいだから、何とか辛抱出来るようなものの、川棚のように二キロもあったり、また鍛造のような仕事をさせたら、生徒は倒れるだろう。

「あれだけでは体が弱るのは当然です。一般の配給よりも少ないではありませんか。軍需工場には特配があるのですから、あの三倍はあってもよいと思います」

「私もそう思っています」

「工場がピンハネしているのですよ。問題にしなければなりません」

「証拠がありません。これが配給の全部だと言われたら、それっきりですからね」

「一校二校では相手にされないでしょうから、多数共同して当たったらどうですか」

不二夫はこのとき、川棚における北川殴打事件の勝利を思い出した。

「その協力がむずかしいのです。川棚のように教員控室があれば、平素から意志の疎通をはかることが出来るのですが、そんなものがないから、どこの学校が来ているかさえわからないといった状態です。同じ工場に居る学校だけはわかりますが、他は全く見知らぬ他人で、連絡が非常に困難なのです。その上地元の学校は通勤しています。ご承知のように日南商業は、五年生だけは川棚に行っていますが、四年生と三年生は自宅から通勤です」

こんなところへ通勤するために、日南商業は生徒に志願させたのか。自宅から通勤なら工場の食事の不足分を家に帰って補うことが出来る。

「教員控室がなかったら、工場から教師への連絡はどうするのですか」

「連絡なんかしませんよ、工場で何もかも勝手に決めてしまって、工場では教師のすることは何もありません。工場にとって、教師は不要の存在であるばかりか、邪魔者でさえあるのです。寄宿舎で生徒の思想や健康に注意してさえおれば、それでよいと言っています」

「それは川棚も同じですが、食うものを食わなきゃ健康に注意は無意味ですよ」

「もちろんそうです。先生は五年生担任でよかった、資本家は軍よりよほど悪質です」

これではまるでタコ部屋だ。川棚が厳しいと思ったが、食料だけは十分ある。下には下があるということを知った。不二夫が教師になって三月後に支那事変が勃発《ぼっぱつ》し、それから八年、長い長いこの八年は、驚くことの連続であった。

井本が地図を書いてくれ、生徒の居る工場に印をつけた。不二夫が工場の門に着いたときは、日がとっぷり暮れていて、灯火管制がここでも完全に実施されていたので、せっかく井本の書いてくれた地図を見ることが出来ない。手さぐり同様の歩き方で進んでいると、突然工場に突き当たった。何だかわからないが入ってみようと、扉を開けてみると、中ではこうこうたる電灯の下で大勢が仕事をしている。ここだかどうだかわからないが、もしやと思って見渡したが、知った顔には出逢わさない、他校の生徒ばかりであった。

ここではなかったのかと、地図をとり出しよくよく見て、十分頭にたたきこんでから外に出た。工場の明るい電灯の下で小さくなった瞳孔では、外に出たとたん何も見えなくなった。小さくなっていなくても、完全に光線を遮断された屋外では鼻をつまれてもわからない。覚えたつもりの地図がまた役に立たなくなったので、ふたたび手さぐりで進み、別の工場に着いたが、ここにも神都商業の生徒は居なかった。

生徒を探すことはもうやめた。どこでもよいから工場をぶらぶらして、十二時になるのを待ち、夜食のため食堂に行く生徒の後について、そこで神都の生徒に合流するという方針にした。真っ暗だから食堂へも一人では行けないのだった。見知らぬ生徒の作業を見たりして時間をつぶし、彼等が夜食に行くとき後に従った。食堂にはまだ一部の生徒しか来ていなかったので、炊事婦に神都商業の席を尋ねたところ、反対側の空席を指した。そこで待っていると、若い陸軍将校が入って来た。これが先刻聞いたばかりの、頭の弱い横暴な軍需監督官だなと思っていると、つかつかと不二夫のそばに来て、

「あなたは誰ですか」

と叱責するような口調で尋ねた。不二夫は別に気にすることもなく、

「神都商業の教師です」

と答えると、急に居丈高になって、

「教師の身として何事だ」

とどなりつけた。不二夫はその意味がわからなくて、ぽかんと見上げていると、

「教師がいまごろ食堂に来ているとは何事だ」

雷はつづいた。不二夫にはまだわからない。夜食の時間に食堂に来てなぜ悪いのだろう、と首をひねっていると、

「生徒はいま工場で働いているんだぞ。年端もいかぬ子供を深夜働かせておいて、教師が先に食堂に来て坐っているとはなんたることだ」

なんだ、そんな意味だったのか。

「今日日が暮れてはじめて着いたので、生徒の工場がわからないのです。この通り地図を書いて貰ったのですが、外は真っ暗で見ることが出来ないから、仕方なくここで生徒を待っていたのです」

「今日はじめてだと、いいこら加減なことを言うな。生徒は半年も前から来てるというのに、教師がいまごろはじめてだなどと、そんな見えすいた嘘にはだまされんぞ」

「嘘ではありません、私は他の学年の担任なので、いままでそちらの工場へ行っていて、当工場へははじめてです」

「つべこべ理窟をぬかすな、もう一度出直して生徒と一緒に入って来い」

なるほど相当な代物だ。海軍ならまだ少しは話がわかるだろうが、これではまるで狂犬

だ。軍需監督官は、工場内でははとんど生殺与奪の権を与えられていると言ってよいぐらいだから、こんな奴を相手にしていると、どんな報復を受けるかわからない。軍は男らしさを表看板にしているが、実は陰湿で、ひそかにささやかれている噂によると、東条の政策を批判した新聞記者が、赤紙で引っ張られたとか。口では名誉だと言って、おだてて利用しているが、実際は兵役を懲罰の手段として使っていたのである。ある意味ではやくざのお礼参りよりも恐ろしかったから、ここはひとまず出て生徒の来るのを待ち、それから言われた通りに、後からついて入ることにしよう。川棚では中将を頭にして、しっかりした組織が出来ているから、こんな馬鹿将校に勝手な真似はさせないが、いかに人不足とは言え、軍服を着たのが嬉しくてたまらないチンピラに、大きな権限を持たせたりして、これでは戦争どころではない、工場内の秩序さえ維持出来ないだろう。出て行く不二夫の後ろから、

「ほんとうにこのごろの先生はねえ、あれで教育者と言えるのかしら」

炊事婦の声が背中におっかぶさってきた。何もわからない愚民が、軍服に迎合して安全なところから人を非難するのはこの頃の風潮である。入口で生徒に出逢ったので、監督官の見ている前で回れ右をした。

軍需監督官があれでは、生徒も教師も大変だろうと不二夫は思ったが、川棚のように対策に真剣にはなれなかった。その理由の第一は、彼の勤務がひと月で、その後はもう来ないという見込みであったから、長い目で見ることが出来なかったことと、第二は教師の横の連絡がまるっきりないことであった。


「先生」

三組の磯村がべそをかいて職員室に入って来た。

「何かあったのか」

一身上のことらしいので、学級主任の井本が尋ねた。

「橋本が僕のあくまきば盗ったとです」

井本はまたかという顔をした。親から送られてくるあくまきの盗難が多いことは、ここへ来る前から聞いていた。

「橋本が盗んだという証拠があるのか。たとえばお前たちが現場を見たとか、そうでなければ誰か見た者があるとか」

「証拠はなかですが、橋本にちがいなかです」

「はっきりした証拠がなくて、どうして橋本と言えるのか」

「あいつは平素からようなかとです」

「平素が悪いからといって、証拠もないのに悪いことは全部橋本のせいにするのは間違っているよ」

「そうですが、橋本は食べるものば持っとりません」

「貧乏人を疑うのはなおいけない。悪いことをしたとか、仕事を怠けたとかで貧乏になった者もあるだろうが、多くの者は運が悪く、働いても働いても貧乏から抜け出すことが出来ないのだ。俺もそうなのだ、その上食べるものを持っていないから疑うか」

「先生は別です。それでは誰が盗ったとですか」

「それはわからん」

「僕んちは農家ではなかですけん、あくまきばなかなか作れんとです。こんどはいつ送ってくれるかわからんとです」

「食べものが貴重なことはよくわかっている。俺だって農家ではないから補充が出来ず、腹はいつもぺこぺこだ。でもどうすることも出来ない」

「食べもんばどこにしもうたらよかですか」

「しまう場所はないね。たった一つの押入れは共用だから、毎日持って出勤するより他はないよ」

それは決して嫌味ではなかった。

「何年か教えた修身が、空腹には無条件降伏ですね」

磯村が帰った後で井本が言った。

「修身より飯の方がよいようですね」

「いまではその方がよほどむずかしいですが」


つぎの朝生徒だけを出勤させてから井本が、

「腹が減っているのは生徒だけではない、僕もふらふらです。どうですか、つぎの駅のある新庄の農会*に同級生が居ますから、何か貰いに行こうではありませんか」

この誘いに不二夫は、待ってましたとばかりに賛成した。

「そんなところに友人が居たとは運がよかったですね。では行ってらっしゃい、工場は僕が引き受けました」

「二人で行きましょう、一人で行ったのでは一人分しかくれません。いま一人工場に残っているると言っても、貴重な食べもののことです、本当に居るのかと疑われるおそれがないとも限りませんからね。顔を見せるのは多い方がよいです」

「そうですね。引率が一人になったら、度々工場を留守にすることになるでしょうから、たまにはいいでしょう」

「工場に居てもどうせ邪魔者、ならまだいいのですが、邪魔になるだけの力さえないのですからね」

「ではいまから出かけるとして、駅に並ばねばなりませんね」

「いや、歩きましょう」

「えっ、つぎの駅までですか。どのくらいありますか」

「四キロです」

「大した距離ではありませんが、腹ぺこではねえ」

不二夫は大分から高城まで、空腹をかかえて歩いたことを思い出した。

「駅に並んだのでは二、三時間かかります。そして帰りは小駅ですからまず買えないでしょう」

＊農会＝農業会。農協の前身。

なるほど、では歩く方がよいのか。井本も道を知らないので、線路を行くことにした。薄暑《はくしょ》の候《こう》であったが照り返しは暑く、夏がそこまで近づいていることが感じられた。

「何だか第一次大戦のドイツに似てきたようですね」

二人は暑さをものともせず話しながら歩いた。

「ひもじさと寒さと恋をくらぶれば、はずかしながらひもじさがかつ、というのがありますが全くその通りですね。生徒は泥棒をする、教師は乞食になる」

「なるほど食べ物を貰いに行くから乞食ですか、その通りですね」

「誰の作か知らないが、「兵隊さんのおかげです」という歌を軍部が流行らせましたが、ずばりその通りですね」

「兵隊さんのおかげでとんだ目に遭いました。食べ物のことで、いままで仲よくやってきた友達を疑うことになる。証拠がないから疑いが陰湿になりますが、無実の場合が意外に多いから深刻です」

「国家権力によってかり集めた徴用工や生徒を、御国の為と称して安い賃金でこき使い、軍人の無智につけこんで粗悪品を造り、その上配給品まで横流しする。これでは戦争が有難くって、神棚に戦争大明神を祭り、朝晩柏手《かしわで》を打っていることでしょう。ペリーが浦賀に来たときの川柳に、「武具馬具屋アメリカ様とそっと言い」というのがありますが、奴等も同じですね」

川棚は軍の工廠だから利潤の観念はなかったが、民間工場に来てみて、そこには人の不幸を食い物にして、肥え太っている者がいることを知った。

新庄の農会で井本の友人は、

「前もって言ってくれてたら、何か用意しておくのだったが、急ではなぁ」

とあちこち探していたが、

「いまここにはこんなものしかないのだ、これで辛抱してくれるか」

と大豆を一升ほど出してくれた。不二夫は内心有難いと思って、井本の顔をそっと見ると、

「それだけあれば当分しのげる、有難う」

彼の気持ちと同じことを言ったのでほっとした。不平など言ってあぶはちとらずになってはと、心配していたのであった。

四キロの道を後生大事《ごしょうだいじ》と持って帰った大豆であるが、これをどうするか二人で相談して、

ほこりのつもりかかった火鉢と炭をとり出して、汗を流しながら火を起こし、紙を*ほうろく代わりにして気長く大豆を煎った。

毎日少しずつ煎って、食料不足の補充にしていたが、それが半分ぐらいになったとき、井本は帰ることになった。


彼の残してくれた大豆のおかげで、何とか工場へ通う元気は出たものの、一人で百五十人の世話は骨が折れた。五年生と三年生では勝手が違う。梅雨前のどんよりしたある朝のことである。生徒を起こして回ったが、疲れが出たのかこの日に限って起きようとしない。不二夫も少しいらいらしていたので、

「支度の出来た者からついて来い」

と言い残して一人で出た。

工場に近づくにしたがって出勤工員が多くなり、ちょっとしたラッシュ状態であった。彼等に混じって門をくぐったとたん、厚い雲を通して飛来音が聞こえた。川棚のときと同じだと、反射的にそばの防空壕にとびこんだ。同時に連続した数発の爆発音が響き、壕が底から揺れ、入口では灰色の空を背景にした雑草が、爆風に激しくそよいでいるのが見え

た。近いなと思う間もなく、工員たちが折り重なるようにとびこんで来たので、不二夫は彼等の下敷きになった。やがてエンジンの音が聞こえ始めたかと思う間もなく、敵機は爆音を残して去った。

それほどたくさん落としたようではないから、心配ないと思って壕から出て歩き始めると、後ろから追い越した工員の話声が耳に入った。

「爆弾は生徒の寄宿舎に落ちて、神都商業は全滅したそうだ」

さあ大変だ。

生徒を残して一人だけ出勤し、もちろん故意で出来ることではないが、生徒を全部死なせて自分だけ生き残ったとあっては、申し訳ないぐらいではすまされない。川棚での日南商業の事故とは規模がちがう。ぞくぞくと出勤して来る工員をかきわけるようにして、心もここになく走った。着いてみると建物が無事なので、ひとまずほっとした。舎内に入ってみるまでもなく、玄関の前にはゲートルをきちんと巻いて、出勤の支度を調《ととの》えた神都商業の生徒が、おびえたようにうろうろしていたので、さらに安心した。

「やられた者は居なかったか」

＊ほうろく＝素焼きの浅い土鍋。穀類や茶などを煎ったり、蒸し焼きにするのに使う。

「誰もやられてはいまっせん」

「みんな無事なのだな」

「はい、そうです」

「怪我をした者も居ないのだな」

「はい、誰も怪我ばしとりまっせん」

ああよかった。デマというものは小さいことを大きく言うのだと思っていたが、軽傷一人なかったのを全滅とはひどすぎる。

「霧島中学の生徒がやられたとです」

横から一人の生徒が言った。

霧島中学は隣の棟だが、そちらへ落ちたのかなと回ってみると建物は無事だったが、神都商業との間の中庭に、生徒の屍体が数個転がっていて、ちぎれた片腕が投げ出されたようにちらばっている。肩から半身べっとり血にまみれた生徒が、うずくまってうめいている。何人かが血に染まって呆然と立っている。出勤のため中庭に整列したところへ落ちたのである。

引率教師はタオル、ゲートル、風呂敷何でも手当たり次第とり出して、負傷者の傷口をしっかりゆわえ、外科医を探しに不案内な町に出た。教師に従う血まみれの生徒を、子供たちがこわいもの見たさに群れをなして後につづいた。

翌朝出勤前、教頭と配属将校が来た。

「ああ、安心しました」

張りつめた気がゆるみ、教頭はまるで体ごと落としたように坐った。

「神都商業全滅という噂が流れて、父兄が大勢学校へ押しかけ、えらい騒ぎでした」

成瀬大佐が話した。川棚のときと同じだが、今度は生徒数が桁違いだから、騒ぎも大きかったことだろう。

「そんな噂が流れるのは、いまになって思えば当然のことです。工場でさえ同じようなデマがとんだのですから。電報でも打てばよかったですね、気がつきませんでした」

「こんなときは電報局も混雑しているから、打っても間に合わないでしょう」

成瀬大佐は諦観《ていかん》しているようだった。

「このごろはどこの職場もそうですが、徴用のがれのために勤めているので、全くやる気のないのばかりです。電報局だって例外ではないでしょうから、いつ着くか知れたものではありません」

教頭がつけ加えた。

その言葉が終わるか終わらないかに爆発音が起こって、三人の体が床から少しばかりはね上げられたように感じた。

「時限爆弾ですよ」

不二夫が説明した。爆弾と時限爆弾を混用して落としたのである。

「昼間はまだよいのです。夜中、ぐっすり眠っているときにやられるとしばらくの間心臓がどきどきして止まりません」

「昼だってどきどきしますよ。あれ、あんなに電灯が揺れている」

教頭は恐怖に顔をひきつらせて、ふるえるような手付きで電灯を指した。なるほど揺れている。夜中は真っ暗で見えなかったが、やはりあんなふうに揺れていたのだろう。

「時限爆弾は音がばかに大きい上に、弾痕《だんこん》も大きいのでおどかされますが、そのわりには被害は大きくないから不思議です」

「不思議ではないのです。爆発の角度が小さいから、上下への力が強く働いて弾痕が深く大きくなるのです。ということは横への力が弱いから、周囲の被害は小さくなります。つまり神経戦用ですね」

成瀬大佐が不二夫の疑問に答えた。

「こんな恐ろしいところは御免です。予定では今日は泊まって、明日帰ることにしていましたが、今日帰ります。夕食後ちょっと挨拶してすぐ帰ります」

教頭は腰を浮かしながら言い、

「成瀬先生はどうなさいますか」

一緒に帰って欲しいという顔付きでつづけた。

「年寄りに日帰りはきついですから、私は予定通り明日にします。時限爆弾はいま言ったように、音が大きいばかりで、被害は恐るるに足りませんし、こんな小さな町に、昨日来てすぐまた今夜とか明日とかいうこともないでしょう。宮崎より安全ですよ」

「理窟はそうでしょうが、夜中にあんなのが、どかんときたら、生きた心地はしません。何が何でも今日帰ります」

気のせいか、彼はふるえているように見えた。

住宅地に時限爆弾が一個落ちるところを見た、という者があらわれたので、そこを中心とした何メートルかの範囲に、縄張りが施されて赤い切れが下げられた。その中に住んでいる人は、家財道具を運び出し、夜は知人の家に泊まったりした。生徒の通勤路がその中を通っているので、毎日の往復は回り道をした。そこは寄宿舎から近かったので、いつ爆発しても驚かないように、不二夫は昼夜休むひまもなく緊張しつづけ、生徒にも戒めていた。

数日が過ぎたが爆発しない。在郷軍人で決死隊を編成し、目撃者の指示によってその場所へ行ってみると、空になったガソリンタンクが捨てられてあった。

避難していた人たちは、一旦運び出した家財をもどしながら、

「持ち出すときは一生懸命でしたから、何とも思いませんでしたが、帰りは重とうして」

とぼやいた。

貴重な大豆が無くなったころ、不二夫の都城勤務は終わった。

不二夫が帰校のための旅行証明書を貰おうと、はじめて事務所に行き、入口に近い女の子に、

「旅行証明書の係はどちらですか」

と尋ねると、いまごろそんなことを知らないのかといった顔付きで、

「宮下少尉殿です」と答えた。

そんな奴は知らないが、少尉というからもしかすると、軍需監督官かも知れない。

「その宮下少尉殿はどこに居られますか」

「あの奥の左隅の方です」

やはりあの軍需監督官だ。野郎奴《やろうめ》、証明書一枚にいたるまで、軍需監督官の御威光の前に頭を下げさせるつもりか。あんな野郎に頭なんか下げてやらないぞと、回れ右をして出ようとすると、

「宮下少尉殿は向こうです」

後ろから女の子の声が追いかけてきた。

「また後で来ます」

宮崎までなら近距離だから、二時間も並べば切符を買えるだろう、一般客の列に並ぶことに決めた。九十九パーセント戦争は敗けと決まっている現在なお、あんな駈け出し少尉を威張り放題にさせている軍だから、もし勝ったらどんなことになるのか、考えただけでも身の毛のよだつ思いがする。アメリカに占領された方がましかも知れない。帝国陸海軍なんか、戦争に敗けて亡んでしまえと叫びたかった。

いまではすっかり珍しくなった学校へ出勤した。留守中宮崎も空襲を受けたことを知らされた。教頭が都城を恐れて倉皇《そうこう》と日帰りをしたつぎの朝ということである。

「ちょうど朝飯を食べているところでした、至近弾が落ちましてね、あのときの恐ろしかったこと、文字通り生きた心地はしませんでした」

そのときの恐ろしさがよみがえったような教頭の話ぶりに、不二夫はおかしさがこみあげてきた。

「笑い事ではありません、家はめりめり傾く、防空壕は目の前にあるのに足はふるえて歩けない、あんな恐ろしい思いをしたのは生まれてはじめてです」

いまひとつ耳にしたニュース。都城で死んだ中学生の遺族が、会社の弔慰金を不満とし、交渉が難航しているということである。現在働いている生徒にさえ、生きるために必要な食べ物を与えない会社が、死んでしまった者に十分なことをするはずがない、おそらく非常識といってよい額だったことだろう。しかし弔慰金というものの性質上、これを不満として交渉する親の心情にも淋しいものを感じた。一億一心の聖戦のかけ声の裏にひそむ冷たい打算を垣間《かいま》見たようである。

不二夫はゆっくり休養をとる間もなく延岡に来た。昨年二か月暮らしたところであるから、なつかしくもあるし、落ち着いた気分になることも出来た。不二夫を待っていたのは勝山と戒能である。前者は一度退職した高齢者だが、人不足のため再度の出馬を願った人である。後者は先般公平を主張した中年教師で働き盛り。勝山も不二夫と同様公平の件で、彼にたいしてよい感じを持ってはいなかった。高齢のため戦時中の長旅はこたえるので、担任の関係もあって、川棚は免除して欲しいと願ったが、口の上手な戒能に押しきられた教頭は、この老教師に川棚行きを命じた。彼はその任務を終えて、不二夫より一足先にここへ来たところであった。苦労人である戒能は如才なく朗らかだったので、不二夫は以前は仲がよかったのである。戦局の悪化にともない生活が苦しくなった頃から、こまかくがめつくなってきた。不二夫は彼のこうした変化を悲しく思った。動員で寝食を共にするようになってからは、もう一度朗らかな彼に戻って仲よくしたいと願ったが、好転しなかった。

ここでの仕事は生徒にとってはまことに楽なもので、ベルトコンベアーで送られてくる、航空機用の機関銃弾に火薬を装填《そうてん》するのである。火薬を扱うといっても、量は極めて少なく、爆発事故でも危険はほとんどない。それでも用心のために、その周囲には覆いがしてあり、装填も機械作業で、生徒は送られてくる一発毎に、覆いの手前にあるハンドルを回すだけである。腰をかけての作業なので、肉体的疲労もあまりなく、女生徒にちょうどよいものであった。

食料もよく、配給をそのまま出していると思えるので、発育盛りの生徒なのに、空腹をうったえることはなかった。もちろん親が心配して、あくまきなど送ることもなく、生徒は精神的にも明るかった。

寄宿舎には寮母がいて、生徒には優しい姉のようによく面倒をみたので、親元から遠く離れたという以外には、不平というほどのものはないようにみえた。川棚は舎監、延岡は寮母、都城には何もなし。寄宿舎の運営についても、三か所で三様のやり方を体験した。

軍需工場であるから、当然軍需監督官は居るのであろうが、一向に姿を見せない。それが海軍だか陸軍だかさえ知らない者がほとんどであった。

神都商業が動員された三か所のうち、一番条件のよいのはこの延岡であろう。しかし会社の立場から考えると、都城のように食料の横流しまでして、生徒の健康や精神の荒廃など気にもかけず、ひたすらがめつく儲けると、業績は向上し、株主は喜び、社長以下役員は賞与をたんまりいただき、その上経営上手と言われて地位は安泰ということになるだろうが、良心的に徴用工や生徒の身を案じていては、結果はその反対になる。聖戦に協力を手ばなしで礼賛出来なくなった。

戒能が大事件といった顔付きで工場から帰って来た。小さな事ですぐ騒ぎたてるのが彼のくせである。

「誰か一人、呉《くれ》まで行って欲しいということです」

やっぱり大したことではない、呉ぐらいどうしたというのだ。

「それは一体会社の用事ですか、それとも学校の用事ですか」

「両方です」

小さなことにもったいをつけて、容易に核心に触れようとしないのもこの男のくせである。

「呉でどんな仕事をするのですか、こんなときには用件を先に言ってくれなければこまりますよ」

「実は……」

さも重大なことを打ちあけるといった口調で話した。

「雷管《らいかん》を至急呉海軍工廠から取り寄せなければならないのですが、このごろのように空襲が激しくては、鉄道はあてになりません。そこでこちらから受け取りに行くのですが、社員を五人では工場が困る。徴用工では監督者が居ない、そこで先生に監督していただいて生徒に、ということになったのです」

「そんなことは私には無理です。辞退させていただきます」

間髪をいれず勝山が言った。戒能は冷たい一瞥《いちべつ》を与え、

「この役目は永井さんですかな」

不二夫は当然自分の仕事と思っていたが、こずるく立ち回る戒能の言いなりにはなりたくなかった。

「なぜ私ですか。遠方への引率はヴェテランの方がよいと思いますがね」

「私は工場で仕事がありますから」

「どんな仕事があるのですか、工場での仕事は三人平等でしょう」

「こんな仕事には二十代の体力が必要なのです。お願いします」

結果はみえているのだから、いやがらせはこの程度にした。

「生徒の監督だけですね」

「そうです」

「呉海軍工廠での交渉など私には出来ませんよ」

「そんなことは一切社員がやってくれます。旅館や乗車券の手配、その他全部社員がしますから、先生は輸送中の生徒の監督だけです」

「その監督も社員がしたらよさそうなものですがね」

「生徒の監督などとんでもないと言うのです。社員には生徒が恐ろしいものに見えるらしいのです」

不二夫には呉海軍工廠での交渉は到底出来ない仕事であるが、社員には生徒の引率が無理という。こんなのを商いは道によって賢しと言うのであろうか。

「生徒の人選はどうしますか」

「もうしてあります。脱線しないような消極的な性格の子を選んでおきました」


梅雨前のむし暑い夜、社員と不二夫と生徒五名の計七名は、寄宿舎の玄関前に集合して、灯火管制下の暗い街を駅へ向かった。

真っ暗な駅に着いた。当然公用窓口で切符を買うものと思ったが、社員はまっすぐに改札口へ進んだ。変だなと思いながら後について行くと、七枚の切符を出して改札係に切らせた。なるほど文字通り生徒の監督だけだなと楽な気持ちになった。暗い車内は満員で、七人は離ればなれにやっと通路に坐る場所を見つけた。

真夜中小倉で呉線直通列車に乗り換えた。関門トンネルが開通したとき一日一本でよいから日豊線直通列車を通して欲しいと、大分県宮崎県の市長たちが、揃って上京陳情したが効果はなかった。乗り換えた列車も満員で、七人とも座席はなかった。

呉に着いたときは短い夜はすっかり明けて、真紅の太陽が屋並《やなみ》の上に顔を出していた。社員に従って市電に乗り、工場の長い塀に沿ってしばらく歩き、大きな旅館の前で止まった。呉の町では中の上か、上の下ぐらいであろう。生徒の一人が驚いたように見上げて、

「大きか旅館たい」とつぶやいた。

「私はこの足で工廠へ行きますから、貴方たちは今日はゆっくりここで休んでいて下さい」

玄関でそう言った社員は、靴も脱がずに出て行った。通された部屋は不二夫と社員の二人用で、生徒五名は隣室であった。障子を開け放ち、朝の涼しい空気を部屋いっぱいに入

れて、女中の運んできたお茶をひと口飲んだときは、久し振りで人間の生活をとり返したような気持ちになり、同時にこれからさき、いつになったらふたたびこんな生活が出来るようになるかと、心細い気にもなった。

満員列車での寝不足を補うために、昼寝などして無為に時間をつぶしながら、日の暮れるのを待った。生徒の部屋からは時折ひそひそと話す声が聞こえるだけで、少し静かすぎると意外に感じたほどであった。彼等も久し振りでゆっくり休養をとっているのであろう。女中が夕食を運んで来て、社員は帰りは夜になるという連絡があったと告げたので、不二夫は一人で夕食をすませた。

中庭を隔てた向こう側の離れを見下ろすと、海軍の若い将校たちが宴会をしている。静かだったのはしばしの間で、やがて本番の乱痴気《らんちき》騒ぎになった。戦争には負けてばかりいるくせに、宴会の方は大層豪勢にやっているなと思っていると、隣の部屋から、

「海軍さんは景気のよかたい」

という声が聞こえた。生徒でも動員以来の自分たちの労働と、軍の横暴とを比較して、内心おだやかならぬものがあったのであろうか、それとも将来軍人になってあんなにしたいと思っているのか。かなり遅くなって社員が帰って来た。

暑くならないうちに必要な用事はすませてしまおうと、早目に宿を出た。工廠に着くと、歩哨に申告して門を通り、下士官集会所のようなところで待たされた。昼食の時刻になったので、下士官食堂で食事をとった。それからまたしばらく待っていると、社員が数人の工員に荷物を運ばせて来た。中型のトランクぐらいの大きさであったが、重そうに見えた。一人が二個ずつ持つように十個あった。一個が十五キロあるそうだ。雷管は非常に小さいもので、一個が一グラムの何分の一かであろうと思われるのだが、それを百五十キロとは大変な数だ。市電の停留所で社員が、

「帰りは別府まで船にしよう」と言うと、川崎という生徒が、

「船は恐ろしいから、汽車がよかです」と即座に反対した。

「なぜ恐ろしいんだ」社員が不思議そうに訊いた。

「船は沈むとです」

「船というものは沈まないように造ってあるのだ。第一、船だったら足を伸ばして寝られるから楽だよ」

笑いながら言ったが、川崎は驚いて、

「そぎゃん大きか船のあるとですか」

と訊き返したので、六人は思いきり笑いころげた。

「見ればわかる、さあ行こう」

社員は生徒たちを促して、ちょうど着いた埠頭行の電車に乗りこんだので、川崎も不承不承後につづいた。

埠頭の近くで、工廠から持参した夕食をとり、ここも灯火管制で真っ暗になっている桟橋へ出た。

「ボーッ」

時局とはまるきりかけ離れた長閑な汽笛を鳴らして、船がひょっくりと近くに姿をあらわした。これも船室の灯が外へ洩れないようにしてあるので、よほど近づかなければ見えないのである。桟橋に接近しエンジンの音が止まったので、客はこのごろの旅行風景のひとつになっている、野暮ったい大きな荷物を、提げたりかついだりしてデッキに出た。皆が桟橋の側に寄ったので船が少し傾いた。おさだまりの着船風景であるが、川崎は恐怖の色を浮かべて、

「あれ、あんなに傾いている。この船は危なかです」

荷物を両手にじりじりと後じさりした。

「あの程度傾いたぐらいで船はびくともしやせん、島国の人間がそんなことでどうするんだ」

笑いながら促したが、そんな言葉は耳に入らぬように、彼の顔は硬《こわ》ばっていた。

不二夫が最も心配したのは、乗船と下船のときのことである。乗るとき荷物を海中へ落としたらおしまいだ。汽車なら拾うことも出来るが、これが船に乗る唯ひとつの不安であった。舷側《げんそく》をまたぐ生徒の一人一人について、不二夫と社員が両側から荷物に手を添えた。乗ってしまったらもう安心だ、船が沈んで荷物が失くなるのは我々の責任ではないと、ゆっくり足を伸ばして三等船室に坐った。客は思ったより少なく、汽車とは比較にならぬ楽な旅が出来た。この後、大分から汽車である。それでも川崎は落ち着かぬ顔で、いつまでも船室を見回していた。

深夜大きな物音とともに、寝ていた体が少しばかりはね上げられたような気がして目が覚めた。不二夫は瞬間機雷だと思った。機雷だからといって必ず沈むとは限らないが、一応沈む覚悟はしておかなければならない。沈み始めたらすぐとびこむために、窓だけは開けておこうとしたが、老朽船の窓はたてつけの悪い家のように、彼の力ではびくともしない。はじめは万一に備えて、ひとまず開けておこうとしたのだが、開かないということになるとどうしても開けておかなければならないという気になってあせる。あせるから開かないのかも知れないが、不二夫はますますあせった。生徒だけは何とかして助けなければならない。川崎はあんなに船を恐れるところから想像すると、泳げないにちがいない。他にも泳げない生徒が居るかしら。一人なら連れて泳ぐ自信はあるが二人では駄目だ。荷物の雷管はもちろん大切なものだが、十五キロもある金属製品を持っては泳げない。自分の責任は生徒だけだと、気はあせりながらも、ひとまずそんなふうに割りきった。がたがたやっているうちに、どうやら沈没はまぬがれるらしいという見込みがついた。窓を開けることをあきらめて坐り直すと、生きた心地はないといった生徒の顔と、同じように緊張した社員の顔が目の前にあった。自分もおそらくそんな顔をしていたのであろう。

窓の外で何やらののしり騒ぐ声がする。それはいま始まったものなのか、それともいままでは逆上していたので、聞こえなかったのかわからない。不二夫がすかして見ると、船室の電灯が暗いおかげで、外の景色がぼんやり星明かりで見える。窓の外にくっついていた船が徐々に離れてゆき、「馬鹿野郎」と胴間声《どうまごえ》でどなるのが聞こえた。衝突だったのだ。川崎はぐったりと虚脱したようになって、いまにも泣き出しそうな声で、つぶやくように言った。

「だから船はおじいとです」*

不二夫の延岡勤務があと一日というとき、勝山、戒能両名が帰校した。二人の帰った後不二夫は職員室で一人、窓から田植を見ていた。日露戦争のころの明治天皇御製《ぎょせい》にある、「子等はみないくさの庭に出ではてて、おきなや一人山田守るらん」という風景そのままで、そこには若者の姿はなく、大部分が女性でその中に老人が少し混じっていた。徴兵前の少年は徴用工としてとられたのであろう、何ともわびしい風景である。こうして植えた稲を、果たして刈り取ることが出来るであろうか。空襲なら田圃《たんぼ》の被害は多寡《たか》が知れているが、地上戦、つまり敵軍上陸となると、作物は踏み荒されて全滅ということになるだろう。せっかくの田植が骨折り損になるかも知れないということを知らないのか、もしくは承知の上での博打《ばくち》か。

ただよい始めた夕もやを眺めて、夕食の時間が近づいたなと思っていると、三組の尾上松幸が入って来た。

「先生、父が今晩神都商業の生徒を、芝居に招待したいと言うとりますが、よかでしょうか」

　彼の父はこの地方の農村を巡業して、人気を博している尾上菊十郎で、珍しくこの日から市部で公演することになったのである。松幸は一人息子で、両親の巡業中は祖父母に預けられていた。

　生徒が娯楽から隔離されてちょうど一年、四年生になって間もなく動員され、いまは五年生ということになっている。教科書も買わず授業も受けないが、れっきとした五年生である。この一年は生徒にとって随分長かったことであろう。あまり高級な芝居とは思えないが、ここで娯楽を与えるのもよいだろうと、不二夫は独断で決めた。

「それは有難い申し出だ。見せていただくことにするとして、何時からだ」

「父も是非にと言うとりました。夕食がすんですぐ行きます」

「それでは寮母さんにたのんで、夕食を早くするように言ってくれ」

「もう言いました」

「随分手廻《てまわ》しがいいね、仕事もそんなふうにしろよ」

「すみません」

＊おじい＝おそろしい

と言う声もそこそこに彼は立ち去った。

劇場では二階正面に、神都商業用の席が確保してあった。芝居はいかにも農村向けらしく、*股旅物《またたびもの》あり、悲劇あり、舞踊ありでバラエティに富んでいたが、中でも好評だったのは幼女の舞踊で、客席からはおばちゃんたちの、

「まあ可愛い」「まあ可愛い」

という感嘆の声が絶えなかった。

寄宿舎から劇場まで二キロ余りあった。引率教師は一人でも、号令はかけなくても、往復ともに級長の指揮で、百余人が整然と行進した。寄宿舎に帰ったのは十二時近くであった。少し遅くなったようだ、これでは明日の仕事に差し支えることになりはしないかと思っていると、尾上松幸を先頭に、各クラスの級長副級長と七人が、どやどやと入って来た。

「先生、明日もつづきば見たかですから、お願いします」

松幸を除く六人が言葉を揃えて、畳に手をつき、丁重に頭を下げた。

「父もそぎゃん言うとります。是非お願いします」

松幸が言葉を添えて頭を下げた。うまく打ち合わせをして来たなと思った。股旅物が「つぎは明晩のおたのしみ」ということで終わったのを言っているのである。

「今日一日でさえ睡眠不足になって、明日の仕事に差し支えるのではないかと心配しているのに、二日もつづけては駄目だ」

と不二夫は一応断固反対しておいた。

「仕事は事故のなかごと一生懸命やりますから、お願いします。皆つづきば見たかと言うとります」

運よく引率教師が一人になったから、ここで代表を七人と大勢にして、数で押しきろうという作戦である。

この日の芝居見物を簡単に許したことを、不二夫は後悔した。この日はぐずぐずと反対しておいて、それほど言うなら今日一日だけとすればよかったのだ。こんなときに土橋だったらうまくやっただろうに、まだ修業が足りないと反省した。まさか「つぎは明晩のおたのしみ」という芝居だとは思わなかった。生徒はそこのところを口実にして、明日もまた、「つぎは明晩」となるのを期待していることは明らかである。仕方がない、明日の分をしっかり反対しておいて、ぎりぎりのところで、「ではもう一日だけ」ということにしよう。二日つづけての夜更かしには多少の不安はあったが、そこのところはくどく念を押

＊股旅物＝各地を渡り歩く博徒・侠客を主人公とした時代劇・小説など。

すことにして、一日だけ譲歩する決心をした。

「二日つづきは絶対駄目だ」

「明日もう一日だけでよかです。お願いします」

「それほど言うなら、明日の昼ゆっくり考えてみるが、まず駄目だと思っておけ」

七人はしおしおと引き上げた。


真夜中ただならぬ物音に不二夫は目を覚ました。生徒の声が聞こえる。それも少なくない人数だ。足音も聞こえる。夜中のはずだが、一体何をしているのだろう。一言「空襲」と言った者がある。かすかだが爆音らしいものが聞こえる。

大変だ。

不二夫は素早くとび起きて着替えた。電灯がつかなくなったときに備えて、暗い中でも着替えが出来るように、枕元に順に並べて置いてある。廊下に出てみると、大勢の生徒が窓から外を指したり騒いでいて、かなりはっきり爆音が聞こえる。空中に花火のようなものが散った。

「わあーっ、きれいだ」

数人の生徒が手をたたいて喜んだ。

「馬鹿野郎、すぐ待避しろ」

生徒は活でも入れられたように跳び上がり、一目散に階段に殺到した。

花火は徐々に数を増したかと思うと、しばらく空中にとどまっていたが、雨の降るように落ち始め、間もなく町のあちこちで火の手が上がった。炎の拡がるのは速かった。あっという間に方々の炎がつながって、町全体が大きな火のかたまりになって燃え上がり、その先は梅雨雲に反射し、雲はさらに田植のすんだばかりの水面に、その真紅の色彩を映したので、天地が真っ赤になってしまった。

去来する爆音と、町の燃える音と、人々の阿鼻叫喚《あびきょうかん》とがひとつの巨大な音塊《おんかい》となって、怒濤《どとう》のように鼓膜に押し寄せて来る。暴君ネロの見た光景もこれには一歩を譲るであろう。木と紙で作った家を、薬品を使って焼くのだから、炎は荒れ狂うような勢いであった。

不二夫は呆然と眺めていたが、ふと我に帰って周囲を見回すと、全員待避したらしく、生徒は一人も居なくなっていた。それでも念のためにと、各部屋を見て回ったが残っている者は居なかった。

幸い工場も寄宿舎も、町から離れた田圃の中だったから、心配なのは直撃弾だけで、類焼のおそれはなかった。不二夫はゆっくりと防空壕へ向かった。

どの防空壕も、生徒が上半身やら頭だけを出して、騒ぎながら燃えさかる町を見ている。

「危ないから入れ」

とどなるとあわてて入るが、三十秒もたたない間に、またのこのこと頭を出したりする。

「直撃弾が落ちてくる危険があるから入れ。敵機は雲の上だから見えないが、いつも自分たちの上に居ると思え」

と言うとまたすぐ引っこむ。

「物置が燃えている」

という声が聞こえた。数人の生徒がとび出そうとしたのを、不二夫は押しとどめ、

「絶対出るな」

と言って物置へ向かって数歩進んだとき、何人かの生徒が追い越して走った。

焼夷弾のひとつが物置に命中し、不二夫が着いたときは完全に炎に包まれて、手のつけようはなくなっていた。社員や工員が会社のポンプで注水しているが、こうなってはもう助けることは出来ない。不二夫は不用意に手伝ったが、間もなく熱さに耐えられなくなった。独立の建物であるから類焼のおそれがないので気楽でもあり、身支度のない消火は無

理とわかったので、あきらめて現場を離れた。

こんなとき誰がつけたのかラジオが聞こえてきた。時を同じくして岡山と佐世保が空襲を受けているという。

「岡山市民よ頑張れ。佐世保市民よ頑張れ」

としきりに激励しているが、「延岡市民よ頑張れ」という呼びかけは、ついに聞かれなかった。人口が二桁の町だけ声援して、一桁は放っておくのかと憤慨する者も居た。

町の方を見ると、その間にどのくらいの時間が経過したのか、夢中になっていたのでわからないが、爆音は聞こえなくなり、人々の声もひびいて来なくなっていた。炎は音が弱っただけでなく、尖端《せんたん》が黒ずんで勢いがなく、真紅になっていた梅雨雲も色あせていた。田圃も水の色をとり戻し、やがて蛙の鳴声が聞こえ始めると、急にうら悲しい気持ちに襲われた。寝巻きのままでとび出した生徒が多く、彼等は一様に寒さのため歯の根も合わずふるえていた。

「夜明けは寒くなるのだから、今度からはちゃんと洋服に着替えて出ろよ。これからも度々あると思うから忘れるな」

「よくわかりました。もう室内に入ってよかですか」

「爆音が聞こえなくなったからよいだろう。入れ」

生徒は雪崩のように走りこんだ。洋服に着替えた者も寒かったにちがいない。不二夫も火事場のほてりがさめると、急に寒さが身にしみてきた。


夜がすっかり明けたころ、昨夜の恐怖がまだ消えぬといった顔で寮母が出勤して来て、大変な目にあったと一部始終を語った。

「焼夷弾が方々へ落ちて、家も私たちも焼かれるかと思いましたので、娘と一緒に五ヶ瀬川に入って、首までとっぷりつかり、しっかり娘を抱きしめていました。飛行機の音や大勢の人の叫び声やらで、頭ががんがん鳴るようでした。河の両岸は火の海で、水の上に出している私たちの首が焼けるのではないかと思われるほどでした。そんなにしているとき、背中をくっつけ合っていた男の人が、知らない人でしたが、急に力が無くなったかと思うと、ぽっかり流れ始めたのです。たぶん直撃弾を受けたのでしょう。それを見たらもう恐ろしくて恐ろしくて、生きた心地はしませんでした」

とその場の情景を思い出して身震いした。このやさしい寮母が、子持ちの未亡人であることをこのとき知った。

「そんな目に遭いましたが、不幸中の幸いとも言えることは、私の家の付近だけが、わずかに焼け残ったことです。ああ嬉しいと思ったのですが、喜んでばかりは居られませんでした。何か悪いことでもしたように、また不当なことでもしたように、近所の人から随分嫌味を言われました。焼け出された人が、古トタンなど集めて、当座の雨露を凌ぐものを作っているのを見ますと、気の毒だとは思いますが、私の家が残ったのは偶然でしかないのです」

「そんなところで島国根性を丸出しにして、ただささえ暮らしにくい戦時下を、ますます住みにくいものにしてゆくのですね」

「国民をこんなにしてまで、戦争はつづけねばならないものなのでしょうか」

「全くです。困ったことになりました」

「戦争はまだまだつづくのでしょうか」

「軍部の面目にかけて容易に降伏はしないでしょう。軍部の面目のためなら国民なんかどうなってもかまわないのです。一億玉砕は現実的ではありませんが、本気でそんなことを考えているようです」

「おそろしいことです」

敵軍が上陸して来たら、この人たちはどうなるのだろう。自分だけが逃げ出そうと考えている不二夫は、申し訳ないエゴイストのように思えたが、他に何が出来るというのか。

話しているところへ、松幸が思いつめた表情で入って来て、

「今日工場ば休んで、両親の様子ば見に行ってよかですか」

と、おそるおそる尋ねた。

「よい、早く見に行け」

という言葉と同時に彼はとび出した。入れちがいに交代の田宮教諭と白川教諭が来た。

「教頭が見舞いと父兄への報告のために来なければならないのですが、今日永井先生が帰られるから、父兄への報告は先生からお願いしたいということです」

二人を待って不二夫は帰る予定であったが、報告の資料にもと焼け跡を見に町へ出た。

寄宿舎に居ては何もわからなかったが、惨状に思わず息をのんだ。地方小都市とは言え、町が全部焼け跡になり、ところどころ焼け残りの電柱や柱が立っていて、いたるところ煙がぶすぶすと上がっている。小さな炎のゆらめいているところもあった。うろ覚えの道を進みかけたが、焼け跡を渡って来る熱風に思わず顔をそむけた。銀行が天幕を張った仮営業所で営業している。被災者らしい人が何人か預金を引き出していた。不二夫は銀行マン

のたくましさに敬服すると同時に、銀行が営業しているぐらいだから、進めないことはないと二、三百メートル行ったが、熱さに耐えかねて引き返した。ほんの端を少しだけ見たのだが、無事な家は一軒も見えなかった。家の残った人は、本当に幸運なひとにぎりと言うべきであろう。焼け跡を見て近代戦の恐ろしさを知らされた。

不二夫が寄宿舎で、交代の二人に挨拶して、玄関を出ようとしたところへ、尾上松幸がいまにも泣き出しそうな顔をして帰って来た。

「お父さんたちは無事だったか」

「わからんとです」

「見舞いに行ったのではなかったのか」

「劇場のあったところまで行ったとですが、焼けてしもうて誰も居りまっせんでした」

「劇場まで行ったのか」

不二夫は二、三百メートルで熱さに閉口して帰ったのに、松幸は田圃道を除いて二キロ近くあるあの熱い道を、親を探して往復したのか。

「御両親は元気盛りだから、逃げ遅れたりはしない。劇場も大道具小道具衣裳まで焼けてしまって、これからの公演はさぞ大変だろう。そんな手当てが一段落したら、必ず連絡があるにちがいないから、それまで待て。心配だろうが、こちらから探したくても心当たりはないのだろう」

一か月の勤務を終えた不二夫を待っていた学校の空気は、決して快いものではなかった。呉に出張した手当てが小切手で百五十円、学校へ送られて来ていた。交通費、宿泊料はもちろん、食事代、市電の料金にいたるまで、社員が七人分まとめて払ったので、不二夫も生徒も現金支出は一銭もなかった。不二夫の二か月分の給料に相当する額が、全部手当てとして収入になるわけである。戒能がそれについて、不二夫一人で受け取るべきではない、残った二人は彼の留守中の仕事を引き受けてしたのだから、三人で分配すべきであると、主張したのである。

「永井さん、戒能さんがそのように言うのですから、如何《いかが》ですか、ここのところは穏便に三人で分配、ということにしていただけないでしょうか」

金額を聞かされたとき、不二夫は驚いたのである。会社というところは、あれだけの出張でこんなにくれるのか。その三分の一でも十分過ぎると思ったが、ちょっとひっかかるものがあって、素直に承諾出来なかった。出張手当てを留守番の者と等分にしろというのも筋が通らないが、そんなことよりも人選のとき、不二夫に強引に押しつけたのは戒能である。不二夫は別にむずかしい仕事とも思わなかったし、一番若かったから反対はしなかったのだが、仕事は人に押しつけておいて、手当ては分けろという身勝手さに反撥《はんぱつ》を感じた。手当てがこんなに出ることを、戒能は知らなかったのだ。そうでなかったら人を押しのけてでも、自分が行っただろう。

「出張手当てを留守番をした者に分けるなんて、そんなことは一般の習慣にはありません」

「会社や役所の出張とちがって、今度の場合残った二人で、三人分の仕事をしていたのですよ。その分の手当ては当然ではありませんか」

手当てを分けろと言いだすほどの人間だ、引き下がる気配は見えない。

「学校での授業とちがって、一人分とか二人分とか、仕事の分量がはっきり決まっているわけではない、あんな仕事は一人でだって出来る」

「では我々は一人で出来る仕事を、二人でやっていたと言うのか」

「そうです。私が一人のときたまたま空襲がありましたが、百人余りの生徒を一人の事故もなく避難させました。都城でも、川棚でも、空襲のときは私一人だった。立場をかえて、出張中事故があった場合、留守番の人も責任を分担しますか」

「まあまあ、二人とも落ち着いて下さい。金のことでいがみ合うのは見苦しいです。勝山先生の御意見は如何ですか、先生は当事者の一人でもあるし、長老としてのお考えもおありでしょうから」

教頭は勝山に助けを求めた。

「出張の話があったとき、私は老齢という理由で辞退したのですから、手当てについて口出しする資格はありません、辞退が当然です。教頭の命令があってもいただきません」

勝山は公平の件で、戒能にふくむところがあったから強硬である。戒能もその気持ちを察知して、

「要らないならそれでいいよ、二人で分けるだけだ」

と強い姿勢をくずさなかった。

「ちょっと待って下さい、それは困る。同じように留守を預かって、一人は手当ての配分を受け、一人は辞退では、より不合理なことになります」

教頭はおろおろと言った。

「要らないと言う者に、無理をして押しつけることはないでしょう」

「押しつけても絶対に受け取りません」

平素温厚な勝山が依古地《いこじ》になったので、教頭は頭が痛いと言ってふさぎこんだ。

「成瀬先生、どうしたらよろしいでしょうか」

成瀬大佐は仕事の手を止めて、ふり向いた。

「はじめからよく聞いていませんでしたが、金額はいくらですか」

「百五十円です」

「なんだそれっぽちですか、私は余程の大金かと思っていました。その程度の金で大の男がぐずぐず言うものではありません、永井先生貰っておきなさい」

鶴の一声で一件は落着した。


学校より川棚の方がよほど楽しい。教頭に願って、予定より数日前に出発することにした。朝早く起きて、乗車券を買うために、交通公社のある秋田屋デパートの入口に、開店前から並んだ。この頃になると、公用乗車券でも並ばなければ入手出来なくなっていた。前には十人ぐらいしか居ないから大丈夫と、安心して短い列の後ろについて待った。やがて列は長くなり、後ろの人は買えないかと思われるほどになった。間もなく開店というと

きになって警官が来て、

「甘橿宮殿下がお通りになるから、お目ざわりにならないところへ散れ。このような見苦しいものがお目にとまっては恐れ多い」

と言ったが、せっかく長時間並んだのにと、人々は聞こえない振りをして、動こうとはしなかった。警官は業をにやして、

「当局の命令がきけないのか」

とどなったので、皆は小声で不平を言いながらあちこちの小路に入った。

古ぼけて薄よごれたものしかないと思われた戦時下に、これはめずらしい目を見張るようなぴかぴかの車が、あっという間に目の前を走って行った。小路からとび出した人たちは、我がちにと並んだので、前の順とは関係なく、不二夫は後の方になり、この日の乗車券は買えなかった。


不二夫が川棚に着いたのは、邪魔になっていた梅雨雲が取り払われて、満を持していた太陽が、今年も精一杯サービスしてやるぞと言わぬばかりに、その有り余るエネルギーを、地上一面に撒きちらし始めた頃であった。留守をしていた二か月半の間に、川棚は大きく

変わっていた。相つぐ空襲情報に追い立てられて、工場疎開が大きく進み、緑に覆われていた丘は、無残にも表皮をはぎとられ、広範囲にわたって黄色い地肌をむき出しにしている姿が痛々しかった。丘にトンネルを掘って、その中に工場を移したので、トンネル工場と呼んでいたが、これらの作られた金木郷は地形が複雑で、小さな丘がいくつも群れをなしている。この丘に二本、あの丘に三本と、トンネルを掘ったので、一大横穴住居群といった感じであった。鍛造は大きな鎔鉱炉を持っているので、トンネルの中に入ることが出来ず、ひとつだけ旧工場に残った。

疎開前は目標の月百発に到達していたのだが、疎開で作業能率が低下したため、またもとの六十発に戻った。この金木工場は、関所のような木の門まで、寄宿舎から旧工場の前を通って、さらに二キロあり、そこからトンネルが、奥まで延々と一キロぐらい並んでいる。門の内側に事務所や教員控室があるが、それらはまるで飯場のような急造のバラックだったから、落ち着きがなく、その上暑かったので、教師たちは涼しいトンネル工場の方を好み、教員控室は人影も見えないくらいで、テーブルの上には方々に投げ捨てられたように転がっている茶碗の底に、飲み残した茶が少しばかり溜まっているとか、黄色くなって乾いているとか、まことにわびしい光景であった。

不二夫は毎日往復八キロないし十キロの暑い道を歩いて、数人の生徒の仕事を見て回った。他校の教師とも技術将校とも逢う機会が少なくなり、淋しい生活になったが、それでも陰鬱《いんうつ》な学校勤務よりは、敵軍上陸のおそれは別として、それでもまだましと思った。生徒がすっかり工員になってしまって、通勤距離が倍になっても一言も不平を言わず、工場の仕事を自分に与えられた当然の任務のように、黙々と働いているのと同じに、不二夫も工場の監督が身についてしまったようであった。

旧工場の教員控室の空気もすっかり変わっていた。工場の大半が金木に移転した関係もあって、控室には数名の教師が所在なさそうに腰掛けているだけだった。つい数か月前の北川殴打事件で団結したときの熱気は、もうどこにも見られなくなっていて、新しい学校が動員されて知らない顔が増えたせいもあるのだろう、お互いの間が何か白々しいものになっていた。工場からの電話もかからなくなり、教師は本を読んだり編物をしたりしていて、まるで田舎の船の待合室か何かのような感じであった。

食堂も大きく変わっていた。主食には豆粕が混入され、副食は寄宿舎と同じ程度のものになっていた。高等官食堂は有名無実のものになっていたが、これでよいと不二夫は思った。以前のように御馳走があっては、また学校で不公平の声が起こって、延岡や都城へ回される機会が多くなるおそれがある。質の落ちたせいばかりではなく、大半が金木へ移った関係もあって、高等官食堂で食事をとる教師の数が大幅に減少し、ここも淋しいものになった。

玄海高女の生徒が新しく当工廠に動員されて来た。新しく来た生徒は、例外なしと言ってよいぐらい、間接ではあるが戦争に協力出来る喜びや、うんと仕事に励んで、お役に立ちたいという意気ごみで、張りきっているものだが、この生徒たちは意気銷沈《しょうちん》、屠所《としょ》へひかれる小羊そのもの、いやでいやでたまらないところへ、無理矢理引き出されて行くといった恰好であった。不二夫はその異様さに驚いて引率教師にそっと尋ねた。

彼女たちは大村海軍工廠から転配になって来たのである。大村では飛行機を作っていたが、先日の空襲で工場は操業不能になった。

屋外に並べてある出来たばかりの飛行機に、敵機が機銃弾を浴びせる。

「私たちの作った飛行機が燃える」

と生徒たちは泣き叫びながら、押し止めようとする教師の手を振りきって走り出し、飛行機を格納庫に入れようとしたが、か弱い彼女たちの力では、飛行機はほんの申し訳ほどしか動かない。旋廻《せんかい》して来た敵機がふたたび機銃掃射をしたので、数人の生徒が藁人形でも放るように投げ出された。

そのようにして何人かの友人を失った生徒は、すっかり厭戦的になってしまって、逃げて帰りたい気持ちであったが、強大な権力によって、ここまで引きずり出されて来たのである。ひと昔前の恐慌時代、貧農の娘が身売りをするときの姿も、こんなであっただろうと思われた。引率教師も、「戦争はもう御免だ」と暗然としていた。


自慢の熱もようやく衰え、西の丘に落ちかかっている太陽を眺めながら、不二夫が寄宿舎に向かっていると、後ろから自転車で追いついた技術将校が声をかけた。

「先生しばらくですね」

「神田大尉殿ですか、しばらくです」

「毎日暑いことですね、もう一年になりますか」

「やがて一年です。ところで神田大尉殿」

不二夫はこの機会を利用して、敵軍上陸のことを尋ねてみる気になった。相手はものわかりのよい神田大尉だが、ことがことだけに表現には極力注意しなければならない。

「沖縄が陥落して日も経ちましたが、さすがに本土となると、アメリカも手出しが出来ないようですね」

「なあに、あわてないだけですよ」

「それはどういう意味ですか」

「どうせ勝つと決まった戦争だから、あわてることはない。十分過ぎるほどの準備をして、安全に勝とうとしているのです」

「勝つと決まったものを安全に勝つとは、一体どういうことですか」

「安全に勝つという考え方が、日本人、と言っても陸軍にはないのです。一番乗りをしよう、自分の手柄にしようと、部隊長は部隊長の立場から、兵卒は兵卒の立場からあせるのです。ところが陸軍の首脳はそれを容認しているだけでなく、「ラジオニュースで聞かすから待ってて下さいお母さん」という歌を流行らせたりして、まるで奨励しているみたいです。その結果、作戦の統一は破れ、無益な犠牲者を出すばかりで効果はないということになります。そのよい例が徐州会戦でした。敵の大軍を見事包囲したまではよかったのですが、部隊長の一番乗り競争から、包囲の輪が方々で切れて、その間隙《かんげき》から袋の鼠は逃げてしまったのです。佐佐木高綱時代の頭で、近代戦を戦っているのですから、馬鹿げた話です」

徐州会戦がそんなことだったとは知らなかった。

「戦争というのは大抵そんなものではないのですか」

「とんでもないこと、それは世界中で日本の陸軍だけで、海軍はそんなことはしませんよ。艦隊で戦争をするのですから、一艦だけ突出したら、敵の餌食になるだけです、自殺行為ですよ。そこでアメリカの作戦ですが、弾薬食料を余るほど用意しておいて、艦砲射撃と空爆で徹底的にたたいておき、地上部隊は何もしなくても進めるほどにしてから、上陸作戦にかかるのです。弾薬は惜しみなく使い、兵の犠牲は一人でも惜しむという方針です。いま艦艇や航空機の整備、弾薬食料の補充をしているところです」

「その準備にはどのくらいかかる見込みですか」

これが彼の本当に訊きたいことであった。

「大きな作戦ですから、時間がかかります。準備完了して行動を起こすのは、涼しくなる頃、いやなってからではないかと私は思っています」

「いくら物量を揃えても、本土決戦とあれば、皇軍は何としてでも撃退するでしょう」

不二夫は心にもないことを言った。

「いえ、不可能です」

何とはっきり言う人だろう。相手がそう言ったからといって、うかつに相槌をうったりすると、あとがおそろしいことになるかも知れない。顔色をうかがいながら、

「不可能なのですか」

と問い返した。

「海外に植民地をたくさんもっている国は別として、本国だけに限って言えば、日本は世界一長い海岸線を持っているのです」

「なるほど」

不二夫は素早く世界地図を頭に描いてみた、全くその通りだ。

「この長い海岸線の全部に、軍隊を配備することは出来ません。敵はどこからでも、手薄なところを選んでやって来ます。つまり日本は、本土防衛が出来ないように作られた国なのです」

川棚の高射砲に弾丸がなくなっているぐらいだから、敵軍が上陸して来たらもう駄目ということは、不二夫もよく承知しているので、神田大尉の話には驚かなかったが、他に二つの点で大きな衝撃を受けた。その一つは兵の犠牲を惜しむ軍隊があるということで、そ

れは彼の知識の中には無いものだった。古い言葉に「一将功成りて万骨枯る」というのがある。世の戦争はすべてこうなのだと思っていた。戦争は支配階級のためにあるので、悠久の大義とか天壌無窮《てんじょうむきゅう》の皇運などという、正体不明の美辞麗句は、愚民を駆りたてるための手段にすぎない。奴等は庶民の命なんか、なんとも思ってやしない、たくさん死なせて喜んでいるみたいだ。犠牲者がたくさん出たら、「壮烈鬼神も泣く」と言って感激し、犠牲者を出さないで勝てば、敵が弱かったのだろうと言う。軍歌もそうだ。「明日は死ぬぞと決めた夜は」とか「今度会う日は来年四月、靖国神社の花の下」と戦死に期限をつけたり、また「死んで帰れとはげまされ」とか「こんな立派なお社に、神と祀《まつ》られ勿体なや、母は泣きます嬉し泣き」と戦争の目的は戦死であって、勝つことは二の次のようになっている。その戦死も、下級将校以下を対象にしていて、将官クラスのことは考慮に入れてない。そんな不合理な軍隊に、内心反撥してはいたが、軍隊とはそんなもの、戦争とはそんなものとあきらめていた。そこへはからずも、犠牲者を惜しむ軍隊があると聞かされて、目を開かれた思いがした。

そして二つめは、本土決戦が秋にのびたことである。そんなにゆっくり手堅くやって来るとは思わなかった。日本人の頭で考えたから誤算が生じたのだ。秋には川棚勤務が終わって、延岡と都城へもう一度行っているのではないだろうか。そうならないために、小心者の教頭に小細工をして、その頃川棚に居るようにしなければならない。命をながらえるということはむずかしいものである。

殺風景な寄宿舎にも、夜は快い夏の風が吹いてくる。不二夫は灯火管制なんて面倒な上に暑苦しいからと、電灯を消してきらめく星を眺めた。ほとんどの部屋は消しているらしい。戦争が苛烈になって、生活物資が何もかもなくなり、原始生活にかえると、自然がひときわ身近なものに感じられる。星もそのひとつで、戦争が激しくなって一段と美しくなり、光につやが出た。

不知火中学に風変わりな教師が居た。天文学が大好きというより、そのために生きていると言った方がよいぐらいで、晴れてさえいれば、どんな寒いときでも、ほとんど徹夜で観測しているという。疲れて夜の観測の妨げになってはいけないと、昼間は教員控室の片隅に腰掛けたまま目をつむって、終日読書も雑談もせず、ひたすらエネルギーを貯えていた。新しい星をいくつか発見して、スウェーデンの学会から二回表彰されたという。二十年にわたる詳細な観測日誌を風呂敷包みにして、空襲警報が発令になると、それを最優先に持って逃げた。大山という姓だが、不知火中学の教師は、「天文さん」と呼んでいた。

どうした風の吹きまわしか、人もまばらな旧工場の教員控室で、「天文さん」が不二夫に天文学の初歩について話した。この方面の知識の全くなかった彼は、聞くことすべてが珍しく、驚くことばかりであった。数千年の周期で地球に接近して来る彗星、ダイヤモンド屑のようにきらめく星が、実は直径数億キロもある巨大なものであること、角砂糖ほどの大きさで、数十キログラムという比重の天体など、想像もつかないようなことばかり聞かされた。学問というものは実生活から縁の遠いものほど面白いのではないかという気がした。奥山氏もそうだが、学問にうちこんでいる人は、どんなに幸福なことであろうかと、不二夫は羨ましく思った。

赤や白に輝く星を眺めながら、あのひとつひとつがそんなに大きなもので、そんなに遠くにあるものなのかと、不二夫は宇宙の大きさについて、楽しい想像を廻《めぐ》らせた。室内は真っ暗で何もすることがないから、彼はいつまでも一人で星を見ていた。地球の何百倍の大きさの星は少ないが、何万倍の星は無数にある。この小さな地球の上で暮らして、沖縄が攻略されたとか、「一億一心火の玉」とか、何と小さなことに血道を上げているのだろうかと、戦争がこの上もなく馬鹿馬鹿しいものに思われた。しかし現実は、自分たち大勢の生命が、その馬鹿馬鹿しい戦争に託されているのだった。

高邁《こうまい》な思索を無残にも突き裂くような鋭い叫び声がこのとき下から聞こえた。

「この野郎、いまの時局を何だと思ってやがるのだ」

不二夫は見下ろしたが、深さの知れない真っ暗な闇が横たわっているだけであった。

「貴様らが学校で習った三府四十三県の、その中の沖縄県はもうなくなってしまったんだぞ」

竹刀の折れか何かで、激しく打ったような物音とともに、少年らしい悲鳴が聞こえた。打たれているのは徴用工であろう、打っているのは古参工員か兵曹か。暗い深い（本当は三メートルか四メートルしかない二階なのだが）闇の底から、物音と声だけが聞こえてくる。つづけて二、三回打つ音と、低いうめき声が聞こえた。

ここからそれほど遠くはない沖縄では、苛烈な戦闘はすでに終わっていて、つぎの作戦、九州上陸戦の準備が行なわれているはずだ。何万人の日本人がその小さな島で死んだことやら。下の声のように、たしかに三府四十三県の中のひとつはなくなった。まだなくなる県も出るかも知れない。だからといって、若い徴用工をなぐってどうなるものでもあるまい。戦争には弱いが国民には強い内弁慶軍隊のヒステリーかと、暗い気持ちになって見下ろしたが、漆黒の闇が拡がっているばかりで、その後は物音ひとつ聞こえてはこなかった。

空からは何千年か前に星から出た光が、目の中にとびこんでくる。星が光っていると思うが、光だけが届いているのであって、星は何百年も前になくなっているということもあるそうだ。

窓を打つ激しい風の音に目が覚めた。雨も加わっている。生暖かい感触は、この季節に何回か訪れて来る台風のようだ。生徒は定刻に出勤したが、夜勤の生徒は寝入りばなだった。こんな日にはたまっている舎内の仕事をすることにしている。風はますます激しくなってくるから、やはり台風にちがいない。これでは今日一日空襲はないだろうと、不二夫は防空頭巾などを押入れにしまった。

「沖縄は台風で飛行機が飛べないと、いまラジオが言ったぞう。とうとう神風が吹いたのだ、ばんざーい」

徴用工らしい若い大きな声が隣の棟からひびいた。叫んだのは一人だったが、同じ考えの者がたくさん居ると思って間違いないだろう。軍人や政治家などが言うときは、愚民をだまそうと思って、嘘を承知で言っていると馬耳東風でいたが、彼等が言うのは本心のようだ。十年近い教員生活の間に、政府筋から、「知育偏重」*と「科学振興」の二つを要請してきた。相反する二つの指令に随分迷ったものだが、結果としては前者が勝ったようだ。台風は一日か二日で止むということさえ知らないらしい。

定例連絡会議の日である。朝から厚い雲が空一面にひろがって鬱陶《うっとう》しかった。会議はマンネリズムになっていて、まるで学校の職員会議のようであった。不二夫は他の社会のことは知らない。会社でも役所でも、会議というものはこんなことをするのであろうか。もしそうだとすると、日本の社会が進歩しないのは当たり前だと思った。とぐろを巻いていると言ってどなり合った、あのエネルギーはもはやなく、そんなことを知らない新しい教師が多くなっていた。教師たちは定められた行事だからという惰性で出席していたにすぎない。

「毎月先生方からお知恵を拝借していますが、なかなかこれという決め手もなく、生産も思うように伸びません。こう申しましても、先生方の御協力が足りない、などという意味では決してございません。工場の疎開が大きな原因でございます。工場疎開の直前には、目標に達していたのでございますが」

＊知育偏重＝知育に偏重している状態を是正し、徳育・体育にも力を入れること。

目標に達したところで、戦争に勝てる数字ではないのだが。

「工場疎開という予期しない出来事のために、生産は一時中止の状態になりましたが、そんなことは理由になりません。必要な量はあくまで必要なのです。このような障害を排除して所期の、いやそれ以上の増産をしなければなりません。どんなことでも結構です、お腹を割って、裸になって話し合いたいと思います。どうぞお願いいたします」

庶務主任が挨拶した。このごろでは庶務主任の顔を見るのは、月に一度の連絡会議だけという、遠い存在になっていた。月に一度の挨拶も徐々に深刻になってきたが、今日のは特に甚だしい。庶務主任は名案を募集しているが、いま針金を切る法をもち出したらどうするだろうか。やはり生徒の発明は採用しないだろうか。

そのとき空で何かが光った。近くで稲妻が光ったぐらいの光度であったような気がした。雲は厚かったが降りそうでもない。雷雨の季節ではあったが、そんなものの来るような気配もない。一同は会議を中断してささやき合った。

「いまの光は何ですか」

教師の一人が質問した。総務部長と庶務主任が、二言三言小声で話し合っていたが、

「何ですか私にはわかりません」

庶務主任が答えた。

「稲妻ではないようですし、工廠の外にはあんな光を出せるものはないと思いますが」

教師は食い下がった。工廠の外は漁村が少し賑やかになった程度の町だから、そんな物騒なものはないはずであった。工場で電気の事故でも起こったのではないかと不二夫は思った。

「何かわかりませんが、当工廠内で起こったものでないことは、はっきり申し上げます。そのようなことの起こる原因は当工廠内には何もありません、では会議をつづけましょう」

総務部長がきっぱりと言いきったので、教師たちは不承不承会議を続行することになった。突然大きな爆発音とともに、窓ガラスが割れるかと思われるほど建物が震動した。近くで発破《はっぱ》をかけたぐらいの音だったので、一同は素早く待避した。大勢居たのがあっという間に消えてしまって、気がついたときは不二夫の他には教師は誰も居ず、若い技術将校が二人、身の置きどころがない、といった恰好で立っていただけである。二人は不二夫の方を見て照れくさそうに笑った。

「いまのは何ですか」

不二夫は尋ねた。彼は近くの工事現場で発破をかけたと思った。

「わかりません」

「空襲ではないようですね」

「そのようです」

「今日は曇っていますが、エンジンを止めて来たのではないでしょうね」

「そんなことはありません」

これは問う方が野暮であった。エンジンを止めて来たのなら、爆弾を投下したらすぐエンジンをかけて上昇して去るから、後から爆音は聞こえるわけである。

「空襲でしたら、音が聞こえてから逃げても間に合いませんね」

「そうです」

「本当にわからないのですか」

「本当にわかりません」

新参の技術将校では本当にわからないのだろうと、それ以上訊くことはやめた。長い時間ではなかったが、広い会議室に三人だけぼんやり待っているのは、手持ち無沙汰なものであった。

やがて一人二人と帰って来た。足音をしのばせて、何かそこに恐ろしいものが待ってでも居るかといったように入って来た。席に着こうとした女教師が、テーブルの上に自分の茶碗が転がって、お茶がこぼれているのを見て、はずかしそうに笑いながら拭いた。総務部長も庶務主任も照れくさそうに入って来て席に着いた。もとの人数が揃うと激しい質問攻めになった。

「いまの音は何ですか」

「先刻の光と、後の爆発音の間に何か関係があるのですか、それとも二つは全く別個のものなのですか」

庶務主任は何を訊かれても知らないの一点張りである。この二つの間に何か関係があるのだろうか。雷でもあれだけの間隔があれば随分遠くで、音もよほど小さいはずだ。もし一つのものであるとすれば、かなり遠くでしかも雷より大きい音のするものでなければならないが、そんなものが果たしてあるのだろうか。それともこの二つは別のものなのか、不二夫は後者のような気がした。

「トンネル工事の発破ではないのですか」

トンネル工場は金木部落だから、二キロも離れた旧工場の会議室まで聞こえるはずはない。工廠内ではそんな工事をしているのを見かけなかったが、教師が工廠内のことを全部見ているわけではない。

「工廠内で火薬か何かが爆発したのではないのですか」

この工廠は魚雷の組立てまでで、火薬の装填だけは佐世保でといままで聞かされてきたが、あんな音を聞くと、もしやという疑いが起こる。軍を信用していないのである。工廠内の事故とすれば、光ってから鳴るまでが長過ぎた。では二つは別のものなのか。いくら尋ねても、

「そのようなものはない。知らない」

と答えるばかりであった。

「私たちは決して好奇心とか、あるいは軍のあら探しとか、そんな気持ちでお尋ねしているのではありません。その点をまずはっきりさせておきます。もし工場内の事故であって、生徒の身に被害があった場合のことを考えて、質問しているのです。生徒の身にまちがいがないかどうか、それさえわかればよろしいので、それ以上のことを訊こうとしているのではありませんし、知りたくもございません。先刻腹蔵《ふくぞう》なくとおっしゃいましたが、ただいまのような態度では、残念ながら信用いたし兼ねます」

教師はあくまで食いさがった。それは言葉通り好奇心ではなく、川棚ではいままで聞いたこともない大きな音だったので、一同は不吉なものを感じたのである。総務部長と庶務主任はまた何か打ち合わせていたが、

「では申し上げます。先刻の光も音も、当工廠内のものではありません。これだけは責任をもってお答えします。それ以上のことは本当に私にもわからないのです」

そう言いきった総務部長には誠意が感じられたので、教師たちはそれ以上追及しなかった。総務部長の言葉を信ずれば工廠の外ということになるが、それは当然近くでなければならない。では空襲かというと誰もエンジンの音を聞いた者は居ないし、空襲ならいまごろは総務部長のところへ連絡が入っているはずだ。では一体何だろう。何の根拠もなく一同があれこれと詮索しながら、収穫のない連絡会議は終わった。


不二夫が夕方寄宿舎に帰って、玄関でゲートルを解いていると舎監室から、

「先生、今日の音をお聞きになりましたか」

と舎監が持ち前のどら声を、平素より一段高く張り上げて言った。

「昼前のあれですか。こちらへも聞こえましたか」

ここまで聞こえたとすると大変な音だ、と舎監室へ入りながら考えた。総務部長の言ったように工廠の外にちがいないが、途中空襲らしい跡もなかったし、そんな噂も聞かなかった。

「聞こえたなんてもんじゃありません。まあお掛けなさい、羊羹《ようかん》があります」

軍隊に物資があることに不思議はないが、いまどき舎監室に羊羹があるとはやはり驚きである。軍を相手に羊羹ぐらいのことで目に角《かど》立てることもないし、何より昼間の音が気にかかる。どうやら生徒とは関係ないらしい、ここから弥次馬根性が頭を出してきた。

「ところで先生は今日の音を何だと思いますか」

やはり大きな出来事にちがいない。

「随分大きな音でしたが、とうとう誰にもわかりませんでした。総務部長もわからないとはっきり言いました。隠しているのではないようです」

「あの時点では総務部長殿でも工廠長殿でもわからなかったでしょう。しかしもうわかりましたよ」

いやに勿体をつけている、もしかすると事故かな。

「事故ですか」

「そんなんじゃありません。長崎に新型爆弾が落ちたのです」

あまりの意外さに不二夫は唖然《あぜん》とした。長崎は遠いところ、大空襲を受けても物音ひとつ聞こえない、遥かなところと思っている。あんな大きな音が聞こえるとは、信じられないというより、この大事なときに冗談を言っているのかとむっとした。

「長崎とは随分遠いところですね、信じられません」

「三十キロです」

「そんなに近いのですか」

「先生方は距離をはかるのに、汽車の時間を基準にされるでしょうが、汽車は大村湾を迂《う》廻《かい》して行きますから遠いのです。直線距離ですと海上三十キロです」

意外に近いと思ったが、それでも爆弾の音が聞こえる距離ではない。

「三十キロも先に落ちた爆弾が、あんなに響くわけはありません。そのニュースは何かの間違いでしょう」

「ところが間違いではないのです」

「空襲は数回経験がありますが、今日のはそのときの至近弾ぐらい響きましたよ。一キロ離れたら、もうあんな音ではありません」

「私も軍人のはしくれですから、爆弾のことなら先生よりくわしいつもりです」

もっともなことだ。

「三十キロも先まであんなに響く爆弾は余程大きなもので、Bの十倍の飛行機でも積めませんし、第一そんなものを落としたら、自分たちの飛行機が爆風で吹っとばされてしまいますよ。いままでの爆弾とは次元のちがう爆薬を使った、大変恐ろしいものだということだけしかわかっていません」

この話はどこまで信用してよいかわからない。三十キロ先まであんな強烈な響きを与えるとすれば、水平距離だけでなく、垂直にも同じとは言わないが、相当な影響を与えることだろう。それでは舎監の言う通り、爆弾を落とした飛行機だって助からないだろう。やはり空襲ではない。異質の新しい爆弾だなどと、今日のあの物音を敵の新発明のせいにして、事故の責任を回避するつもりにちがいない、軍もやきが回ったものだ。長崎が本当にそんなものでやられたかどうかは、すぐわかることなのにと思っていると、

「先生は信用していないようですね。実は私も信じかねているのですが、明日の昼にははっきりします。正午に長崎の負傷者が、当海軍病院に送られて来ますから、それを見ればたしかなことがわかります。これも軍の正式通牒です」

と舎監は言った。ますますおかしい。音はたしかに一つだった。一つの爆弾でそんなにたくさんの負傷者が出るものなのか。長崎からここへ来るまでには、諫早、大村、その諫早から支線で島原と、いくつかの病院があるのだから、当然近くから順に入れるだろう。爆弾が強烈であれば、負傷者に比較して、死者の比率が高くなるはずだから、負傷者は爆弾の強さに比例しない。途中の病院が全部一杯になって、なおここまで来るとすると、負傷者は何千人、死者は何万人という勘定になる。たった一発で。そんな爆弾があるはずはない。

「どうしても信用していただけないようですね。恐るべき新型爆弾で、長崎の町は全滅し、死傷者はおびただしく、医大をはじめ近郊の病院も大半やられたので、軍の病院はもちろん、民間の病院まで、詰められるだけ詰めているのです」

話がだんだん大きくなる。もうこれ以上いくら言ってもらちはあかない。あと十七、八時間ではっきりするのだ、眉に唾をつけて明日駅へ行ってみよう。

「どのような爆弾か、私も明日行ってみようと思っています」

舎監は軍事専門家が視察でもするように最後にそうつけ加えた。

生徒も昼の物音は聞いているはずだ。新型爆弾という噂もあると、不二夫は話そうと思ったが、彼自身信用しかねていることを、生徒に話すのはどうかと思って見合わせた。生徒は昼間の音のことは気にしていないようであった。

つぎの朝、不二夫は新聞を見ようと舎監室へ行った。長崎に新型爆弾が落ちたのなら、たとえ小さな記事であるにせよ、新聞には載っているだろうと思ったからであった。舎監室では新聞を手にした兵曹たちが興奮していた。本当に新型爆弾だったのかと、

「新聞を見せていただけませんか」と言うと、

「さあどうぞ、ソ連の野郎、とんでもないことをしでかしやがる」

とまるで不二夫がソ連ででもあるかのように言って渡してくれた。紙も印刷も粗末な、二頁の新聞の一面を一目見てはっとした。ソ連が日本に宣戦布告をして、満州に侵入を開始したという、大きな活字が目にとびこんできたからである。とうとうこんなことになったのか。

「ソ連の馬鹿野郎め、アメリカの新型爆弾を見て、もう日本は敗けたと思いやがったのだろうが、あんな子供だましみたいなもので、敗けるような日本様じゃねえんだぞ。畜生、相手がソ連じゃ海軍が出て行くわけにいかねえ」

兵曹は歯ぎしりして、鬱憤《うっぷん》のやり場がないといった恰好であった。

ソ連が敵側に回るのではないかというおそれは、不二夫でさえ以前からいだいていた。日本とドイツが同盟、米英ソの三国がまた同盟を結んで、日本は米英と、ドイツは米英ソ三国とそれぞれ戦っている。両陣営の間で日本とソ連だけが直接戦いをしていないが、これはまことに不自然な形である。ただそれだけでなく日本は戦前から、というより大正時代から、ソ連はともに天をいただくことの出来ない危険な国だと、宣伝してきたので、その思想はしっかり国民の間に根を下ろしている。陸軍の仮想敵国はつねにソ連で、長年にわたって、ソ連と戦争することを国民にふきこんできた。現に張鼓峰、ノモンハンと二度にわたって、干戈《かんか》を交えているので、当然ソ連の感情を刺戟《しげき》しているはずである。大東亜戦争が苦しくなって、ソ連に仲裁をたのもうとする動きがあるという噂が、ひそかにささやかれているのを耳にしたとき、不二夫はなんと虫のよい話だろうと思った。だからといって、ソ連と戦争を望んでいるわけではない。アメリカを相手に九分九厘まで敗けているのだから、この上ソ連と戦争する力のないことぐらい、何も知らされていない国民にだってよくわかっている。川棚工廠の生産力もその一例である。ソ連だってドイツを押し返したとはいうものの、大変だったことだろう。戦争をしたくても、どちらにもその力はないはずだが、相手は敵側の同盟国だ。日本が弱ってしまって、ほんの一押しで勝てる見通しがついたら、参戦して獅子の分け前にあずかろうとするにちがいない。逆にソ連が参戦するときは、日本がもう駄目になったときだ。半年前に不二夫が予想した通り、敗戦はやはり夏になるだろう。神田大尉の見込みより、自分の方が正しかったと、不二夫は自信を強めた。あと何日か。兵の犠牲を惜しむ軍隊といっても、犠牲者を出さなくてすむほどに、日本が弱っていれば、涼しくなるまで待つ必要はないわけだ。敗戦になったら、具体的に身辺にどんなことが起こるのか、覚悟はしていたことだけれども、兵曹とは別の意味で、新聞の記事は彼に大きなショックを与えた。

ソ連の参戦に驚いて、新聞を見に来た目的を忘れていた。思いついたように裏も表もひっくり返して、隅から隅まで目を通したが、この日の空襲の記事は、東北、北九州、東京、福山で、特に釜石は艦砲射撃とあって長崎はない。長崎に本当に新型爆弾が落ちたのなら、これらの空襲より被害ははるかに大きいだろうし、昨日の昼前だったから、記事が間に合わなかったということもないはずだ。もし記事がさし止められたのなら、被害は随分大きいにちがいない。なお一面の下に「屋外防空壕に入れ、新型爆弾に勝つ途《みち》」という見出しで、中部軍管区司令部赤城参謀が、「新型爆弾と広島戦訓」を語っていた。屋外防空壕で身を護ることが出来るなら大したことはない。工廠には立派な屋外防空壕があるし、トンネル工場はそのまま完全な屋外防空壕である。心配なのは鍛造に居る生徒だけであるが、旧工場は人員が少なくなっているから、防空壕には十分の余裕があることだろう。

正午に間に合うように、不二夫は舎監と一緒に出た。いよいよ弥次馬根性発揮である。本当に負傷者が来るのだろうか、歩きながら彼は半信半疑だった。軍の情報ということであったが、特に秘密というわけではない。伝え聞いた者もかなりあるとみえて、駅前には少しばかり人が集まっていた。正確に正午、貨物列車が入って来た。田舎は列車の数が少ないから、これにちがいない。

「あれだ、あれだ」

と言う声に人々の視線がそちらに集まった。長い無蓋《むがい》貨車にぎっしり人が乗っている。貨車を降りた人は、改札口から吐き出されて、駅前の広場へ出た。貨車に乗っていたときは、長いからたくさん居るのだろう、ぐらいにしか思っていなかったが、降りてみてあまりにも多いのに驚かされた。力は全く抜けてしまって、まるで潮に流されるくらげの群れのように、ふわふわと彼等は進んだ。改札口を出る列はいつ果てるとも知れず、広場の群れは吸取紙に落としたインクのように拡がりつづけた。弥次馬たちは膨張する負傷者に押されて後じさりし、人垣は急速にふくらみ、輪は細くなって一列になったので、人の後ろから押しのけて見ようとしていた者も、前列で十分見ることが出来るようになったばかりでなく、その細い輪も方々で切られてしまった。病院から来た看護婦が、声をからして整理しているが、魂の抜けたようになった群衆を、僅かの人数で動かすことは至難の業と思えた。

弥次馬たちが驚いたのは、彼等の傷の異様なことである。それは従来の爆弾のように、破片によるものではなく、皮膚が一面にただれて、顔形がわからなくなっているのであった。薄着のため衣服はほとんどなくなり、大きく剥がれた皮膚がぺろりと背中から下がっていた者もある。顔の皮膚がめくれたように剥げて、顎で一ヶ所つながって、胸のあたりでぶらぶらしている者もあった。唇がソーセージのようにふくれ上がっている者もあった。弱って倒れそうになった患者の手を看護婦がひいたら、手袋をとるように、手の皮膚がすっぽりととれた者もあった。弥次馬たちは声を呑んで目を見張った。彼等の心臓の鼓動が聞こえるようである。不二夫は胃の中で何かかたまりが、押し上げてくるような気がした。脂汗が全身を伝わった。気分が悪くなり立っておれなくてしゃがんだ。このくらいのことでなんだ意気地なしめがと、自らをはげましたが、気分はよくなるどころか、ますます悪くなってゆくようでさえある。こんなとき武勇の誇り高き舎監殿は、どんな顔をしているであろうかと、そっと見上げると、蒼黒い顔に、これも脂汗をにじませ、彼等に釘付けにされた血走った目が、硬直したように動かない。おびただしい負傷者は幽鬼のように、看護婦の指示に従って、ゆっくりと音もなく流れた。足の力で歩くというのではなく、人魂《ひとだま》が浮かぶように病院へ向かったのである。不二夫は炎天下に怪談を見た思いがした。

急いで貨車を数えてみたら六十輌あった。一輌に五十人として三千人になる。これだけの人数をどのようにして、小さな海軍病院に収容するのだろう。廊下へ寝ることの出来るのは運のよい者で、多くの患者は庭へ鰯《いわし》のように並べられるのではないだろうか。軍医も看護婦も少なく、そして薬も繃帯もなくなっていると聞いた。

不二夫は帰りながら、忙しく頭を回転させて、真相を知ろうと努力した。先刻の負傷者は、もちろん軽傷とは言えないが、自分一人でやっと歩ける程度のもの、言葉は妥当でないが中程度と言っておくべきか。あまりにも多数の負傷者なので、人手を借りなければ歩けない重傷者と軽傷者は、放っておかれたのであろう。そして即死者も随分出たことはまちがいない。

ここへ来た程度の負傷者だけが、送られたのであろうが、途中の病院を満員にして、さらにあれだけ。まだ佐世保へもたくさん送られるにちがいない。諫早、大村、島原を川棚と同数とみて一万二千。佐世保は川棚の二倍ないし三倍とすると、中程度の負傷者だけで二万。重傷者と軽傷者もそれぞれ同じぐらいとすると、計六万。爆弾が強力だから死者はうんと多いことだろう。すると死傷者合わせて十万は下るまい。十万という数字が頭に浮かんだ瞬間、不二夫の背筋を寒いものが走った。舎監は何を考えているのか、黙々と歩を運んでいた。


夕食後不二夫は生徒を集めて、昼間見た光景を話したが、一人も信用する者はなかった。

「そんな爆弾があるわけはないじゃないか」

と言う者もあり、黙っている者もそんな法螺話は信用しないぞ、と言っているようであった。

「昨日舎監から聞いたときは、僕も信用しなかった。証拠の負傷者が来るというから、舎監と一緒に行ったのだ。だから舎監も見たし、町の人も相当来ていた。そして何より確かなことは、病院に居るたくさんの負傷者だ。おそらく中へは入りきらないだろうから、庭にも寝かされているにちがいない。見たらすぐわかることだ」

「それにしても話が大きいよなあ」

彼等にとって昨日の物音は、何事かわからないが、大きな音であったという程度にしか感じてはいなく、自分たちには関係ないものと思っているらしかった。

「今日の新聞にもあったが、新型爆弾から身を護るためには、屋外防空壕の奥に入ることだ。顔がぐちゃぐちゃになったら、せっかくのハンサムが台無しだぞ。貴方は誰でしたか、と皆から言われなければならなくなったら、困るだろう」

「そんな顔になったら、泥棒をしても誰だかわからないからいいぞ」

「馬鹿野郎、笑い事じゃない。要するに、空襲警報のときは、一番大きな屋外防空壕の奥まで入れ」

「そんなこと、よくわかっています」

と神経質な老婆の取り越し苦労とでも言いたそうであった。

それから二日後、新型爆弾が落ちて三日目の新聞に、

「長崎にも新型爆弾」という小さな見出しで、

「西部軍管区司令部発表（昭和二十年八月九日十四時四十五分）一、八月九日午前十一時頃敵大型二機は長崎市に侵入し、新型爆弾らしきものを使用せり、二、詳細目下調査中なるも被害は比較的僅少《きんしょう》なる見込み」

という記事が載った。これが長崎に落とされた新型爆弾に関する新聞記事の全部である。二段組、合わせて七行。一昨日見た負傷者から推して、死者は万単位であることは疑いない。それを「比較的僅少」という表現ですますとは、国民の生命を何と心得ているのだろう。軍首脳の目には数万の国民は僅少なものでしかないのか。士気を鼓舞するためとか、流言蜚語を防ぐためとか言うけれど、敗戦必至となっているのに、重大な事実を隠してまで戦争にかりたてて、一体どうしようというのか。「比較的僅少」の文字を負傷者が見たら何と言うであろう。地球の裏側には、犠牲者を出さないように心掛けている軍隊があるというのに。

満州の記事も恐ろしいものであった。ソ連軍の進攻は怒涛の勢いで、精鋭無比と自称した関東軍は何をしているのか。あるいはそんなものははじめから存在しなかった、幻の軍隊であったのか。満州事変が始まったとき、不二夫はまだ中学生であった。そのときの日本軍の進撃には、目を見張るものがあった。「疾風枯葉を巻く」といった形容が、そのままあてはまるもので、あっという間に、広い満州全土を制圧した。それから十四年、立場が逆になって、ふたたびあっという間に、満州全土を失った。

新聞を見てそんなことを考えていたら、また警戒警報のサイレンが鳴った。不二夫は負傷者を見てから、空襲が恐ろしくてたまらなくなっていた。一人一人の顔が思い出され、血がにじみ出してしたたり落ちる、巨大な肉の集団が、ゆっくりふくれ上がりながら、押し寄せて来るような気がして、身震いした。負傷してあんなになったら大変だと、まだ警戒警報というのに、防空壕の奥の方へ走りこんだ。長崎のときは、警戒警報さえ発令されてはいなかったのだから、用心の上にも用心が大切だ。近くに防空壕のないところへは行かないように、日夜心がけていた。毎回奥へ走りこむ不二夫を見て舎監は笑った。

「先生は新型爆弾がよほどこたえたようですね」

「即死ならさっぱりしてよろしいのですが、頭の皮がぶら下がったり、手の皮が脱げたりするのは、考えただけで寒気がします」

「私はそんなことになったら潔く腹を切ります。ところで生徒は動揺していませんか」

「実は私は新型爆弾の恐ろしさを知って、生徒をあんな目に遭わせてはいけないと、空襲のときは必ず防空壕の奥へ入るように言ったのですが、私の言うことを信用してくれません。実際に見なければ、話だけでは、あんな爆弾があることが、想像出来ないのですね。私もそうだったのですが」

「それで安心しました。新型爆弾を見て、生徒が敗戦思想にとらわれはしないかと、心配していたところです。戦時下において最も恐ろしいものは敗戦思想です。あんなものの二つや三つで、日本が敗けるとでも思ったら、とんでもない間違いですから、生徒を恐ろしがらせるようなことは、なるべく言わないようにして下さい。あんな変てこなものを持ち出しやがったのは、やきが回った証拠です。海軍にも最後の切札は用意してありますから、あんなこけおどしに恐れないように、よく言って下さい」

どんな教育を受けたら、あんなに強くなれるのだろう。不二夫はあきれて何も言えなかった。

敵機が一機通ったので、いよいよあの恐ろしいやつを見舞われるのかと、不二夫は胆を冷したが、何事もなく警報は解除になった。奥の深いトンネル式の防空壕の中は、ひんやりして汗などすぐ乾いてしまうのだったが、人間はやはり陽の当たるところがよい。雲ひとつない空は心にくいまで青く澄んで、穴倉の中でおびえている人間を、あわれんでいるようであった。晴々した気持ちになり、そして夏の甘い空気を肺臓一杯吸いたくなったので、彼は一人で裏山へ登ってみた。もちろん警報か爆音が聞こえたら、すぐもとの防空壕に走りこめるよう、耳の神経は一秒たりともゆるめてはいなかった。もう長い間日本機の飛ぶのを見たことはなかったので、爆音は敵機と思ってよかった。叢《くさむら》の中に一枚の紙片が落ちている。いま落ちたばかりと見えて、雑草の先にしずかにのっかって、陽の光を反射している。粗悪な紙の裏をノート代用に使って、その後は落とし紙にと、まるで落語のけちん坊のような生活をしいられているときのこととて、真白い紙には好奇心をそそられた。不二夫は拾ってみると、さっき通過した敵機が撒いたと思われる降伏勧告文であった。

日本国民に告ぐ

我々デモクラシー諸国は決して日本国民を敵として戦っているのではない。日本国民を今日の悲境に突き落とし、国民の血を絞って肥え太っている軍閥、財閥、官僚を敵としているのである。日本国民よ、一日も早く彼等を取り除いて、平和な生活を送ろうではないか。

裏を見ると、上に「時は刻刻迫る」と横書きしてあって、その下に時計の文字盤のようなものがあり、一時のところが「真珠湾」、二時が「珊瑚海」、三時が「ミッドウェー」、四時が「ガダルカナル」、五時が「ソロモン」、六時が「ブーゲンビル」、七時が「ギルバード」、八時は「サイパン」、九時は「グァム」、十時は「フィリッピン」、十一時「沖縄」、十二時は「東京」となっていて、針は十一時五十五分を指している。沖縄を五十五分も過ぎて、東京まであと五分とすれば、宮崎はとばしてすぐ東京なのか。戦力に自信があればそれでよいわけだ。台湾をとばしてすぐ沖縄に来たように、順に進まなくても、戦略上必要なところだけを確保すればよいのだから、宮崎にこだわる必要はない。すぐ東京とすれば、日本の軍部のように、むやみに「ああ壮烈」を喜ぶ人種とちがって、人命を尊重する軍隊だから、上陸の前に新型爆弾をたくさん落として、十分たたいてからにするだろう。宮崎上陸は彼が苦心の末得た結論だが、彼我《ひが》の戦力の開きは、不二夫が想像したよりははるかに大きいのではないかと思われた。三枚目の取り越し苦労だったのかと、思わず苦笑した。

彼は恐ろしいものを見たように周囲を見回した。幸い誰も居ない。恐ろしいのはここに書かれていることだけれども、それ以上に軍服を着た狂犬どもが居る。こんなものを持っていることが知れたら、どんな言いがかりをつけられるかわからない。憲兵に見つかったら、社会的に葬られてしまうことは、まずまちがいない。人に見つからないうちにと、いそいでポケットにしまいこんだ。恐ろしい紙片ではあるが、保存しておけば将来貴重な、少なくとも面白い資料にはなるだろうから、そのときまで隠しておこう。数歩歩いて考え直した。二十四時間海軍の中で暮らしている身だ、どんなはずみで見つかるか知れない。海軍は陸軍に比べると多少紳士的だから、まさか教師の所持品検査まではしないだろうが、空襲で死んだ後、遺品の中から発見されたりすると、災いは遺族にまで及ぶ。軍や戦争を批判することは、その身だけでなく罪は九族に及ぶと考えなければならない。支那事変のはじめのころ、戦死者のポケットから「危険なところへは行かないように」という父からの手紙が発見されたため、遺体は縄付きで帰還し、父は憲兵隊から厳しい処分を受けたという噂を、真偽はわからないが聞いたことがある。たかがチラシ一枚で危険を冒すのもどうかと思う。いっそ捨ててしまおうかととり出したが、どうも惜しい気がする。また数歩歩いたが、やはり恐ろしい。思いきって丸め叢に投げこんだ。

夜、生徒を対象とした軍事講演があるというので、夜勤以外の生徒全員が講堂に集合を命じられた。昼間のチラシを生徒が読んで、動揺しているかも知れないというので、必勝の信念を新たにするための講演であった。講師は任官して間もない若い技術少尉である。こんなのに講演が出来るのだろうかと、不二夫は心もとない思いで席についた。

講演の内容は心配したより更にひどいものであった。

「このたびの戦争のことを、世間では、食うか食われるかの戦争だと言っているようですが、そんな生やさしい戦争ではありません。日本がアメリカを食ってしまうか、アメリカが日本を食ってしまうかという戦争であります」

何を言ってやがるんだ、こんなことを聞かせるために仕事で疲れている生徒を集めたのか、不二夫は失望と怒りの錯綜《さくそう》した気持ちになった。たとえ任官早々の技術少尉でも、軍服を着た人間が現在行なわれている戦争について講演するのであれば、専門的な知識をとり入れて、具体的な話をするのかと思ったのだが、これではあまりにもひどすぎる。こんな話なら軍人でなくても隣保《りんぽ》班長で十分だ。この程度の者を将校にしなければならないほど人不足になっているのか。しかもそれが選ばれて生徒に講演するとは。少尉はかん高い声をはり上げて、

「日本は神国だから必ず勝つ、新型爆弾などという残虐なものを使う奴は、神様がお許しにならない。神様の子孫である日本人にたいして、猿の子孫である毛唐が、あのような残

虐なものを使うとは、神をも恐れぬ不遜《ふそん》な仕業《しわざ》であります。また一方、これも猿の子孫であるソ連軍が、卑怯にも満州に侵攻しましたが、精鋭関東軍は必ずこれを撃退するでしょう。不意討ちであるため、はじめは少々不利でありますが、間もなく陣容を立て直して、すぐにも国境まで巻き返し、さらに国境を越えて進むでしょう」

こんな話に、生徒はどんな反応を示しているであろうかと見ると、かなりの生徒が居眠りをしている。不二夫も眠りたいと思ったが、腹が立って眠気も催《もよお》さない。

「最後に一言つけ加えておきます。諸君は全員軍人志望であろうと信じています。後日志願なさるときは、是非海軍にしなさい、陸軍はいけませんよ」と結んだ。

生徒が部屋に帰った後、講師の技術少尉が急いでやって来て、

「先生、私の講演はどうだったでしょうか。少しむずかしいのではないかと思いましたが、あれで生徒にわかったでしょうか」

と心配そうに尋ねた。「むずかしい」と言ったときは思わず顔を見たが、彼は真剣そのものであった。

同じ少尉でも舎監は特進だから小学校卒業であるが、技術少尉は高等工業か私大を出ているはずだ。技術を職業としている人間があの程度でよいのだろうか。このごろの学校の

ことだ、教練ばかりしていたのだろう。

生徒は疲れていたが、講演の復習とか補足とか言えば理由になる。いざ敗戦となっても騒ぎ出さないように、それとなく準備をしておく必要があると思っていたが、この講演の後はまたとない機会だ。夜勤に行っている者があるので、職員室に集まったのは十二名であった。

「今日の講演をどう思うか」

誰も一言も言わずに下を向いてしまったので、問題にしていないということがわかった。

「さっきの話のように、この戦争は必ず勝つと思っているのか。つまり必勝の信念はあるのか」

「日本が敗けるはずはなかです」

質問の仕方が悪かった。日本が敗けるということは、絶対に口にしてはならないので、勝利を疑うようなことを生徒が言うはずはない。いま残っているのは、軍人志願などしない者ばかり、つまり日本精神など持ち合わせてはいないのだが、厳しい言論統制が効を奏して、言ってよいことと悪いことをよく心得ている。

「日本が勝つことは決まっているのだが、それは日本人が神様の子孫で、アメリカ人が猿の子孫だから、必ず勝つというのか。それとも戦争はそんなことには関係なく、強い方が勝つのだから、強い方の日本が当然勝つというのか。どちらだ」

「強かけん勝つとです」

先刻の技術少尉よりはましだ。神様の国が敗けたのではショックが大きいが、強いという宣伝であったが、実は弱かった、というのならショックはそれほどでもないだろう。

「戦争は力だけで決まるのだから、その力をつけるために君たちは川棚まで働きに来た。神様なんか戦争に関係ないと言うのだな」

「そうです」

今日はこのぐらいにしておこう。急いで万一脱線したりすると逆効果だ。高千穂と日南の生徒は気心が知れないから、用心に如《し》くはない。どんなはずみから「非国民」という言葉がとび出さないとも限らない。この言葉が出るとことが面倒になるから、これを出させないように注意することが肝要である。

出勤のため不二夫が玄関まで出て来ると舎監が呼び止めて、待望の大防空壕が完成して、今日その落成式が行なわれるから、そちらへ出席して欲しいと言った。裏山に大きなトン

ネルを掘って、中央から頂上へ出ることも出来るという、軍ならではの豪勢なものであった。最後に、

「御馳走が出ますよ」とつけ加えた。

御馳走の魅力もさることながら、新型爆弾の恐怖におののきながら、四キロの炎天下を出勤する代わりに、裏山の涼しい防空壕に勤務とは有難いことである。どうせ落ちるものなら、ここに入っているときにお願いしたいものである。壕に入ろうとするとラジオが、正午に重大放送があるから、必ず聞くようにと言った。今日のは本当の重大放送のようだが、一体何だろう。舎監以下兵曹たちは、「大戦果だっ」と歓声をあげたが、不二夫はそうは思わなかった。戦果の発表なら、予告なしにいきなり軍艦マーチで威勢よくやるはずだ。戦果では決してない。第一、戦果の期待出来る戦局ではない。不二夫は最初降伏かと思った。しかしすぐにそれを否定した。降伏を最大の恥辱とし、一億玉砕を目標みたいにしている帝国陸海軍が、敵兵が一人も本土に上陸しないうちに降伏なんて考えられない。そんなに大局観のある軍部なら、こんなになるまで無駄な戦争をつづけはしなかっただろう。それではアメリカが降伏？　そんな馬鹿げたことは絶対にない。九分九厘勝っている戦争を降伏なんて。太陽が西から出ても、そんなことは起こらない。一番可能性のあ

るのは、敵軍の宮崎上陸か。どうもそんなところのような気がする。チラシでは東京へあと五分になっていたが、東京湾の奥に直接上陸、という作戦はない。やはり宮崎だ。もしかすると九十九里浜かも知れないが、宮崎の可能性が濃厚である。そうなれば兵の犠牲を惜しむ米軍のことだから、上陸前に徹底的な砲爆撃を加え、ここに来ている生徒の家族や、教頭以下学校勤務の教師も含めて、宮崎市は全滅になるだろう。ことによると、延岡と都城へ動員中の生徒教師も、同じ運命に陥るかも知れない。生徒の動揺を抑えるのが大変だ。準備教育が不十分だった、のろまな彼は何をしても手遅れになるとほぞをかんだ。舎監室に待機している日山に、是非聞いておくように言って壕に入った。

落成式は神主のおはらいがあったりして、厳かに行なわれた。儀式だから厳かなのは当然として、科学の粋を集めた新型爆弾から身を護るために、神様におすがりするなんて、人事を尽くさずに天命を待っているような感じがした。神主が祝詞《のりと》をあげている間も、重大放送が気になってならなかった。舎監たちは依然大作戦を期待しているらしい。

わけのわからない祝詞がすんで、神様への儀式は終わった。トンネル壕の中央に細長くテーブルを並べ、寄宿舎の炊事職員が料理を運んだ。両側に寄宿舎の職員、つまり舎監と兵曹たち、それに教師が着席した。まことに立派な壕で、いつか洋画で見たものに似ていると思った。

料理も立派なものである。卒業式の日にはおよばないが、事変前と少しも変わることのないものであった。こんなにたくさんの物資を持っているのだから、まだ何年でも頑張れるなどと、呑気《のんき》なことが言えるのだ。

「さあどうぞ遠慮なくお過ごし下さい。半年を越える大工事がやっと完了して、一安心しました。落成前に新型爆弾が落ちてきはしないかと、随分気をもみましたがもう大丈夫です。この中に入ってさえいれば、何が落ちても平気です」舎監は上機嫌だった。

この壕を利用出来る者は安心だが、そうでない一般の人々はどうなるのか。もし外部の人が入って来たら、「地方人は出て下さい」と言うにちがいない。その後新型爆弾は落とされていないようだが、つぎはいつどこの順になるのか。舎監はこの壕だけで安心出来ると言うが、彼等が必死になって護っている日本とは、天皇とその股肱《ここう》の臣である軍人だけではないのか。

宴を終えて一同は外に出た。日山が入口で中を覗きこむようにして待っていたが、不二夫の顔を見ると泣き出しそうになり、

「先生、戦争はもう終わりました」と一言言った。

不二夫は降伏を予想してはいなかったのだが、それでいて意外という感じがしなかった。あんなに鳴り物入りで「一億玉砕」を宣伝しておいて、敵が一兵も本土に上陸しないうちに降伏するなんて、国民をけしかけておいて、自分たちだけさっさと逃げ出したという感じがした。身勝手なことだと思うと同時に、奴等のやりそうなことだという感じもしたからである。

八月敗戦の予想は気持ちがよいほど正確に当たったが、宮崎上陸は見事にはずれた。それでよかったのだ。もしそんなことになったら生徒が騒ぎだして、不二夫の手にはおえなくなっただろう。もう新型爆弾を恐れて、逃げ回らなくてもよいという安心感で、緊張がときほぐされ全身の力が抜けたようだった。少し冷静になると、日本は案外外交が上手なのだなと感心もし、あるいはそんなにまで力がなくなっていたのかと、あきれもした。もう軍なんか恐ろしくないぞという開放感で、いままで体をしめつけていたたがが急に外されたような気になって、不二夫が、

「落成が一日遅れていたら、御馳走がふいになるところでしたね」

と言ったら、舎監がにらみつけたが、その目にはもういつもの力はなかった。

敗戦となればこの工廠も解散だろう。生徒の給料を早く貰っておかねばならないと、炎

天下を経理部へ走った。経理部の前は給料を請求する徴用工が黒山のように殺到して、入口に近づくことも出来ない。他校の教師はどうしているだろうかと、教員控室へ行ってみると、数人の教師が処置なしといった恰好で腰をかけていた。

「あんなにたくさん居てはどうにもなりません。明日でもまだ間に合うでしょう」

不二夫は生徒が気になるので、寄宿舎に帰ろうとすると、警務主任が浴びたようになった汗を拭きながら、足音荒く入って来た。

「日本人がこんなにあさましい人種だったとは、いまのいままで思ったこともなかった。全く泥棒民族だ。我れがちに物資を盗んで逃げようとしやがる。工廠のリヤカーに倉庫の物資を満載して行こうとした奴が居たから、とっつかまえて思いきりぶんなぐってやったら、落ちた物資を横に居た奴が拾って逃げてしまいやがった。警務主任はもう勤まらん、俺は辞職だ。*闕下《けっか》に骸骨を乞い奉らなきゃならん」

と怒りをぶちまけた。

不二夫が寄宿舎に帰ると、生徒が情けなさそうな顔をして、だらだらと職員室に入って来た。卒業後はじめて十八人が揃ったのである。昼までは口にも出せない恐ろしい言葉であった「敗戦」が、いまでは現実のものになっていたのである。

「戦争が終わったらもうここに用はない。いまから宮崎へ帰るのだが、君たちは金は一銭も持っていないはずだし、僕だって自分の分とあとはほんの少々だから、君たちに貸してやるほどはない。昼間給料を貰いに行ったが、経理部は一杯で中に入れなかった」

経理部の混雑は、生徒も見て知っているようだった。ちょうど一年間家から離れている生徒に、給料を貰うまで待てとは言えない。

「半月分の給料は当然貰わなければならない。それは僕が残って貰うから、君たちは先に帰れ、高千穂と日南は後で学校へ送ってやる。そこで汽車賃だが、窮余《きゅうよ》の一策。本当の窮余だよ、今回だけ、無賃乗車で帰れ」

早速腰を浮かしかけた生徒が何人か居た。

「待て、もう少し言うことがある。いくら動員から帰るのだといっても、大威張りで改札口を通ってはいけない。駅員には駅員の任務があるのだから、見つからないように柵を越えて入れ。どうせ満員になっているだろうから、検札など来やしないと思うが、もし来たら、工廠が混雑していて、給料も証明書も貰えなかったと、わけを言って謝れ。それでも

＊闕下に骸骨を乞う＝天皇陛下に任命された職務を辞すること。

下車を命じられたら素直に降りろ、決して反抗したり、集団で暴力を振るったりしてはいけないぞ。どんな理由があっても無賃乗車は違法だ。降りてからまたつぎの汽車に乗れ」

また何人かが立ちかけた。

「待て、まだある。ダイヤは乱れているにちがいないから、予定通りに着くと思うな。何時間かかるか、二日も三日もかかるかも知れないから、弁当は十分用意して行け」

大分から高城まで歩いた経験が役に立った。

「暑い時分なので弁当は長もちしないから、弁当の他に米を一、二升貰って行け。もし炊事がくれなかったら、舎監に頼んでやるから言って来い。他に飯ごうを、三人に一つぐらいの割合で持って行くとよいだろう」

生徒には荷物が相当あるはずだから、あまりたくさんの食料は無理だ。

「よし、もう帰ってよい」

言い終わるのと、生徒が「わーっ」と声を上げて立ち上がるのと、彼等の姿が一人も見えなくなるのとが同時であった。少なくとも不二夫にはそのように思われた。あっという間に職員室ががらんと淋しくなった、と思う間もなく、足音を響かせて廊下を歩くのが聞こえた。荷造りはとっくに終えていたらしく、大きな荷物を担いだり提げたりして、口々

に、
「先生、さよなら」「お先に失礼」
と急いで行った。

不二夫は日が暮れると、久し振りであかあかと電灯をともした。遮蔽幕をとり払い、あるだけの電灯をつけると、遠い昔の華やかな時代が返ってきたような気がした。これからはもう毎晩こんなに明るくしてもよいのだ、と思おうとつとめても、実感がわかなかった。電灯をつけることが恐ろしいという気持ちが、まだどこかに残っていて、これから暗い恐ろしい時代が来るという、新しい恐怖心も起こった。

不二夫はいつもの出勤時刻に出かけることにした。ぐずぐずしていて経理部が閉鎖にでもなったら、永久に貰えなくなるおそれがある。

もうゲートルなど巻かなくてもよいだろうと思ったが、スフの国民服のズボンは、しわくちゃのちり紙のように、よれよれになっていてだらしなく、また習慣もあって、玄関でゲートルを巻いて出ると、前庭で舎監が昇り始めた太陽を拝んでいる。空には一点の雲もなく、今日もまた熱い光線を、これでもかこれでもかと投げつけてくる、うらめしい太陽であった。舎監の潮風で磨き上げられた赤銅色の頬には涙が流れ、その眼は異様に輝いている。やっているなと不二夫は思ったが、神様がのりうつったような者につかまったら面倒なことになる。足音をしのばせて、後ろを通り抜けようとすると、

「先生っ」

と呼び止められてしまった。ぎょっとしたが、逃げるに如かずと、何気ないふりで、

「何ですか」

と足だけは止めたが、話が切れたらすぐに走り去ろうとした。

「あれをごらんなさい」

舎監は東の空を指した。そこには貯えられた底知れぬエネルギーを、惜し気もなく放射している真っ赤な太陽があるだけで、他には特に注意して見るほどのものは何もなく、一面にコバルト色の真夏の空が拡がっているだけだった。

「はあ」

と答えはしたものの、あとを何とつづけてよいかわからないので、そっと舎監の顔を見た。

「先生はあれを見て、どうお思いになりますか」

何を見るかということさえ、まだはっきりしないのに、どう思うかと言われて、不二夫はますます困った。

「はあ」

何とも張合いのない返事が、不二夫の口から洩れた。

「先生は今日も太陽が昇るとお思いになりましたか」

昨夜は星が美しかったから、今日も暑くなるだろうと思ってはいたが、舎監の真剣な顔からは、そんなことを意味しているのではないことがはっきりわかる。でもまさか、今日からはもう太陽が昇らないと思ったか、という意味ではないだろう。いくらなんでもそこまではと思うと、やはり返事に困る。

「先生、よおーっくごらんなさい。今日もお天道様は昇って下さいます。昨日沈んだきり、永遠にお天道様は昇っては下さらない、今日から世界は真っ暗になってしまう、と思っていました。しかしどうです、皇国は亡びても太陽はまた私たちにお恵みを垂れて下さいます。有難いとお思いになりませんか」

「はい、私も今日はもう太陽は昇って下さらないと思っていました」

どんな返事でもよい、この場は早く逃げなければならない。

「先生もそうお思いですか。やはり日本人ですねえ、私は先生を自由主義者だと思っていました。ああ有難いことでございます」

また恭しく最敬礼をし、涙は滂沱《ぼうだ》と頬を伝わった。いけない。これは本物だ。ここでうっかり笑いでもしたら、なぐられるにちがいない。

「はい、有難いことです」

不二夫は同調して舎監の様子をうかがい、またもや彼が深々と頭を下げた隙に、吹きあげてくる笑いをぐっとかみころして、坂を降りたら思いきり笑ってやろうと、一目散に駈け降りた。こんなのが高等官何等かの海軍将校として、国民の上に君臨していたのだった。知育偏重もないものだ。教師はいままでどんな教育をしてきたのか。教師とは一体何なのか。そんなことを考えながら走っていたら、吹きだしそうであった笑いが、どこかへ消えてしまって、ただ情けない思いだけが残っていた。


経理部の混雑は今日も同じだったので、不二夫はむなしく引き返した。帰っていると、前方から低空でやって来た初級練習機がビラを撒いた。戦争が終わってやっと日本機を見たというのも皮肉だが、それが初級練習機というのは、底をついた日本の国力を、具体例をもって示されたような気がした。拾ってみると、ザラ紙にあわてて印刷したらしいガリ版刷りで、

帝国海軍は決して敗けてはいない。連合艦隊は健在である。降伏は一部の売国的側近の陰謀であって、決して軍の意志ではない。海軍の有志は徹底的に抗戦するから、国民も奮起せよ。

帝国海軍有志一同

とあった。ここにもきちがいが居る。国力の全部を挙げてさえ勝てなかったものを、有志一同というひとにぎりのグループに、何が出来るというのか。これからもいろんなきちがいが現れることだろう。戦争は終わったけれども、平穏な世の中は容易に来そうにはない。

夜は寄宿舎で『万葉秀歌』を読んだ。いつか長崎で買って来たものの一冊である。万葉集については予備知識は全くないが、店頭はまことに淋しく、時局関係以外はほとんど見

当たらなかったので、その数少ない中から引き抜いて来たものである。何も知らない者にも楽しい書物であった。思わず読み進んでいて、意外な記述にぶつかった。「壬申《じんしん》の乱」という大変な事件である。小学校はもちろん、中学の歴史でもこんなことは教わらなかった。こんな重大なことを、国民の目から隠しておいて、知育偏重などと勝手な熱を上げている。自分もしっかり読書して、知育を偏重しなければならない。

不二夫は経理部まで五回無駄足を運んだ。この間、押しかける人数は一向に減らない。一体工廠には何人居たのだろう。そして一日に何人分処理出来るのだろうか。

今日で六回目の経理部通いである。おそらくまた無駄足であろうが、いまではこのひとつだけが仕事だから、道中は暑くても楽なものである。さぼったりして、その間に経理部が閉鎖にでもなったら大変だから、一日に一回は行ってみることにしている。朝食をすませて出かけようとすると扉が開いた。舎監かと振り返って見ると土橋であった。

「やあ御苦労さんでした。後は引き受けたから、あんたは早う帰んなさい」

「給料を貰ったらすぐ帰ろうと思っているんですが、経理部が混雑していて中に入れないんですよ」

「そのことは生徒から聞きました。だから僕が代わって何日でもねばります。安心して帰りなさい、それから生徒は十人全員無事に帰りました」

「それでは汽車の連絡の都合もあるから、今夜にしましょう。高千穂や日南の生徒も大丈夫でしょうね」

「電話がまだ不通で連絡がとれませんが心配ないですよ。生徒はどんなにしてでも帰ります」

これで何もかも安心だ。給料はいつまで待てばよいのか、途中で打切りにするのではあるまいか、という不安も少しはあったが。

「『万葉秀歌』ですか。これからはゆっくりそんなものも読めるでしょう」

「そんな結構な時代が来るでしょうか」

「やり方次第です。日本が降伏したからといって、これで戦争が全部終わったわけではないですよ。ところでいまから経理部ですか、僕は満員列車で汗びっしょりになりましたから、せっかくやって来て申し訳ないですが、もう一回だけ御苦労して下さいませんか」

六回目も無駄であった。午後は一緒に水泳に行った。空襲がなくなって六日目だというのに、沖へ出るのはまだ何だか恐ろしい気がする。つい先日までは、泳いでいても、いつも空襲の注意をしていなければならなかった。警報が鳴ったらすぐ上がって、林の中に走りこまなければならない。岸までの距離をつねにはかっていなければならず、警報なしの空襲ということもあるので、まるでスリルを味わうために泳いでいるみたいであった。

もう空襲はないのだと、絶えず自分に言い聞かせながら泳いでいないと、不安なような気がした。どこからともなく帰って来て、海面を舞い始めた鷗《かもめ》を見ると、本当に平和が帰ってきたという気がした。しかし平和という言葉と同時に、戦争は完全に終わったのではないという、先刻の言葉が気になったので、泳ぎながら尋ねた。

「枢軸国と連合国との戦争は終わったが、連合国の中に問題が残っています。連合国はたまたま枢軸国という共通の敵を持ったから、一時的に妥協したにすぎないのです。終わればすぐに資本主義国と共産主義国の対立になります。いやその前から始まっています。ソ連の満州侵入だって、アメリカだけに日本の遺産を相続させないぞ、という意図が見え見えですからね」

西彼杵半島の上に浮かんでいる夏雲を眺めて、ゆっくり泳ぎながら考えた。社会科学というものは一切教えられない、ファッシズムの時代に教育を受けたので、耳新しいことばかりで不二夫はとまどった。共産主義とはどんなものかさえ、全く知るところはなかった。

知ろうとすることはもちろん、その言葉を口にすることさえ許されなく、ただそれはこの上もなく悪いものであると信じろ、と命令されていたのである。資本主義というものも、自分がその中に住んでいながら、それがどんなものであるかも知らずに、これが世の中であると妥協して、その日その日を過ごしていたに過ぎなかった。社会科学の片鱗さえ知らず、そして官製の皇国史観も素直に受入れない、まるっきり空っぽの頭だったのである。

「納得出来ませんかな」

泳ぎながら土橋はにっこり笑った。

「よくわかりませんから、もう少し先を聞かせて下さい」

「資本主義の行きづまりを打開するために、共産主義が出来たのですから、両者は絶対に相容れないものなのです。今次大戦では一時的な手段にもせよ、よく協力したと感心しているのです」

戦争中も土橋はときおり、それらしいことを言っていたが、敗戦になってはっきりと言いきった。不二夫はそんなことには一年生だった。資本主義が行きづまったということが、具体的にどんなことかわからない。満州事変の前はたしかに日本はひどい不景気だった。町には失業者があふれ、農村では娘の身売りが相ついだ。不二夫は必死になって職を求め、履歴書を何枚も書いて、思い出す人に片っ端から頭を下げて回った。こんなのを資本主義の行きづまりというのであろうか。ソ連は共産主義によって行きづまりを打開したのなら、何も戦争をもう一度繰り返す必要はないだろう。もし敗けたら元も子もなくなってしまうことは目に見えているのだ。

今日をスタートにするという点では不二夫も舎監もいつかの神風の徴用工も同じである。不知火中学教師殴打事件で海軍を謝らせたのは、天皇制の枠の中で、ちょっと駄々をこねたようなものであった。

「そのうちにソ連と米英は戦争をしますから、そのチャンスを利用して日本は浮かび上がるのです。そのとき日本はどちらの側についてもいけません。どちらも第三次大戦に備えて、一人でも味方の欲しいところですから、日本にもいろいろと甘言《かんげん》をもって、誘いの手がのびてくるでしょうが、そのときどちらの手にも乗ってはいけません。両方へ色気のあるような素振りを見せて、両方からとれるだけとってやるのです。そのときのことを考えているから、今度の賠償はどちらからも一文も請求しては来ませんよ」

「そんなうまいことが出来るでしょうか。第一次大戦のドイツの賠償が甘かったから、こんなことになった。今度こそは徹底的にやる、と言っているそうではありませんか」

「軍部の言うことは全部嘘です。賠償が厳しすぎたから、ドイツは報復を企てたのです。第一次大戦のときは、もうこれで戦争は終わったという気持ちでしたが、今度は事情がちがって、つぎが待っています。本当のことが知りたかったら、軍部や政府の言うことをよく聞いて、その反対だと思ったら間違いありません」

そう言われてみるとそんな気もした。

「そこで日本復興の道ですが、なかなかむずかしいです。日本の軍人は頭が弱くてオッチョコチョイで、その上忠節を尽くすを本分としていますから、すぐ手を出したがる。そして政治家も外交官も無能の標本みたいな者ばかり。そんなのに大所高所《たいしょこうしょ》から独自の判断を下せというのは至難の業ですが、これより他に道はありません。どちらか一方に忠義立てして、滅私奉公したら、今度こそおしまいです」

土橋は一体どこでそんなことを勉強したのだろう。苦心の末やっと就職出来たと、小さな成功にすっかり安心してしまって、その後は勉強など見向きもしなかった自分を、不二夫ははずかしいと思った。これからは勉強もしなければならないし、また華僑のように、ユダヤ人のように、自分の力でたくましく働かねば生きてゆけないだろう。

不二夫が荷造りをすませて夕食を待っていると、舎監が一升罎を提げてやって来た。

「いよいよお帰りだそうですね。もう一生逢えないかも知れません、長い間やかましいことばかり言って御迷惑をかけました。お別れにひとついかがですか」

一升罎の栓を抜いたので、湯呑みを三つ用意した。

「私の方こそ我侭を言って軍の規律を乱したりして、さぞお腹立ちだったことでしょう」

「いやそうでなくては安心して子供をあずけることは出来ません。規律を第一とする我々軍人でも、上の言うことにばかり忠実では、兵が可愛想ですからね。お別れと、日本の復興のために、ぐっとやって下さい」

舎監は三つの湯呑みになみなみとついだ。

「実は私は日本が敗けるようなことになったら、もうこの世の終わりと思っていたのです。ところが翌日になっても、お天道様はちゃんといつものように昇って下さるでしょう。雨も降りゃしません。いさぎよく腹を切ろうと思っていた決心が、ちょっとぐらつきました。つぎの日も昇って下さるかどうか、ためしてみるような気持ちで待っていますと、やはり昇って下さいました。それでとうとう今日までこの通りです。我々の信じていたことは間違っていました。それでさっき土橋先生に訊いてみましたら、日本復興の道はあるそうです。それを聞いたときの嬉しさは、天に昇ったような気持ちといいますが、本当にそうでした。上官はそんなことを教えてはくれませんでした。軍人はやっぱり石頭です」

「私も昼間土橋先生から聞いて、やっとわかったばかりのところです。何とかわかったような気になったところと言った方がよいでしょう」

「こうなると人を殺すことしか知らない軍人は何の役にも立ちません。戦争というものは勝っても損、敗けたら元も子もなくなるということを、さっき聞いたばかりですが、全くその通りだということが、やっとわかりました。三十年の長い間、軍の上層部は我々部下をだまして、戦争にかりたてて来ました。私の生涯はだまされて利用されるためにだけあったようなものでした。いまやっと本当のことがわかりました。これから出直しです。土方でも車引きでもして、復興のお役に立ちたいと思っています」

「そうです、新規蒔《ま》き直しです。私も教員が出来なくなったら、八百屋をしようかと思っています」

土橋の言葉に不二夫は思わず彼の顔を見た。

「八百屋はいいですよ。ロスの出る分は前もってそれだけ値段にふくめておくのですから、絶対損はしないしくみになっているのです。私はそれに決めています」

「こんな時世になれば軍人だけではない、みなさんそれぞれ悩みはあるのですね」

土橋はそんなことを考えていたのか。不二夫は前途に不安を抱いていたが、土橋のような思いきりもなければ、舎監の体力もなかった。

「ああ、これは悪いニュースですが、成瀬先生の御長男が戦死されたのです。たしか大尉のように聞いていましたが」

「いまごろですか」

「そうです、八月十四日に公報が入ったそうです。フィリッピンということです。先生はしっかりしたお方ですから、平素と少しも変わったところは見えませんでしたが、ただ一言「嫁が可愛想です。何も言わず涙を一滴落としました」と言われました」

「前途有為な人を何十万も犬死させました」

舎監の一言は、罪の一端は自分にもあると言っているようだった。


不二夫は大きなリュックサックを背負い、天幕で包んだ、これも同じように大きな荷物を担いで、夜行列車に乗るべく寄宿舎を後にした。坂道にかかったところで振り返って見ると、人気のなくなった大きな建物に、電灯だけがあかあかと灯っているのが、何とも言えない淋しいものに感じられた。ひとつひとつの灯が、一年間の喜怒哀楽を思い出させてくれるようであった。この川棚にももう来ることはないであろう。さっきの話のように日本の復興が実現すれば、十年二十年後に曽遊《そうゆう》の地を訪れる、ということになるかも知れないが、そんな結構な暮らしが、敗戦国民に与えられるとは到底思えない。川棚の灯もこれで見おさめだ。今日は二十九回目の誕生日。これが生涯の最悪の誕生日だろう。いやこれ以下があって欲しくない。暗い坂道を一歩一歩たしかめるように踏みしめて下った。

# あとがき

## 旧版あとがき

芦溝橋に銃声がひびいてから丁度半世紀、戦争体験は風化されようとしています。私は事変の赤紙第一号を受け取りましたが、虚弱体質が幸いして、早々に病気で帰還しました。戦争は年を逐うて苛烈になったので、結果的には戦争の最も楽な部分を、ほんの少し見学したにすぎませんでした。それでも戦争は地獄でした。「戦争は人間のすることではない、軍隊は人間の行くところではない」という考えは、その後一貫して変わることはありませんでした。体験の一端を伝えることによって、その風化を防ぎ、戦争防止の一助にもなればと、見方によれば非国民とも呼ばれかねない行為も、赤裸々に書きました。物語の構成上個々の事柄を前後させたところはありますが、フィクションは加えておりません。私のささやかな五十周年記念です。

一九八七年夏　　　　　　　　　　川田　紀

付記
「野戦病院」の章は同人誌『文芸生活』第五一号（一九七八年十月）に「病兵記」として発表したものです。

## 著者略歴

本名　藤井長雄
一九一六（大正五）年八月二十日、広島県福山市に生まれる。

旧制尾道商業学校卒業。文検で教員資格を取得後、宮崎県立宮崎商業学校等で珠算科担任教諭として勤務。戦後は県立尾道商業高校などに勤務した後に上京。以後退職するまで都立第三商業高校教諭として勤める。その間、国学院大学歴史学科、同大学院修士課程で主として江戸時代の和算史を研究。退職後、およそ八年間ポルトガルに住んだ。

『和算史年表』『ラランデ暦書』の著書のほか、同人誌や雑誌『珠算界』に随筆を多数発表している。

現在は大阪府阪南市在住。

# 新版あとがき

『教師と戦争』の旧版が誕生したのは、日中戦争の発端となった盧溝橋事件（一九三七年）からちょうど五十年後の一九八七年のことです。旧版は、当時ポルトガルの保養地エストリルに住んでいた著者がワープロで打った原稿を、印刷と製本だけ現地の業者に依頼して小部数作製し、知人に配ったものです。この書物にはワープロの文字変換ミス、誤字、脱字、乱丁等の欠陥が多かったため、もう少し完成した形で出版し直したいという著者の希望で、旧版に納めた三編に、あらたに「電信隊救援」を加えて編み直すことにしました。幸いなことに創英社／三省堂書店の水野浩志さんと高橋淳さんのご協力を得て、新版『教師と戦争』が完成の運びとなりました。

新版製作に伴う諸作業は高齢の著者に代わって、長女の新形悦子と、その息子である私が担当しました。漢字、送り仮名その他の表記については、なるべく現代の標準的な用法に合わせましたが、原文を尊重するために、訂正していない箇所もあります。また現代では使用しない「支那」「毛唐」等も当時の一般的な用語としてあえて残したことをお断りします。

この本には日中戦争から太平洋戦争にかけて著者が経験した事実が語られています。そこには若い世代の人たちに戦争の真実を知ってほしい、そして戦争反対の意志を受け継いでほしいという著者の願いがこめられています。軍人に志願した不二夫の教え子たちの行く末は定かでありませんが、予科練（海軍飛行予科練習生）や特幹（陸軍特別幹部候補生）に行った若者の多くが、いわゆる特攻隊員となって尊い命を散らしたそうです。戦争に対して、またこの本に対しても賛否両論があると思いますが、少なくとも現代の私たちには意見をぶつけ合い、自由に議論することが許されています。それこそが、数多の犠牲の上に日本人が獲得した何物にも代え難い財産であり、今後も私たちが社会の礎として守ってゆくべきものではないでしょうか。

二〇〇九年夏

新形　就

軍隊手帳　表紙

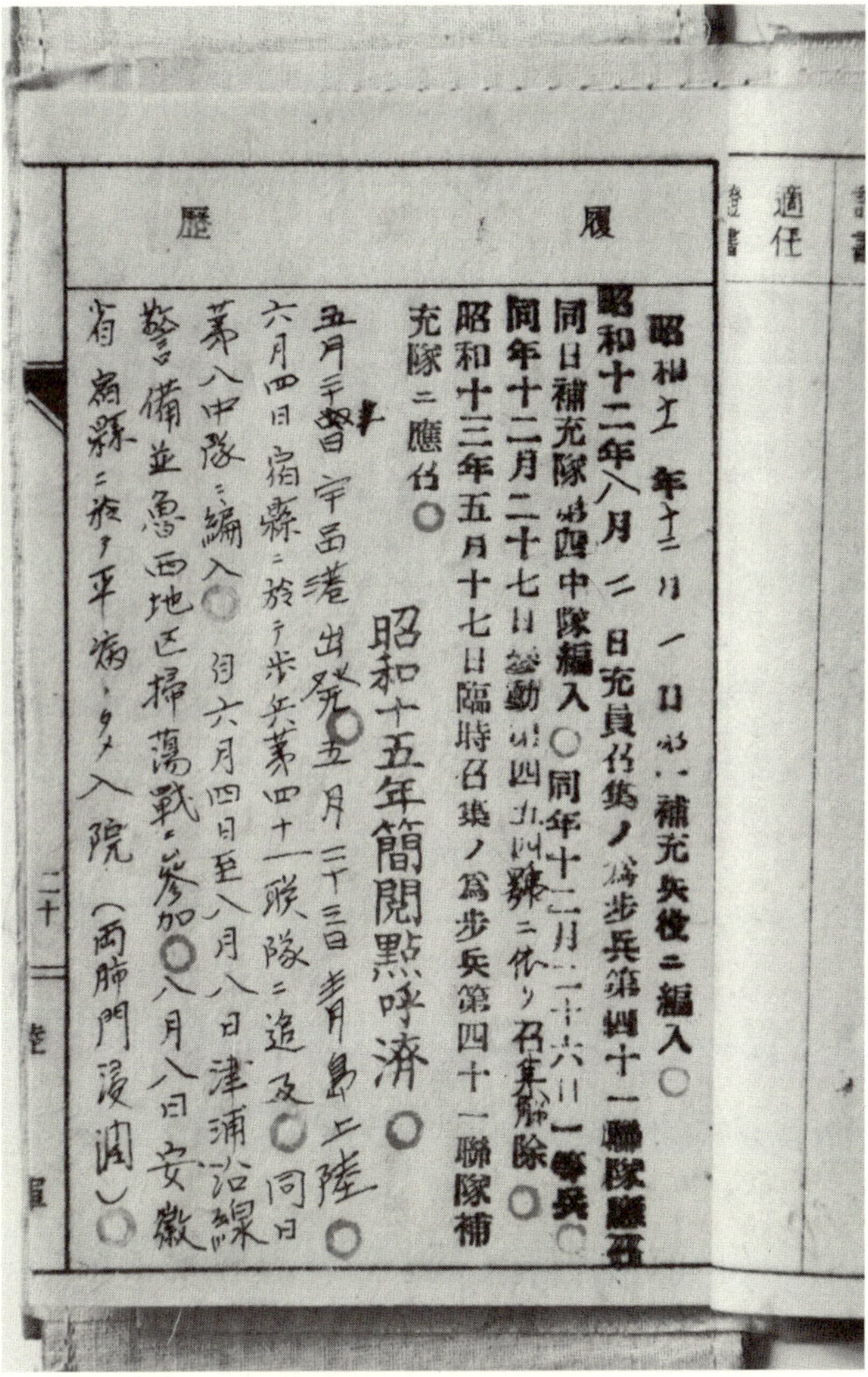
履歴
適任證書
昭和十二年十二月一日第一補充兵役ニ編入○
昭和十二年八月二日充員召集ノ為歩兵第四十一聯隊應召
同日補充隊第四中隊編入○同年十二月二十六日一等兵○
同年十二月二十七日召集解除○
昭和十三年五月十七日臨時召集ノ為歩兵第四十一聯隊補
充隊ニ應召○
昭和十五年簡閲點呼済○
五月二十一日宇品港出発五月二十三日青島上陸○
六月四日宿縣ニ於テ歩兵第四十一聯隊ニ追及○同日
第八中隊ニ編入○自六月四日至八月八日津浦沿線
警備並魯西地区掃蕩戦ニ参加○八月八日安徽
省宿縣ニ於テ平病ノタメ入院（両肺門浸潤）○

軍隊手帳　記述ページ

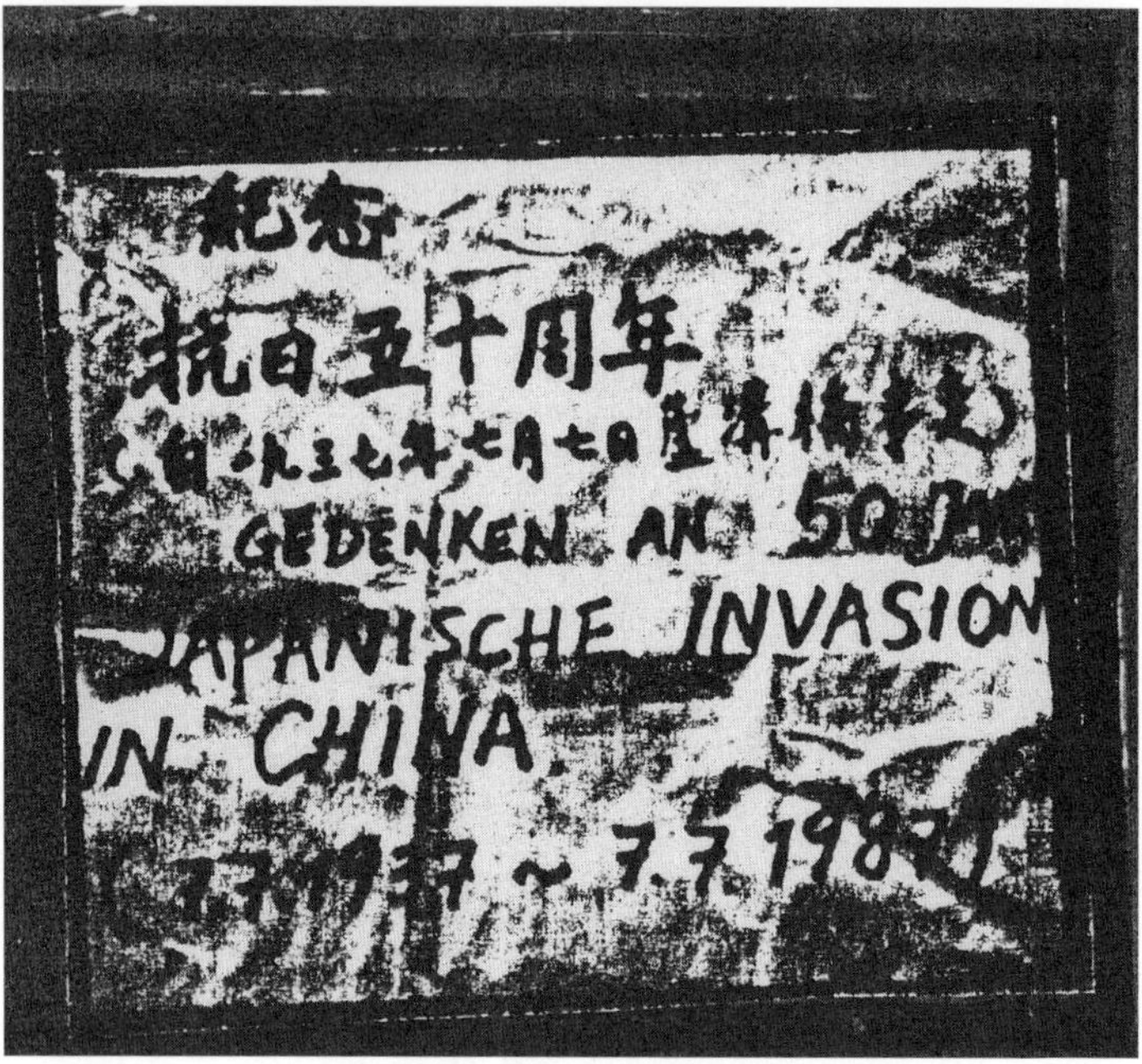


ウィーンの街角にて

写真提供
　カバー　：長崎原爆資料館
　あとがき：川田　糺


# 教師と戦争

2009年7月17日　初版発行

著　者　川田　糺

発行・発売　創英社／三省堂書店
東京都千代田区神田神保町1-1
Tel：03-3291-2295　Fax：03-3292-7687

印刷・製本　三省堂印刷





ISBN-978-4-88142-383-7 C0095